AF398138

Maija Kurikka

MUMMI LAPSENKENGISSÄ

Julkaisutiedot

© 2024 Maija Kurikka
Kannen suunnittelu: Maija Kurikka, Jyrki Vornanen
Sisuksen taitto: Jyrki Vornanen
Kustantaja: BoD · Books on Demand, Mannerheimintie 12 B,
00100 Helsinki, bod@bod.fi
Kirjapaino: Libri Plureos GmbH, Friedensallee 273,
22763 Hampuri, Saksa
ISBN: 978-952-80-8529-4

Esipuhe

Kirja sai alkusysäyksen, kun mietin, mitä lapsenlapseni tietävät mummostaan ja hänen elämästään. Itselleni omista isovanhemmista on jäänyt mieleen oikeastaan vain isänäidin kertomat tarinat, johtuen tietysti siitä, että hän asui meidän luonamme ja hän hoiti minua ihan syntymästäni lähtien. Mummo muutti pois minun ollessa kolmentoista eli meille ehti syntyä hyvin läheinen suhde. Äidinäiti ja -isä jäivät minulle vieraammiksi, koska kyläilimme toistemme luona harvemmin. Isänisästä minulla ei ole muita muistoja, kuin mummon kertomia ja valokuva, mistä tunnistan selvästi oman isäni piirteet.

Isänäiti kertoi minulle paljon muistojaan omasta elämästään ja tapahtumista, mutta niistä on varmaankin suurin osa jäänyt unholaan.

Oma äitinikään ei tiedä kovinkaan paljoa omien isovanhempiensa historiasta, koska silloin kun äiti on ollut nuori, niin ei ollut yleistä tehdä sukuselvityksiä, saati kertoa lapsilleen omasta lapsuudestaan.

Kirja alkoi syntyä, kun kerran mietteissäni mummonjalkani soljahtivat lapsenkenkiin. Siitä alkoi mieleen, pala palalta, nousta muistoja omasta lapsuudestani ja siitä, mitä mummoni oli kertonut ja miten itse olin kokenut ja nähnyt asioita.

Ihan varhaisimpia muistoja en osaa ajoittaa, minkä ikäinen olisin tapahtuman aikoihin ollut. Myöhempiäkin tapahtumia voi ajallisesti olla väärässä järjestyksessä.

Kertomukset sijoittuvat 1950 ja -60-lukujen pienen maalastalon perheen elämään pienellä kylällä. Se kertoo ajasta, jolloin ei ollut vielä paljon minkäänlaisia asumismukavuuksia, talot lämmitettiin puulla, vesi kannettiin kaivosta, ruoka saatiin pellosta ja luonnosta. Kaupoista käytiin ostamassa vain hyvin tarpeelliset ja pakolliset tarvikkeet, eikä kaikkea tarvittavaa kaupoissakaan ollut edes tarjolla.

Jälkimmäinen ja sitä seuraava vuosikymmen oli aikaa, jolloin suurin osa maalaiskylistä sai sähköt, ja sen mukana kylille syttyivät kirkkaammat valot, hankittiin sähkökäyttöisiä koneita, ja ne auttoivatkin paljon maatilan töissä. Sähkö mahdollisti isolta osaltaan myös vesijohtojen ja -pumppujen käytön, uudisrakennuksiin saatiin lämmin vesi, sisävessat ja -saunat, mistä löytyivät suihkut peseytymiseen.

Maataloissa lasten osallistuminen talon töihin oli aivan normaalia ja niissä monen nuoren koululaisen kesälomakin vierähti, samoin talviviikonloppujenkin vapaat. Työ oli raskasta ja perheen toimeentulon vuoksi myös lapset joutuivat osallistumaan niihin. Vasta seuraavalla vuosikymmenellä, kun konevoima valtasi maatalouden, niin lasten vapaampi elämä tuli mahdolliseksi.

Radioiden laatu parani, kun markkinoille tuli transistoriradiot, mitkä toimivat paristoilla ja ne oli mahdollista viedä mukaan ulos pihamaalle tai minne vain halusi ottaa sen mukaan. Kuusikymmenluvun alkupuoliskolla alkoi television aikakausi, se toi maailman tupiin ja pirtteihin. Puhelimetkin alkoivat yleistyä ja autojakin alkoi ilmestyä useammankin talon pihalle.

Nyt kirja on valmis. Mummi lapsenkengissä. Kirja on lähtenyt syntymään lapsenlapsia ajatellen. Millaisissa kengissä mummi silloin aikoinaan, pienenä tyttönä, oli liikkunut. Aika ja kasvuympäristö olivat aivan erilaiset, kuin ne ovat tänä päivänä, mutta niinhän ne muuttuvat jatkossakin, ja tulevilla sukupolvilla on taas omanlaisensa.

Omistan tämän kirjan rakkaille lapsenlapsilleni, lapsilleni, siskoilleni ja veljilleni, äidilleni ja isälleni, joka on jo mennyt sinne, minne me jokainen joskus ajallamme menemme.

Haluan kiittää vielä rakasta puolisoani, joka heti alusta alkaen kuunteli ja kannusti minua kirjoittamaan, lupaamalla kirjoittaa tarinat puhtaaksi, korjata parhaan taitonsa mukaan kieliopillisia virheitä, muokata tekstiä joustavammaksi ja lisäämällä tapahtumiin kuvauksia. Ei arvannut itsekkään, mihin oli ryhtynyt, mutta nyt yli vuoden kestäneen projektin jälkeen kirja on julkaisuasussaan. Kiitos.

14.11.2024
Maija Kurikka

Muistot Kulkevat

Muistot kulkevat –
Ne ovat kuin pyhiinvaellusmatkalla – jonnekin
kiemurtelevat soraista tietä pitkin, ahon laidalle niittyleinik-
kien sekaan
Kissankäpälät, harakankellot, keto-orvokit
äkkiä kerään sylini täyteen kimpun kauneutta
kotiin vietäväksi
Iloiten kiirehdin piennarta pitkin
tunnen jo ahomansikoitten tuoksun
Punaisenaan ne vilisevät silmissäni
ja niitä on niin paljon, katkaisen heinänkorren pujottelen
kuin punaista helminauhaa
teen toisen kolmannen, välillä maistankin
Aurinko porottaa kuumana taivaalla
kärpäset surisevat, heinäsirkat sirittävät
välillä hyppäävät pitkän loikan heinikossa
Leppäkerttu lennähtää päivänkakkaralle
lintunen oksalle, katselemaan touhujani
mielenkiinnolla seuraten
Lehmänkellon kalkatus kantautuu korviini
jostain kauempaa
Kesä maistuu mansikalle auringon paisteelle
ja kukkasille
Lapsen mielen keveydelle

Maija Liisa, Liisa, Lissu, Maija ja Maikki

Synnyin kotimme kammarissa torstaina, toisena juhannuspäivänä, 1950-luvun alussa. Silloin juhannusta vietettiin vielä sen oikeana ajankohtana. Mummoni oli ollut kätilönä.

Isäni oli kyllä käynyt soittamassa kätilön, ja hän saapuikin juuri, kun olin jo syntynyt. Minut oli tietysti pesty ja kapaloitu. Niin alkoi minun elämäni tässä maailmassa.

Kätilöön liittyy vielä hauska yksityiskohta. Olihan juhannus ja oli monta syytä juhlaan. Kätilö oli mennyt kihloihin edellisenä päivänä.

Olin äitini Kaisan ja isäni Antin ensimmäinen lapsi. Minulla ei ole ymmärrettävistä syistä omia muistoja noilta ajoilta ja kerron niistä, mitä minulle on jäänyt mieleen toisten kertomana. Olin tietysti viettänyt syntymäni jälkeen ihan tavanomaista vauvanelämää, ollut äidin ja isän huomion keskipiste, niin ja tietysti mummon ja tätini Saaran, joka asui vielä silloin meillä.

Oli tullut nimenantamisen aika. Naapurissa oli ollut seurat, mihin kirkonkylän pappikin oli tullut paikalle kutsuttuna. Seurojen loputtua vanhemmat olivat menneet naapuriin kyselemään papilta, sopisiko hänelle tulla meille kastamaan pieni tyttövauva ja antamaan hänelle nimi.

Tapana oli ollut siihen aikaan kastaa lapsia kinkereiden, seurojen ja muiden tilaisuuksien yhteydessä, joihin pappi oli saapunut paikalle, matka kun kirkonkylälle oli pitkä kulkea sen aikaisilla kulkuvälineillä, mutta saatettiin pappi joskus kutsua kotiin, ihan vain kastamaan lapsi. No, olihan se minun kastamiseni sopinut papille, ja niin pappi oli saapunut seuroista, mukanaan muutama meidän sukulaistätimme.

Minut oli puettu äidin tekemään, valkoiseen, sillakankaasta ommeltuun kastemekkoon.

Niin minulle oli annettu kasteessa nimeksi Maija Liisa. Äiti ja isä olivat nimen yhdessä valinneet. Kastetilaisuus oli pidetty kammarissa.

Irja-täti, isäni sisko, oli sylikummini, hänen Mikko-miehensä oli myös kummini. Isän veli, Simo, oli kolmantena kummina, mutta hän ei ollut päässyt tilaisuuteen mukaan.

Kastajaisten päätteeksi oli tietysti veisattu ja juotu kastajaiskahvit.

Päivät ja kuukaudet kuluivat ja vanhemmat olivat jo tottuneet siihen, että minua kutsuttiin Maija-Liisaksi. Mummo oli kuitenkin sanonut, ettei sitä lasta nyt ruveta monella nimellä kutsumaan, se on Liisa. Niin olivat vanhemmat myöntyneet mummon sanaan ja alkoivat hekin käyttämään minusta Liisa-nimeä.

Tuli sitten aikanaan kouluun lähdön aika ja äidin oli ilmoitettava minut koulun tietoihin, niin silloinpa äiti olikin alleviivannut kutsumanimekseni ristimänimeni, niin minä olin sitten koulussa Maija Liisa. Kotiympyröissä ja kotikylällä minua kutsuttiin kuitenkin edelleen Liisaksi. Välillä se tuntui vähän hassulta. Kun sitten aikuisuuden saavutettuani muutin työn perässä kaupunkiin ja täytin ensimmäiseen työhakemukseeni tietoja, niin alleviivasin kutsumanimekseni Maija. Hymy tahtoi tulla väkisinkin kasvoilleni ja ilo oikein kupli sisälläni, olinhan itse aina halunnut olla Maija.

Lempinimi Maikki tuli sitten myöhemmin.

No niin, kaikki saivat käyttää nimestäni mieleistänsä versiota.

Kuulen edelleenkin niitä kaikkia.

Hyvä juttu.

Lapsuuskotini

Lapsuuskotini, puusta rakennettu, missä olivat tupa ja kammari, keltamullalla maalattu, kivestä kivijalka, päreistä katto. Pieni avokuisti, minkä keskellä pihamaalle vievät rappuset, kahta puolta kuistia penkit, kaiteet sivuilla ja kapeammat edessä, päreinen katto, kuten talonkin katto oli. Lehtolaksi paikka oli nimetty kirjoihin ja se sijaitsee pienellä maalaiskylällä.

Kesällä usein tulimme penkille istumaan ja joskus syömään, jos äiti olisi vaikka sattunut leipomaan pullaa, ruisleipää tai karjalapiirakoita. Siinä me lapset sitten syödä mutustimme lämpimäisiä, kuistin suojassa. Elämänlanka rönsysi, kiemurteli ylöspäin kuistin nurkkapylvästä pitkin ja kukki kauniin vaaleanpunaisin kukin koko kesän, niin kukki myös palavarakkaus, hehkui tulenpunaisena tuvan seinustalla.

Kuistilta avautui ovi eteiseen, heti oikealla oli vaatenaulakko, mikä jäi piiloon avautuvan oven taakse, siihen riisuttiin ulkovaatteet. Naulakon jälkeen ovi oikealle, mistä käytiin sisälle tupaan. Vasemmalla, vastapäätä tuvan ovea, oli ovi kammariin. Eteisen perällä oli ruokakomero, missä säilytettiin ruokia, jauhoja, ryynejä, astioita, kattilat, paistinpannut, uunipellit ja kaikenlaista muuta kodissa tarvittavaa.

Eteisessä, tuvan oven ja ruokakomeron välillä oli omalla jalustallaan vesikorvo, johon kannettiin kaivosta puhdasta vettä sankoilla ruoanlaittoon, juotavaksi ja muuksi talousvedeksi.

Ovi auki tupaan, pieneen sellaiseen. Heti vasemmalla leivinuuni ja hella, niistä tuli lämpö tupaan. Uunin alla oli pieni syvennys uuni- ja hellapuille, yleensä siellä kuitenkin tykkäsi nukkua kissa. Leivinuunissa paistettiin leivät, pullat, paistit, laatikot ja kaikki, mikä paistamista tai hauduttamista tarvitsi.

Puuhellaa lämmitettiin montakin kertaa päivässä, koska sillä keitettiin kahvit ja ruoat, keitot, kiisselit ynnä muut keittämistä vaativat syömiset. Myös tiskivedet ja muut tarvittavat käyttövedet lämmitettiin hellalla. Ei ollut sähköuunia ei liettä, kun ei edes sähköjä ollut. Sitten myöhemmin tuli kaasuhella.

Tuvan ovesta oikealle oli ensimmäisenä separaattori omalla rahillaan. Tiski- ja muut keittiössä syntyneet likavedet kaadettiin likasankoon, mikä oli separaattorin vasemmalla puolen lattialla. Likasanko käytiin tyhjentämässä navetan päädyssä sijaitsevalle lantatunkiolle. Tiskivedet saatettiin kesäaikana viskata kuistilta suoraan nurmikolle. Astiat tiskattiin ja huuhdeltiin pesuvadeissa, minkä jälkeen ne sitten kuivattiin pyyhkeeseen ja vietiin eteisen perällä sijaitsevaan ruokakomeroon. Myöhemmin meille hankittiin astiakaappi, mille tilaa sai tehdä tuvassa ollut separaattori. Uunin puoleisen seinän vieressä oli mummon sänky. Joskus sänky siirrettiin viereiselle seinustalle, ikkunan alle. Mummo halusi kuitenkin, että talviaikana sänky oli ikkunattomalla seinustalla, koska ikkunasta hohkasi kylmää. Sänky oli puinen, punaruskeaksi maalattu, sivusta auki vedettävä. Päivisin sängyn päällä oli vuodevaatteet ja päiväpeitto päällä. Päivisin sänky toimi istuinpaikkana, usein mummo otti siinä myös päivälevot ja kun sitten illalla tuli nukkumaanmenoaika, niin sänky vedettiin auki ja pedattiin yötä varten. Usein miten nukuin mummon vieressä, mutta silloin, kun mummo ei ollut kotona, nukuin kamarissa toisten kanssa, koska en uskaltanut nukkua yksin tuvassa. Mummon sängyn päädyltä pääsi kurkottamaan uunin takaosassa olevalle pienelle pankolle. Sinne kyllä juuri ja juuri mahtui, mutta kävin siellä harvoin. Yleensä pankolla oli vain kintaita ja villasukkia kuivumassa.

Tuvan oikeanpuoleisessa nurkkauksessa oli ruokapöytä, ja kahdella seinustalla olevat penkit toimivat istuimina ruokailijoille.

Keskilattian puolella oli myös pöydän pituinen penkki. Pöydän ääressä, ruokailun lisäksi, tehtiin kaikenlaisia askareita, mitä nyt milloinkin.

Pöytälevyn toisen puolen pinta oli maalattu, ja kun äiti tai mummo aloitti leipomisen, pöytäkansi käännettiin ylösalaisin, niin silloin esillä oli maalaamaton puoli. Kun leipominen oli lopetettu, käännettiin pöytäkansi taas toisin päin. Pöytää peitti kerniliina.

Valoa tupaan tuli päiväsaikaan ikkunoista, joita oli oven vastakkaisella seinällä kaksi ja oikeanpuoleisella eli etupihan puoleisella seinällä yksi. Ikkunat olivat kaksiosaiset ja avattavat, kumpikin puoli oli jaettu vielä kolmeen yhtä suureen, päällekkäiseen ruutuun. Kesäisin ikkunat olivat yksinkertaiset, mutta syksyn tullen niihin laitettiin "tuplat" eli toiset lasit ja samalla ikkunoitten raot teipattiin, ettei niistä vetäisi.

Hämärän tultua tai ennen pimeän tuloa sytytettiin, tuvan keskellä laipiosta riippuva, karbidilamppu valoa antamaan. Lampun valo oli kirkas, mutta sen lisäksi oli myös öljylamppuja, joita pystyi tarpeen mukaa ottamaan mukaan ja viemään sinne, missä milloinkin tarvitsi lisävaloa.

Tuvassa oli paljon kaikenlaisia kodin askareissa tarvittavia välineitä. Yksi niistä oli silitysrauta, ja se oli painava. Rauta lämmitettiin hellan päällä kuumaksi ja sitten silitettiin, taas kuumennettiin ja silitettiin. Pöytä sai hoitaa silityslaudan tehtävää. Oven viereisellä seinustalla olevalla separaattorilla eroteltiin kerma maidosta ja näin saadusta kermasta kirnuttiin voita kirnussa, siihen aikaan kun voikin tehtiin kotona.

Kerman erottelun jälkeen maidosta jäi jäljelle kurria, mistä tehtiin kokkelipiimää ja osa annettiin myös vasikoille juotavaksi. Sitten tuvassa oli myös rautainen puntari, sillä vanhemmat punnitsivat milloin mitäkin, kun tarvitsivat tietää paljonko jokin painaa, vaikkapa jauhopussi. Minäkin halusin kokeilla puntaria, mutta se heilui sinne ja tänne, eikä se tahtonut onnistua ollenkaan. Kyllä se harmitti.

Jätetäänpä nyt tupa ja siirrytään kammarin puolelle. Sinne pääsi siis eteisestä, vastapäätä tuvan ovea. Nyt tuvan ovelta oikealle jäi ruokakomero, sekä vesikorvo ja vasemmalle ulko-ovi, minkä oikealla puolella oleva kapea ikkuna antoi päiväsaikaan tarvittavaa valoa eteiseen.

Kammarissa oli perheen nukkumapaikat. Siihen aikaan oli melkein joka kodissa hetekat sänkyinä, niin meilläkin. Lasten heteka oli kammarin ovelta katsottuna vasemmalla, pääpuoli eteisen seinää vasten. Joskus pompimme hetekan päällä nuoremman veljeni kanssa niin, että vieterit paukkuivat. Kylläpä se olikin meistä hurjan hauskaa, mutta kun isä tai äiti näki leikkimme, tuli komennus ulos hyppimään. Eiväthän he halunneet nukkumapaikkojen menevän rikki. No olihan se ihan kummallista, että kun kiva leikki keksittiin, niin eihän se tietenkään isälle ja äidille aina kelvannut.

Kun tuossa mainitsen nuoremman, Unto-nimisen veljeni, niin jotenkin tuntuu, että hän on aina kuulunut minun lapsuuteeni. Toisen olemassaoloa ei osannut kyseenalaistaa, hän vain oli, niin kuin vanhempanikin, ja itse olin samaa perhettä. Minulle ei ole jäänyt muistikuvaa Unton syntymästä tai vauva-ajasta, olinhan vasta reilu kaksivuotias hänen syntyessään. Ainoa muisto hänen ensimmäisen elinvuoden ajalta on, että joskus jouduin olemaan lapsenlikkana. Kun Unto kasvoi, oppi kävelemään ja puhumaan, niin hänestä tuli minulle leikkikaveri, jonka kanssa me yhdessä vietettiin paljon aikaa, touhusimme kaikenlaista, leikimme ja tietysti välillä kinastelimme.

Hetekat levitettiin yöksi ja päiväksi taas koottiin, petivaatteet laitettiin säilöön hetekan sisälle ja päiväpeitto päälle. Hetekan vastakkaisessa nurkassa oli vuodesohva, siinä nukkuivat äiti ja isä. Hetekan jalkopään puolella seinustalla oli lipasto, minkä ylälaatikoissa oli vanhempien tärkeitä papereita ja alalaatikot vaatteiden säilytykseen. Lipaston päällä oli joitakin valokuvia.

Ovelta katsoen oikealla nurkassa oli huoneeseen antamassa lämpöä, kammarin laipioon asti ylettyvä, uuni. Uuni oli muurattu kivistä ja talvisaikaan uunia lämmitettiin ihan joka päivä. Oven ja uunin välisessä tilassa oli kulloisenkin tarpeen mukaan pinnasänky, siskonpeti tai ompelukone "Tikkakoski".

Kammarin seinällä oli peili, taulujakin kolme. Tauluja katselin usein ja tein mielikuvitusmatkoja niiden maailmoihin. Katselin, mietiskelin ja elin kuvien elämää.

Keskellä lattiaa oli neliön muotoinen pöytä, ympärillä neljä tuolia. Joskus, kun sattui käymään vieraita, pöytään katettiin vieraskahvit.

Pöydän ääressä askartelimme veljeni kanssa, piirreltiin ja tehtiin kaikenlaista, mitä nyt paperista vain keksi tai mitä nyt tarvikkeita sattui olemaan.

Sunnuntaisin isä ja äiti saattoivat nostaa pöydälle vanhan grammarin ja ei muuta kuin levyt soimaan. Grammariin piti ensin veivata kammesta veto, jotta levy saatiin pyörimään. Esiintymisvuoron saivat niin Olavi Virta, Henry Theel, kuin Annikki Tähtikin ja lukuisat muut iskelmätähdet.

Kesällä kammarin ikkuna oli usein auki, pitsiverho heilui kesäisessä tuulen vireessä, musiikki täytti koko huoneen ja sävelet varmaankin kiirivät kauas ulos saakka. Äiti ja isä katsoivat toisiinsa hymyillen, oi niitä aikoja entisiä....... muistatko tämän. Tanssireissujen muistot tulvivat heidän mieliinsä, katseissakin oli jotain toisenlaista. Lapsikin vaistosi, että heidän välillään syttyi jotain outoa, lämpöistä.

Meitä lapsia oli kielletty koskemasta grammariin, se oli niin arvokas ja saattaisi mennä rikki, mutta kyllä se meitä kiinnosti kovasti ja milloin vanhemmat sattuivat olemaan navetalla tai muilla ulkoaskareilla, teimme niin kuin olimme nähneet äidin tai isän tekevän, veivasimme kammesta vetoa soittimeen, laitoimme levyn lautaselle, neulan levylle, ja silloin huone täyttyi niin ihanista sävelistä ja laulusta, että olimme aivan haltioissamme.

Kammarin ikkunalaudoilla oli äidin, ruukkuihin istuttamia, kukkia. Ruukuissa kasvoi pelargonioita ja ahkeraliisaa, ne kukkivat niin kauniisti.

Ikkunalla kasvoi myös verenpisara. Minulla oli paha tapa puristella, peukalon ja etusormen välissä, verenpisaran kukkanuppuja, koska ne napsahtelivat niin mukavasti hajotessaan. Äitikin kertoi minun tehneen niin ja kielsi minua moisesta pahanteosta. Yritinhän minä totella äitiä ja olla kiltisti, mutta aina välillä löysin itseni kukkalaudan luota.

Vanhemmilla oli yksi vapaapäivä viikossa eli sunnuntai, silloin ei tehty varsinaisesti töitä, karja oli kuitenkin hoidettava. Sunnuntaisin meille saattoi tulla vieraita tai muuten kyläilijöitä, sukulaisia, ystäviä tai muuten tuttuja. Usein he tulivat koko perheen voimin ja silloin me lapsetkin saatiin leikkikavereita. Vaikka alkuunhan se hiukan ujostutti, kun emme olleet nähneet pitkään aikaan ja saatettiin istua hiljaa penkillä hievahtamattakaan seuraten aikuisten jutusteluja, niitä kun oli mukava kuunnella. Vanhemmat saattoivat hätistellä meitä ulos leikkimään, menkäähän nyt hyvä ihme ulos leikkimään, kun on niin hyvä ilmakin, ja kun nyt on kavereitakin. Ujostelun jo hiukan hellitettyä läksimmekin pihalle ja kohtahan sitä oltiin täydessä vauhdissa leikkien parissa. Vauhtia riitti ja joskus jopa vaarallisia

tilanteitakin. Kamarin ikkunan ollessa auki, saattoi sieltä, pitsi-
verhojen takaa, kuulua aikuisten puheensorinaa ja grammarista
Uralin pihlajaa ja valssia menneiltä ajoilta.

Vesikaivo

Tuvan kuistilta avautui näkymä pihamaalle. Yhdellä silmäyk-
sellä, vain hiukan päätä kääntämällä, pystyi näkemään aitan,
saunan, navetan ja navetan oikealla sivulla olevan heinäsuojan,
sekä siitä seuraavana hevosen tallin. Lähimpänä oikealla, na-
vetan suunnalle katsoen, näkyi kuitenkin vesikaivo. Se oli raken-
nettu kivistä, koska silloin betonirenkaat olivat harvinaisempia.
Kaivon kansi oli puinen, lankuista rakennettu, kuin lattia. Kan-
nen reunat oli laudoitettu. Kannen keskellä oli suuaukko, millä
oli myös oma kantensa. Kun vettä tarvittiin, niin sitä nostettiin
ylös narun päähän sidotulla sinkkisangolla. Kansi pois ja sanko
pudotettiin alassuin kaivoon, tietysti niin, ettei naru karannut
sangon mukana ja kun sanko täyttyi vedestä, se nostettiin narulla
ylös ja tyhjennettiin saaviin tai johonkin muuhun astiaan, millä
vesi sitten kannettiin vesikorvoon sisälle, navetalle tai saunalle.
Joskus sanko oli kiinnitetty riu'un päähän ja sen avulla se oli
helpompi täyttää, sillä narun päässä ollessaan, sanko saattoi jäädä
kellumaan veden päälle ja se oli heitettävä montakin kertaa

uudestaan alassuin kaivoon. Lopuksi kaivon kansi paikalleen, ettei kukaan vahingossa putoaisi sinne. Meitä lapsia varoiteltiin menemästä leikkimään tai kurkistelemaan kaivon suuaukosta, sillä se olisi ollut vaarallista.

Joskus isä mittasi kepillä, minkä verran vettä kaivossa oli jäljellä, sillä monta kertaa vesi loppunut ja silloin vesi oli haettava tonkilla lähellä olevasta lähteestä hevoskärryillä, vesikelkalla tai maitokärreillä.

Myöhemmässä vaiheessa meille hankittiin, tuvan puolelle, käsin pumpattava vesipumppu. Kaivolta tuvan ikkunan alle, aivan ulkokuistin viereen, kaivettiin oja, mihin upotettiin rautaputki. Putken pää tuotiin tuvan sisäpuolelle ja se liitettiin uuteen pumppuun, ja niin tiski- kuin muutkin talousvedet saatiin pumpattua sisältä käsin. Pumppu toi helpotusta, mutta silti vettä sai kantaa selkä vääränä navetalle eläimille ja saunalle pesu- ja pyykkivesiksi. Kaivoa käytettiin myös kylmätilana. Voipaketti, maitopullo ja joskus kotikaljapullo vesisankoon ja narulla se sitten laskettiin alas juuri veden pintaan. Narun toinen pää kannen väliin, sopivalle kireydelle, ja niin meillä oli kylmätila.

Kaivosta saatiin puhdasta ja kylmää vettä, mutta vaati kaivo huoltamistakin, joskin harvoin. Minulle on jäänyt mieleen yksi tällainen tapaus huoltotoimenpiteestä.

Onko sinun pakko, et menisi sinne, jäät vielä sinne ja liukastut kivillä, äiti sanoi pelonsekaisella äänellä isälle. Minusta se kuulosti todella pelottavalta ja tuntui kuin ihonikin menisi kananlihalle.

Älä nyt hätäile, minä vain käyn tuolla kaivossa katsomassa, mikä siellä on vikana, kun vettä ei tule, isä tyynnytteli äitiä.

Isä oli hakenut tallilta tai liiteristä valmiiksi, pitkän ja paksun köyden, oli sitonut köyden toisen pään kaivon vieressä olevan ison kiven ympärille. Köyden toisen pään isä laski kaivon sisälle ja tarkisti kurkistamalla kaivoon, että köysi olisi varmasti oiennut, eikä ollut tarttunut kaivon seinämien kiviin.

Äidille isä vielä sanoi, pysykää lasten kanssa poissa kaivon kannelta, minä kyllä huutelen, jos tarvitsen jotain, samalla kun asettautui kaivon kannelle mahalleen ja otti köydestä lujasti, kaksin käsin, kiinni. Kokeili vielä, että köysi oli kireällä ja alkoi hivuttautua jalat edellä kaivoon.

Minä pidättelin hengitystäni ja katsoin, kuinka isä alkoi hävitä kaivon uumeniin. Näky oli minusta kauhea, entä jos isä ei pääsekään pois. Olin aivan mykkänä, enkä osannut tehdä mitään, kuulin kuitenkin, kuinka isä rauhallisella äänellä kertoili koko ajan, mitä hän tekee. Kaivosta kuului isän ähkintää ja veden loiskahduksia ja sitten hiukan vapauttava ääni, kun isä huuteli, että kyllä se vika nyt löytyikin, ei tässä kauaa enää mene.

Olo helpotti, kun ensin isän pää tuli näkyviin, sitten hartiat ja viimein kokonaan, kun isä oli noussut pois kaivosta. Mitä työ niin paljon hättäilitte, eihän tuossa sen isommasta hommasta ollut kyse, isä sanoi normaaliin rauhalliseen tyyliinsä.

Navetassa

Kaivolta kannettiin siis vettä myös navetalle, missä olikin monta
veden tarvitsijaa, lehmiä, vasikoita, sika ja tietysti kanatkin,
mutta ensin hiukan itse navetasta.

Navetan seinät olivat alaosaltaan muurattu monen kokoisista
luonnonkivistä, litteistä kivistä, isoista kivenlohkareista ja
pienemmistä kivistä. Ovelle muurissa oli oma aukko ja samoin
ikkunoille, joita oli yksi oven puoleisella seinällä, samoin ovesta
katsoen vasemmassa päädyssä ja kaksi navetan takaseinällä.
Näin oli saatu kivinen muuri ja se oli yhtä korkea kuin navettaan
johtava ovi. Muurin päältä ylöspäin seinä jatkui pystysuuntaisella
laudoituksella aina katon räystäiden alle, ja tietysti koko komeu-
den suojana pärekatto, mikä tiputti sadevedet oven eteen. Sisä-
puolelta kiviseinät oli rapattu sileiksi.

Laipio oli lautarakenteinen ja sen yläpuolella oli avovintti, mille
ei ollut varsinaisesti käyttöä. Vintin lattialle oli levitetty eris-
tykseksi poltetun mullan ja turpeen sekoitusta, päälle oli jossain
vaiheessa levitetty myös olkia, sammaltakin muistelen siellä huo-
manneeni.

Navetan puinen ovi näkyi kuistille oikealla ja ikkuna vasem-
malla. Ovi avautui ulospäin, jolloin näkyviin tuli sisempi ovi ja
ovien väliin jäi pieni, seinän paksuinen tila, se esti lämmön
karkaamista ulos oven raoista. Erillistä lämmitystähän navetassa
ei ollut vaan lämpö tuli eläimistä. Sisempi ovi avautui sisäänpäin
oikealle ja avattuna sen taakse jäi nurkkaan tila, johon oli tuotu
maakuopasta perunoita ja turnipseja laatikoihin eläinten ruoaksi.
Oven vasemmalle puolelle jäi vapaa tila, mikä oli kanojen aluet-
ta, samalla seinustalla oli lisäksi kaksi karsinaa vasikoille tai sial-
le. Oven vastakkaisella, ikkunaseinän, puolella oli lattiasta vähän

kohollaan, puusta tehty, ruokintakaukalo. Kaukaloa oli koko seinän pituudelta.

Jokaiselle lehmälle oli oma pilttuu eli oma paikkansa, johon se oli kytketty riimulla. Lehmien päät olivat seinään päin ja lehmän eteen jäi hiukan tilaa ruokintakaukalon edessä, mihin niille annettiin heinää syötäväksi. Pilttuut olivat sijoitettu rinnakkain ja ne oli erotettu toisistaan matalalla lautaseinällä, mikä antoi lehmille omaa tilaa.

Kun kesä alkoi olla lopuillaan, päivät lyhenivät ja yöt kylmenivät, tuli syksy, silloin lehmät otettiin yöksi navettaan. Päiväksi ne laskettiin takaisin ulos laitumelle syömään ruohoa.

Sitten kun talvi teki tuloaan ja alkoivat yöpakkaset, niin lehmien, vasikoiden kuin kanojenkin oli aika muuttaa kesälaitumilta takaisin navetan suojiin, eläinten talvikotiin. Lehmille levitettiin olkia alustaksi, minkä päällä lehmien oli mukavampi olla makuillaan, märehtiä ja nukkua. Vasikat saivat omaan karsinaansa puhtaita olkia alustaksi, ja sialla oli oma pahnapaikkansa. Vain kanat saivat liikkua vapaasti koko navetassa.

Aamuin illoin kaikki eläimet ruokittiin ja lehmät lypsettiin. Aamulypsyn jälkeen lehmät saivat eteensä heinäkeon, välillä saivat myös joko turnipseja, perunoita, leseitä tai jauhoja, joskus melassia, niin ja tietysti vettä astiaan juotavaksi. Illalla sama toistui, kuten jokaisena päivänä.

Navetassa ei ollut sähkövaloja, joten talviaikana, jolloin navettatöiden aikaan ulkonakin oli usein miten pimeää, niin silloin navetalle vietiin öljylyhty antamaan valoa siksi aikaa, että saatiin hoidettua lypsäminen ja eläinten ruokinta. Iltalypsyn jälkeen lyhty jätettiin vielä palamaan ja se sammutettiin vasta myöhemmin, samalla kun isä tai äiti oli käynyt tarkistamassa, että eläimillä oli navetassa kaikki hyvin ja ne olivat asettuneet nukkumaan.

Päivällä valoa tulvi navetan sisään ikkunoista yltäkyllin ja silloin navetassa oli tietty omanlainen tunnelmansa, jokainen eläin tuntui olevan osanen navetan elämää, kaikki omilla paikoillaan. Yhteisymmärryksessä ne seurasivat toisiaan ja hoitajan puuhastelua, ja jos niillä oli nälkä, kuului ammuntaa, röhkintää tai kotkotusta, mutta sitten taas rauhallista oleilua ja lepohetkiä, kivinavetan suojissa.

Keskellä navetan lattiaa, lehmien takana oli lantaluori eli syvennys lattiassa, mihin lehmät tekivät tarpeensa. Lantaluori oli koko navetan pituinen ja se johti heinäsuojan puoleiseen päätyyn, missä sijaitsi lantaluukku, minkä kautta lanta luotiin navetasta ulos lantalaan talikolla tai lapiolla. Kun eläinten aluset vaihdettiin puhtaisiin, niin vanhat aluset luotiin samasta luukusta lantojen sekaan, jolloin tuloksena saatiin hyvää lannoitetta pelloille. Joskus lehmiä harjattiin muovisella piikkiharjalla puhtaammiksi, saatettiin joskus pestä kyljet ja häntä, jos lehmä oli saanut itsensä tosi likaiseksi. Vettä vaan ämpäriin ja harjaamaan.

Lehmästä tuli äiti aikanaan, se kantoi vasikkaa yhdeksän kuukauden ajan ja kun vasikka syntyi, niin lehmä nuoli sen puhtaaksi karhealla kielellään, nuuhki pientään ja oli kovin tohkeissaan. Aikuiset puhuivat kuitenkin lehmästä ja poikimisesta. Kun vasikka oli kasvanut isommaksi, mutta ei ollut vielä poikinut, niin sitä kutsuttiin hiehoksi tai sonnivasikaksi.

Vastasyntynyt vasikka nostettiin karsinaan lepäilemään. Poikimisen jälkeen lehmällä tuli utareet täyteen rasvaista maitoa, se oli täyteläisen keltaista, pihkaista ja paksua kuin kerma. Sitä sanottiin juustomaidoksi. Juustomaitoa lypsettiin ja annettiin vasikalle juotavaksi. Joskus pieni ei osannut juoda, silloin laitettiin sangon pohjalle maitoa, sormet imettäväksi vasikan suuhun ja pää sormineen sangon pohjalle. Vasikka alkoikin imeä lupsottaa sormia ja samalla litki maidon astiasta, niin sillä heräsi imemisvietti, kuin vauvoilla konsanaan.

Pieni vasikka oli niin suloinen. Vähän heiveröinen se oli syntyessään, ja kun se ensimmäisen kerran nousi makuultaan seisomaan, niin se hoippui ja horjahteli, jalat eivät oikein pitäneet.
Pian vasikka kuitenkin vahvistui, tuli aidan raosta kurkistelemaan, nuuhkimaan takin hihaa. Vasikka hamusi kielellä sormia,
imeä lupsotteli niitä, se oli näköjään siitä hauskaa, vai olikohan
sillä kuitenkin nälkä. Niin oli kaunis ja soma vauvavasikka.
Lehmä-äiti seurasi aina toimeliaana jälkeläistään, äännähteli ja
ammuikin välillä.

Juustomaito, mitä lehmästä saatiin tietty aika, ja koska sitä ei
voinut laittaa meijeriin, niin siitä leivottiin pullaa, pannukakkuja,
lettuja ja uunijuustoa. Juustomaidosta tehtiin myös monenlaisia
ruokia, sitä vietiin naapuriinkin pulloissa, silloin kun oli ylimääräistä tai muuten vaan viemisinä, kuin hyvänä eleenä naapuria
kohtaan. Vasikat kasvoivat hyvässä hoidossa, joskus vasikasta
kasvatettiin uusi lehmä ja niin saatiin taas enemmän maitoa. Kun
vasikat kasvoivat tietyn kokoisiksi, ne myytiin lihakunnalle,
karja-auto tuli hakemaan ne pihasta. Usein karja-auto haki monen maatilan myytävät eläimet samaan kyytiin, kuljetti ne sitten
teurastamolle. Teurastamolla niistä valmistettiin makkaroita,
säilykkeitä, mitä kaikkea nyt lihasta tehdäänkään. Niin kodin vasikatkin aina lähtivät, haikein mielin saattelimme niitä karja-autoon, ja kun karjaauton takaluukut paukahtivat kiinni, oli ikävä.
Taas ajallaan joku lehmistä vasikoi, kaikki alkoi alusta, samaan
malliin elämä jatkui.

Vaaleanpunainen possu

Joissain maalaitaloissa kasvatettiin emakkosikoja ja kun ne porsivat, niin porsaita myytiin niitä haluaville. Niinpä meillekin hankittiin possu.

Se oli vielä aivan pieni ja tuotiin vihulaissäkissä kotiin. Aluksi possu asusti sisällä tuvassa niin, että se ehtisi vähän kasvaa ja tulisi vahvemmaksi, ennen kuin se vietäisiin navettaan. Possu oli vaaleanpunainen ja söötti, arkakin, pelkäsi varmaan, kun oli tuotu ihan vieraaseen paikkaan, erotettu emostaan ja toisista pikku porsaista, sillä ei ollut emon turvaa, eikä emon tissiä.

Ihan ensimmäiseksi sitä opetettiin syömään, minkä jälkeen se sitten haki nukkumapaikkaa pankon alta, joksi nimitettiin leivinuunin alla olevaa koloa, missä säilytettiin puitakin. Se oli lämmin ja sopiva kolo possulle, kissakin siellä tykkäsi nukkua. Possu juoksi välillä lattialla kovaa kyytiä, mutta kun lattia oli jalkojen alla liukas, niin se oli possulle kuin jäällä olisi luistellut. Välillä saimme possun kiinni, otimme syliimme, siinä rapsutimme sen korvanjuurta ja juttelimme sille mukavia. Se kuunteli hiljaa ja hievahtamatta, ehkäpä alkoi jo tottua meihin. Vaan ei se kauaa viihtynyt sylissä, ja taas sitä vietiin, liukkaalle "jäälle". Välillä se pissasi, teki papanoita ja muutakin, no se ei ollut kivaa. Sanoin isälle, eikö possu pitäisi viedä jo navettaan, mihin isä, että antaahan vielä kasvaa, niin pärjää sitten paremmin navetassa. Niin tuli possulle aika muuttaa navetalle omaan karsinaan ja se sai ison olkikasan navetan seinustalle, minne se kaivautui piiloon ja lämpimään, pieni kärsä vain näkyi olkien alta. Siellä se nukkui ja aamulla kuului pientä röhkintää, kun se kipitteli puukaukalolle syömään.

Possu sai syödäkseen padassa keitettyjä perunoita, jotka jäähdyttyään murskattiin ja niiden sekaan lisättiin kurria, jauhoja, kaikenlaisia ruoantähteitä ja lopuksi seos sekoitettiin ja kaadettiin possun ruoka-astiana toimivaan puukaukaloon. Niin, possuhan sai siis aitoa kotiruokaa ja sillä se kasvoikin hyvin, isoksi siaksi. Yhtenä päivänä loppusyksystä karsina oli tyhjä ja vaikka kuinka monta kertaa kävin katsomassa navetalla olkikasaa, niin ei näkynyt possua, eikä kuulunut röhkintää navetasta. Eihän meille lapsille ollut kerrottu mitään, kun sika oli lahdattu.

Siasta saatuja lihoja säilöttiin puusaaveihin, joita säilytettiin vilja-aitassa, missä lihat sitten pakkasilla jäätyivät ja siten ne säilyivät aina kevääseen saakka. Osa lihoista suolattiin, se oli hyvä säilöntäaine. Aitalta oli sitten hyvä käydä tarvittaessa hakemassa lihaa paistiin, kastikkeisiin, lihakeittoihin, perunalaatikoihin ynnä muuhun. Silloin ei ollut pakastekaappeja, eikä kylmiöitä, oli elettävä luonnon ehdoilla ja kekseliäisyydellä.

Nopeasti sian katoaminen ja ikävä kuitenkin unohtui, sillä olihan tulossa joulu, ja kun sitten kinkku nostettiin joulupöytään, niin kyllä se sitten maistuikin erinomaisen hyvälle.

Kanat

Navetan asukkaisiin kuuluivat myös kanat, ei niitä kovin montaa ollut, neljä tai viisi. Ne sai liikkua vapaasti navetassa, mutta lehmien pilttuisiin ne eivät menneet, pelkäsivät varmaankin jäävänsä jalkoihin. Kanoilla oli omat ruokakupit lattialla, syötäväksi ne saivat jyviä, ruoan tähteitä ja munankuoria, mitkä oli kuivatettu, sitten murskattu pieniksi palasiksi, niitä syömällä kanat saivat kalkkia. Juomakuppi oli vedelle, välillä veden sekaan lorautus lypsymaitoa juomaksi, se maistui kissallekin. Pesä kanoilla oli kivimuurilla, sinne kanat kävivät munimassa, mistä munat sitten kerättiin talteen. Äiti leipoi tai käytti munat ruoanlaittoon, ja joskus kun jäi ylimääräisiä, niin alueella vierailevat kesäasukkaat tulivat mieluusti ostamaan maalaismunia, toki naapureillekin munat kelpasivat, kun kaikilla ei ollut omia kanoja.

Ylhäällä, navetan katonrajassa, oli puinen orsi, minne kanat menivät nukkumaan. Ne lensivät sen pienen matkan ylös yöpuulle, joksi sitä ortta sanottiin. Kanojen silmät luppasivat kummallisesti, ja pian ne painuivat uneen, mutta jo aikaisin aamulla ne virkeänä kotkottivat ja etsivät ruokaa. Niiden nokat kävivät vikkelään tahtiin ja heltat punaisina heiluivat, jalat kaapivat välillä sementtilattiaa, pöyhivät lattian päällä olevaa ruumenta, nokkasivat sieltä löytyneen jyvän, toisen, kolmannen ja siinä ne touhuilivat omiaan, välillä valkoisia sulkiaan pöyhien, tai lennähtäen ikkunasyvennykseen ja katselemaan sieltä ulos. Joskus ne istuivat karsinan kaiteen päälle, mutta saivat äkkikyytiä, kun sikaa tai vasikoita häiritsi niiden reviirille tunkeutuminen. Voihan se olla niin, että olisivat vain halunneet seurustella, mutta kanat pelästyivät. Kanoille tuli aikanaan sulkasato, silloin niiden höyhenet ja sulat irtosivat. Sulkasatoiset kanat olivat paljaan ja ihan kummallisen näköisiä. Äiti sanoi, että ne kasvattavat uudet sulat ja höyhenet, aivan kuin uuden puvun saisivat. Sulkasadon aikaan kanat eivät myöskään jaksaneet munia, niille talvi oli lepoaikaa.

Kun sitten kevät saapui, kanat piristyivät ja valkoinen uusi höyhenpuku yllään ne tepastelivat navetasta ulos kesän viettoon. Ne kaakattivat ja kotkottivat iloisina, välillä lensivätkin kuin linnut, mutta maata pitkin juosten ja siivillään villisti räpyttäen.

Pian koittikin aika, että kanat aloittivat taas munimisen. Kiire niillä oli kaivella maata nokallaan, matoja varmaankin löysivät, kesäisiä herkkupaloja. Vesiheinästä ne kovin tykkäsivät, kävimme Unton kanssa hakemassa sitä navetan takaa ison kasan ja äkkiäkös se hävisi niiden kuvun täytteeksi. Joskus ne nokkivat kiviäkin, emme oikein ymmärtäneet miksi. Mummo kertoi, että kanat syövät aina tietyn määrän kiviä, jauhinkiviksi, se liittyy kanan ruokailuun ja ruuan sulatukseen.

Navetan seinustalla kanoille oli ruoka- ja juomakupit, vaikkakin ne löysivätkin myös ulkoa paljon syömistä ja juomista. Päivällä ne melkeinpä asuivat marjapensaiden alla, siellä niillä oli suojaisa ja turvallinen paikka oleskella. Ne olivat kaivaneet pensaiden alustat mustalle mullalle, välillä kaivautuivat kokonaan pehmeän mullan sekaan rypemään, sitten äkisti ripsuttivat siipensä puhtaiksi ja höyhenet pöyhkeiksi, kovasti tuntuivat nauttivan kylpemisestä. Ruokaillessaan ja touhuillessaan siinä samalla kanat lannoittivat pensaat ja niin marjasadosta tuli hyvä.

Seurailimme niiden touhuilua leikkiessämme pensaiden välissä nurmikolla. Kesällä kanat saattoivat tehdä uusia munimispesiä, ja äiti laittoi meidät etsimään niitä, kun huomasi, ettei navetan kiveyksellä oleville pesille ilmestynyt yhtäkään munaa. Joskus pesä saattoi löytyä jostain heinikosta, kun seurasimme niitä kuin salapoliisit. Kun joku kana alkoi kotkottamaan erilaisella äänellä ja käveli levottomana, niin silloin tiesimme, että nyt sitä munittaa. Silloin seurasimme, minne päin kana menee istumaan ja munaansa tekemään. Kerran pesä löytyi kuin vahingossa navetan vintiltä, kun olimme kiivenneet sinne leikkimään. Sieltä korkealta oli mahtavaa katsella maailmaa, mutta pieni pelon poikanen asui kengissämme, entäs jos jalan alla pettää ja putoamme laipion läpi navettaan. Tullessamme alas navetan vintiltä toimme munat varovasti mukanamme, hymyt huulillamme katselimme toisiamme, mitähän äiti sanookaan, kun näytämme löytömme tulokset.

Äiti oli hyvää pataa kanssamme, ilo pursusi ovista ja ikkunoista ja kun ilta tuli, niin hän sanoi, lähdetäänpä viemään kanat navettaan, yöpuulle. Ei ne kanat olisi halunneet millään mennä navettaan, mieluummin olisivat olleet ulkosalla. Äiti kertoi, että yöllä kanat voivat joutua vaaraan, ketun tai muun metsän eläimen syötäväksi, kun ne etsivät saalista, ja kanat olisivat kyllä niille oikein herkkua. Niinpä teimme porukalla kujan ja sitä pitkin koetimme houkutella kanaset sisälle navettaan, välillä joku karkasikin, mutta viimein kaikki oli navetan suojissa ja sitten vain navetan ovi kiinni.

Kevätkesä ja lehmät

Tuli kevätkesä ja oli lämmintä, luonto pukeutui vihreään, aurinko porotti taivaalta suurena keränä. Talvitamineet joutivat aitanorrelle, tilalle tuotiin kesään kepeämmät ja paljasjaloin pihalla juostiin. Lehmiäkin kutsui jo vihreät laidunmaat, vapaus, yksitellen ne vietiin aitaukseen, missä ne juoksentelivat, poukkoilivat sinne tänne, puskivat toisiaan, möyrivät multaa, nousivat takajaloilleen, yrittäen mennä kahdella jalalla eteenpäin. Hännät heiluivat ja ammuu-huudot kiirivät ilmojen halki, ne olivat vapaudesta ihan sekaisin. Kuin katsomossa, aidan vierellä, seisoimme Unton kanssa ja olimme varuillamme, etteivät lehmät vain puskisi meitä nurin vapauden huumassa hyppiessään ja loikkiessaan, mutta mehän olimme niille kuin ilmaa, ei ne edes huomanneet meitä, vain kesän ja vapauden. Vähitellen lehmät rauhoittuivat ja niille alkoi maistua tuore, vihreä ruoho. Kesän ne saisivat olla ulkona myöhäsyksyyn saakka, eikä niitä haitannut vesisateessa kastuminen, toki usein sateella ne menivät metsään, puiden alle suojaan, saattoivat yöpyäkin siellä.

Syystä tai toisesta lehmihaan aita oli saattanut joskus rikkoutua, ja lehmät päässeet siten karkaamaan. Ne olivat voineet löytää naapurin kasvimaalle tai viljapeltoon herkuttelemaan. Joskus saattoi käydä niinkin, että olivat karkumatkalla kulkeneet suurille saloille, mistä isä oli käynyt ne sitten etsimässä ja ajanut kotiin. Monta kertaa juostiin hiki hatussa lehmien perässä ajaessamme niitä omaan aitaukseensa. Kun lehmät saatiin takaisin aitaukseen, oli isän sitten lähdettävä etsimään paikkaa, mistä karkulaiset olivat päässeet pois aitauksesta. Isä otti mukaansa vasaran, nauloja ja kirveen, joilla korjaisi aidan.

Kun lehmät oli laskettu kesälaitumelle aitaukseen, tuli navetan siivouksen vuoro. Äiti ripsusi koivuvastalla laipiot ja seinät pölystä, hämähäkin seiteistä ja roskista, sen jälkeen pestiin ikkunat, pilttuut ja lattia. Autoimme äitiä minkä osasimme. Saatoimmehan välillä olla siivouksen tiellä, hankaloittaa äidin touhuja, sitä edes ymmärtämättä.

Navetan kevätsiivouksen yhteydessä monilla tiloilla tehtiin myös navetan seinien ja laipion kalkitseminen, mutta en muista tehtiinkö meillä niin ja toisaalta se saattoi olla myös sellaista työtä, mihin ei lapsia otettu mukaan. Kalkitsemista varten tehtiin sammuttamattomasta kalkkijauhosta ja vedestä vellimäinen seos, mitä pensselöitiin navetan laipioon ja seinille, näin navetta sai aivan uuden, valoisamman ja puhtaamman ilmeen. Syy kalkitsemiselle oli kuitenkin estää epäpuhtauksia ja siten se paransi eläinten hyvinvointia.

Lehmisavuilla

Lapsuudenkotiani, mikä oli myös synnyinkotini, ympäröivät kumpuilevat peltoaukeat. Talon takana kohoava pieni mäki, sitä kutsuimme Kuoppamäeksi, oli myös raivattu pelloksi. Kuoppamäen rinteeseen oli kaivettu kolme maakuoppaa säilytyspaikoiksi, joihin varastoitiin talveksi perunat, porkkanat, nauriit ja muut kasvimaiden antimet. Noista kuopista mäki oli saanut nimensäkin.

Kuistilta katsoen saattoi nähdä saunan, sen vieressä olevan lypsyhaan, mihin lehmät haettiin ja usein ne jo osasivat tulla itsekin metsälaidunalueelta, kun oli lypsyn aika. Lypsyhaan takana näkyi hiukan laidunaluetta. Kuistilta näki aittarakennuksen, navetan ja naapurin rakennuksia, sekä aitan takaa kulkevaa hiekkatietä.

Pelloilta raivatuista kivistä tehdyt aidat piirsivät rajoja peltoalueen ja lehmihaan rajalle, lypsyhaka oli aidattu piikkilangalla. Aitan takaa, tien toiselta puolen pilkisti osa naapurin rakennuksista. Navetan ja aitan väliin jäi pieni kaistale, mistä näki kauempana peltojen takana olevan metsän reunan, muuten rakennukset peittivät näkyvyyttä lähes joka suuntaan.

Kesäaamuisin aurinko nousi Kuoppamäen takaa ja kiersi saunan, laidunalueen, naapurin peltojen ja rakennusten yli ja illalla se laski navetan taakse. Keskipäivällä pihamaa kylpi auringonpaisteessa ja oli mukava paikka kaikenlaisille leikeille ja peleille.

Kesän kääntyessä jälkimmäiselle puoliskolleen, vielä heinäkuun puolella, heinätyöt oli tehty ja heinät ajettu latoihin, ja pellot alkoivat kasvaa jo uutta heinää. Laidunalue oli jo kaluttu tyhjäksi kevään kasvustosta ja lehmille piti saada parempia ruokamaita, niin silloin karja vietiin lisäruokintaan, kauempana sijaitsevalle, etelälahden suokapaleelle. Aluetta isä oli aidannut niin, etteivät lehmät päässeet karkaamaan suurille saloille, missä ne saattaisivat joutua eksyksiin tai loukata itsensä louhikoissa. Alue oli kuivatettu soistuneesta alueesta ja se sijaitsi suuren järven etelälahdella. Matkaa kotoa peltolaitumille oli yli kilometri ja sinne johti edellä mainittu hiekkatie.

Kun aamulypsy oli hoidettu ja maidot laitettu jäähtymään, lehmät vietiin päiväksi peltolaitumelle ja kun tuli iltalypsyn aika, niin ne haettiin takaisin lypsyhakaan. Yön lehmät viettivät kotihaassa.

Menkääpäs lapset hakemaan lehmät kotiin, huikkasi äiti meille. Lähdimme veljeni kanssa, kävelimme metsälaitumen ja naapurin pellon välissä olevaa hiekkatietä pitkin, ison metsän halki, suopalstalle.

Suopalsta on niin sanottua lisämaata, jonka sai lunastaa itselleen määrättyjä ehtoja vastaan. Mummo oli saanut lisämaata sillä ehdolla, että tilalla olisi jatkaja. Isän nuorempi veli ei halunnut jäädä jatkajaksi, joten isä jäi kotitilalleen. Lisäksi ehdoissa oli, että kyseisestä maa-alasta piti raivata pelloksi, tietyssä ajassa, määrätyn suuruinen alue. Kun raivaus ja muokkaus olivat valmiit, niin tarkastaja kävi tarkastamassa ja toteamassa, että kaikki oli tehty ehtojen mukaisesti. Sen jälkeen tämän lisämaan sai lunastaa itselleen.

Lisämaan raivaaminen pelloksi ei ollutkaan mitenkään helppoa. Alue oli soista aluetta, sen keskellä virtasi puro viereisen järven lahteen. Oja piti ensin perata kunnolla auki, että alue alkaisi kuivaa, muutenhan se olisi ollut liian märkää ja ventoa pelloksi. Ojan kaivuussa olivat työvälineinä oikeastaan vain lapio ja suokuokka, silloin kun ei vielä ollut kaivinkoneita monessakaan paikassa käytettävissä. Seuraavaksi kaadettiin puusto pois ja se tapahtui kaarisahan ja kirveen avulla. Puustohan ei ole suoalueella ollut kovin jykevää, mutta ropseja ja polttopuuta sieltä sai. Puut ajettiin hevospelillä pois. Seuraavana olivat vuorossa kannot, jotka täytyi kammeta ja vääntää rautakangen ja muiden työkalujen kanssa irti maasta. Hevonen oli siinä työssä oiva apulainen. Hevosen valjaisiin kiinnitettiin paksu rautariimu, minkä toinen pää kiinnitettiin kantoon ja sitten ohjastettiin hevosta vetämään. Työ oli myös hevoselle raskasta ja hyvin repivää. Isommista kannoista saatettiin kaivaa juuria näkyviin ja ne katkottiin kirveellä poikki. Oikein isot ja sitkeät kannot oli räjäytettävä kappaleiksi, kun muuten eivät antaneet periksi. Puhuttiinkin kantopommeista.

Kun kannot oli saatu kaivettua maasta, niin ne kasattiin isoiksi röykkiöiksi ja sytytettiin palamaan. Tulen kanssa piti olla varovainen, ettei se pääsisi karkaamaan lähimetsiin, siksi kantojen poltto ajoitettiinkin sopivalle kelille, usein miten syksyyn, jolloin maasto oli märkää.

Kun kannot oli poltettu, niin sitä seurasi alueen muokkaus, mikä tapahtui ensin suokuokalla, jolla rikottiin ja hajotettiin turvekerros. Kun turvekerros oli hajotettu, niin raivatulle alueelle ajettiin hiekkaa, mitä onneksi löytyi aivan raivion vierestä, kotiinpäin vievän kärrytien viereltä. Hiekka teki suoturpeesta vähemmän hapanta ja ilmavampaa. Vasta kaikkien näiden töiden jälkeen päästiin peltoalue kyntämään, siihen oli taas hevonen ainoa apulainen.

Kun raivaukset ja kynnöt oli tehty, niin vielä piti jakaa alue kapaleiksi kaivamalla sarkaojat, joita pitkin ylimääräinen vesi pääsi valumaan pois.

Yleensä lisämaiden raivaaminen oli valtavan työn takana, työ oli erittäin raskasta ja ostoehtojen antama aika lyhyt.

Lisämaan toisella laidalla nousi suon reunalta jyrkkä rinne. Joskus nousimme rinteen yli toiselle puolelle ja sieltä löytyikin hyvä puolukkapaikka.

Heinänteon aikaan kiipesimme joskus Unton kanssa rinteelle. Rinne oli niin jyrkkä, että pystyimme laskemaan sieltä alas pyllymäkeä.

Kerran kun isä oli ollut tekemässä jotain suopelloilla, niin hän oli huomannut, että rinteellä oli miehiä, jotka olivat sen oloisia, kuin etsisivät jotain. Isä oli mennyt jututtamaan miehiä ja oli selvinnyt, että he olivat tutkimassa, josko rinteestä löytyisi soraa.

Löytyihän sitä. Rinne ei ollutkaan joutomaata niin, kuin siitä oli koko ajan ajateltu.

Syy soran etsimiseen oli siinä, kun alueelle alettiin tehdä metsä-autoteitä ja muutkin tiet kaipasivat soraa, niin olisi edullisempaa ajaa sora mahdollisimman läheltä tietyömaita.

Kun isä sitten kertoi kotona löydöstä, niin kyllä oli vanhemmilla suu messingillä, taidettiin löytää sorakaivos. En muista vuosilukua, milloin soranajo alkoi.

Kun olimme saapumassa suopellon laitaan, niin katkaisimme valmiiksi pajunoksat vitsoiksi, joita käyttäisimme alkaessamme ajella lehmiä kotiin päin.

Huhuilimme, ptrui…ptrui, tulkaapa lehmät kotiin…. ptrui.. ptrui.. ptruiii, tulkaapa lehmät kotiin. Lehmät höristivät korviaan ja alkoivat verkkaisesti löntystellä meitä kohti. Avasimme portin, laskimme lehmät tielle ja siinä ne kulkivat jonossa eteenpäin, utareet täynnä maitoa.

Toisinaan lehmät saattoivat jäädä paikoilleen syömään jotain ruohonkortta, ja aina joku niistä yritti karata metsään, jolloin se täytyi hakea ja ajaa pajuvitsan kanssa takaisin laumaan. Joskus tien varrella näkyi sieniä ja niitä lehmät jäivät usein haistele-maan ja maistelemaan. Laumanjohtajana oli aina sama, joukon edellä kulkeva lehmä, jota toiset lauman lehmät seurasivat perä-kanaa kohti lypsyhakaa. Olimme veljen kanssa tyytyväisiä, kun saatiin pidettyä lauma tiellä ja ohjattua kotihakaan. Tunsimme myös mielihyvää ollessamme tällä tavoin avuksi vanhemmil-lemme.

Äiti odottelikin jo maitotonkan, siivilän ja sangon kanssa pääs-täkseen lypsylle. Äiti noukki lypsyjakkaran käteensä, asetteli sen ensimmäisen lypsettävän lehmän viereen ja istahti sitten jakkaralle, otti märän pyyherievun pesuastiasta ja puhdisti utareet vetimineen, sitten ei muuta kuin vetelemään tisseistä maitoa, jalkojensa väliin tukemaansa, lypsysankoon. Maitoa alkoi suihkahdella tasaisella rytmillä sankkoon ja siitä kuului tuttu ääni, mistä pystyi kuulemaan missä vaiheessa lypsy oli, sillä astian täyttyessä ääni muuttui vaimeammaksi.

Kesällä riesana olivat kärpäset, itikat ja paarmat, joita lehmät yrittivät hätistellä pois huiskimalla hännällään tai potkimalla takajaloillaan mahanalustaan ja siinä touhussa saattoi lypsyastia saada kyytiä, ja oli siinä lypsäjäkin vaarassa lehmän terävien sorkkien kanssa.

Veljeni kanssa etsimme risuja, oksia, lastuvia ja tuohta, joista sytyttelimme lehmisavut. Lypsypaikan keskelle oli tehty kivistä nuotiopaikka lehmisavuja varten. Kun nuotio saatiin syttymään, laitoimme tuleen lepän lehtioksia tai muuta tuoretta lehtipuun oksaa niin, että nuotio savuttaisi oikein kunnolla. Lehmät tulivat mielellään nuotion ääreen, sillä ne kyllä tiesivät, etteivät ötökät viihdy savussa. Sateella tai kovemmalla tuulella ötököistä ei ollut niin paljon harmia ja silloin lehmisavuja ei tehty.

Joskus joku lehmä piti laittaa riimulla kiinni aitaan siksi aikaa, että sen sai lypsettyä. Niin tehtiin, jos kärpäset ja paarmat kiusasivat lehmää niin paljon, ettei se pysynyt paikoillaan vaan käveli ja pysähtyi, käveli ja pysähtyi, aivan yhtenään. Silloin me, veljeni kanssa, vuorotellen autettiin ripsumalla lehmää lypsyaikana. Kävimme tekemässä metsästä lepänoksavastat ja sillä kevyesti vihdoimme kärpäsiä pois lehmän kimpusta. Lehmät kyllä tykkäsivät ripsumisesta ja se rauhoitti niitä ja siten äiti sai lypsettyä maidot. Maitoa yhdestä lehmästä herui sangollisen verran lypsykerralla ja kun lehmä oli lypsetty, äiti kävi kaatamassa maidon tonkkaan, joka oli aidan takana suojassa, etteivät lypsyvuoroaan odottelevat lehmät vahingossa kaataisi sitä. Tonkan päällä oli siivilä ja sen päällä vielä harsokangas, ne estivät roskien pääsyn maidon sekaan. Kaadettava maito valui vaahtoisena, valkoisena ja puhtaana astiaan. Joskus äiti kaatoi meille mukeihin lämmintä maitoa ja se maistui hyvälle ja makealle.

Lisäsimme lehmisavuun oksia ja risuja, jolloin savu levisit tarhassa lepäilevien lehmien ympärille. Siinä lehmät märehtivät, leuat jauhoivat ruohomassaa, mitä ne olivat syöneet laitumella ollessaan, suopellolla tai kotihaassa.

Alkukesästä kun lehmät oli päästetty navetasta pihalaitumelle nauttimaan vapaudesta ja tuoreesta ruohosta, mitä oli kasvanut myös saunan takana oleville laitumille, niin lehmät saattoivat joskus syödä itsensä ähkyyn, sillä ne ahmivat tuoretta ruohoa liian paljon kerralla. Navetassahan niitä ruokittiin kuivalla heinällä ja muutos tuoreeseen heinään aiheutti mahan paisumista ja turvotusta. Lehmä oli silloin tuskainen, muutenkin huonovointisen oloinen. Ähky saatiin parannettua usein miten kotikonstein, kävelyttämällä lehmää ja pitämällä sitä liikkeellä.

Lehmillä ja muillakin kotieläimillä oli joskus erilaisia vaivoja ja sairauksia ja kun kotikonstit eivät auttaneet, niin silloin oli kutsuttava eläinlääkäri, joka tutki eläimen tarkoin, määräsi lääkkeet ja antoi hoito-ohjeet. Tapahtui joskus myös niin, ettei tautia saatu parannettua ja eläin menehtyi. Se oli iso menetys ja surullista koko perheelle.

Kylän isolla maitolaiturilla

Lehmistä lypsetty maito vietiin tonkissa kylmään veteen jäähtymään, ja jos oli jäitä, niitä lisättiin veteen, että jäähtyisi nopeammin ja maito pysyisi kylmänä ja siten säilyisi tuoreempana. Jäitä ajettiin talviaikaan järveltä hevosella ja reellä isoon kasaan navetan lähettyville, missä ne peiteltiin sitten sahanpurulla ja lumella, näin ne säilyivät pitkälti kevääseen ja jopa alkukesään saakka.

Joka aamu isä kuljetti maitotonkat kylän isolle maitolaiturille hevosella, joskus maitokärryillä. Sinne toisetkin kyläläiset toivat maitonsa. Siinä meijeriautoa odotellessa, kylän miehet ja naiset jutuskelivat kuulumisia. Maitolaituri oli sellainen kohtaamispaikka, missä nuorisokin tapasi toisiaan.

Meijeriauto tuli aina omalla ajallaan, toi tullessaan tyhjät tonkat ja vei mennessään täydet. Meijeriltä sai tilata piimää, voita, juustoa, jäätelöä ja paljon muuta. Meijeriauto toimitti tilaukset samalla kun nouti täydet maitotonkat, ja mitä oli tilattu, niin siinä kaikki samalla maitoreissulla hoitui. Joskus äiti ja isä tilasivat jäätelökakun, mikä oli pakattu styroksilaatikkoon. Kotona laatikon kansi avattiin kuin haltioituneina, niin juhlalliselta ja erikoiselle se herkku lapsesta tuntui. Kakun päällä saattoi olla jäätelöruusukkeita ja paljon suklaalastuja. Sitä sitten maisteltiin, jokainen lusikallinen oli kuin suuri aarre.

Tyhjät tonkat ja siivilän äiti pesi saunalla, muuripadassa kuumaksi lämmitetyllä vedellä, harjan ja pesuaineen kanssa hangaten ja sen jälkeen huuhteli pesuainevedet pestyistä astioista pois. Pesun jälkeen tonkat nostettiin kuivumaan saunan ulkoseinustalla olevalle kuivaustelineelle alassuin. Äiti sanoi, että puhtaat pitää astioiden olla, ettei maitoon tulisi mitään pöpöjä. Meijeri tarkisti maidon tietyin väliajoin, otti erilaisia kokeita ja jos jotain huomauttamista oli, ilmoitti siitä maidontuottajalle.

 Karja antoi ruokaa perheelle, lihaa, maitoa, piimää, kermaa, juustoa, jäätelöä, kananmunia ja monta muuta tarviketta, niitä ei tarvinnut kaupasta ostaa. Maidosta tuli työpalkka äidille ja isälle, meijeritiliksi sitä kutsuttiin, myytävästä lihasta, lihatili, savotasta isä sai savottatilin, niistä yhdessä koostui palkka, jolla perhe eli. Lastenkin täytyi auttaa, minkä osasimme ja jaksoimme. Ajoimme olkia eläimille kuivikkeiksi ja syötäväksikin. Talvella puinen kelkka oli ajovälineenä, kasasimme sen täyteen olkia, joita puimalassa säilytettiin. Joskus oli niin paljon lunta, että oli hankalaa kuljettaa täyttä kelkkaa luminietosten keskellä, jalka upposi, kelkka kaatui ja hankeen levinneet oljet koetimme saada takaisin kyytiin, tuuli tahtoi joskus viedä vielä osansa mukanaan, riepotteli kasaa sinne tänne, mutta niin vain pääsimme kuormamme kanssa navetan luo, missä tyhjensimme kenkämme lumesta ja sitten tupaan lämmittelemään. Onneksi olkien hakureissu ei aina ollut yhtä hankala ja tiekin oli useimmiten aurattu lumesta. Ajoimme puita kelkalla ja kannoimme niitä sisälle, jotta äiti voisi lämmittää uunit, saunapuita kannoimme myös.

 Sauna lämmitettiin talvella kerran viikossa. Lämmityksessä meni monta tuntia aikaa siihen, että saunassa olisi riittävästi lämpöä kylpemiseen ja riittävästi kuumaa vettä peseytymiseen. Kesällä sauna lämmitettiin useamman kerran viikossa, koska peltotyöt, heinänteko ja yleensä kaikki kesän tekemiset olivat hikisiä hommia ja monesti kesällä oli myös hellettä, mikä lisäsi hikoilua muutenkin raskaissa töissä. Kesällä sauna lämpesi myös paljon nopeammin ja se lämmitettiin aina kun siihen oli tarvetta. Silloin ei ollut suihkuja, mutta onneksi oli sauna.

Aitta

Aitta liittyi moneen kotiaskareeseen keskeisesti, se toimi varastona niin viljoille, kuin vaatteille ja monille muillekin tavaroille, mitä ei tarvittu kuin määrättyinä aikoina vuodesta tai harvemmin. Aittarakennus oli harmaa, kaksiosainen ja kaksikerroksinen. Toinen puoli aitasta toimi viljavarastona ja sinne oli rakennettu laudoista viljahinkalot, joihin laitettiin syksyllä puidut ja kuivatut viljanjyvät, mistä suurin osa oli tarkoitettu eläinten ruoaksi. Talven tullen jyviä vietiin, aina kulloinkin tarvittava määrä, myllylle jauhettavaksi. Kun jyvät oli jauhettu, niin jauhot tuotiin säkeissä takaisin aitalle säilytykseen, mistä niitä otettiin sitten eläinten syötäväksi.

Pelloilla kasvatettiin rehuviljan lisäksi joskus myös vehnää ja silloin saatiin omaa vehnäjauhoa, mistä leivottiin pullaa. Pullasta tuli tummaa, eikä vaaleaa, niin kuin kaupan jauhoista tehdystä pullasta. Eroa jauhoilla oli myös se, ettei omista jauhoista leivottu pullataikina kohonnut yhtä hyvin, kuin kaupan jauhoista tehty ja makukin oli erilainen. Äiti sanoikin, että se oli kakkosluokan pullaa.

Ruistakin kylvettiin toisinaan, ja kun syksyllä tuuleentunut vilja leikattiin, se sidottiin lyhteiksi ja lyhteet kasattiin kuhilaiksi kuivumaan. Ne näyttivät kauniilta siellä pellolla, oli kuin koko pelto olisi ollut täynnä pieniä majoja. Joskus leikkiessämme piilouduimme kuhilaiden alle piiloon, keltaiset tähkät vain roikkuivat päittemme päällä.

Ruisjauhoista äiti teki leipää, sekoitti puisessa leipäkorvossa ruisjauhoa ja vettä, lisäsi vielä hiukan hiivaa ja suolaa sekaan. Yksi puukorvo oli varattu vain leiväntekoa varten, eikä sitä käytetty muuhun tarkoitukseen, ja sitäkin säilytettiin aitassa, koska sisällä ei ollut ylimääräistä säilytystilaa. Korvoon jätettiin aina taikinan juurta seuraavaa taikinaa varten.

Isä oli vuollut puukolla puisen hierimen, millä taikinaa sekoitettiin. Hierintä säilytettiin aina leipäkorvon mukana, eikä sitäkään käytetty muuhun tarkoitukseen, kuin ruisleivän tekoon. Leipää äiti paistoi joka viikko uunin täydeltä, mikä tarkoitti kahdeksaa leipää. Se myös tarkoitti sitä, että joka viikko oli leivänjuuri happanemassa. Kun taikinaa oli hapatettu yön yli, niin sitten siihen lisättiin sopiva määrä ruisjauhoja, ja sitten se alustettiin leipätaikinaksi. Äiti kaatoi taikinan pöydälle, jakoi sen sopivan kokoisiksi paloiksi ja pyöritteli pyöreiksi leiviksi kohoamaan leivinpöydälle, minkä jälkeen ne laitettiin uuniin paistumaan. Pihalle asti levisi lämpimän leivän tuoksu ja kutsui sisälle maistelemaan, ja olihan se hyvää, paljon voita vaan leipäpalasen päälle ja herkuttelemaan.

Aitassa säilytettiin talven marjahillot, sienet ja liha. Siellä ne säilyivät pakkasessa ja tarpeen tullen niitä haettiin aitalta sopiva määrä sulamaan. Aitalla säilytettiin kaikkea tarpeellista, kun sisällä ei liioin komeroita ollut.

Aitan toinen puoli oli varattu vaateille. Laipion rajaan oli rakennettu pitkät orret, joille ripustettiin henkareihin takit, mekot, puserot, no, mikä nyt sattui olemaan sopivaa säilytystilaa vailla. Syksyllä kesävaatteet vietiin aittaan säilytykseen ja sitten kun kevät saapui, niin taas toisin päin, kuten myös kengät ja muutkin tarvittavat tavarat.

Aitta toimi myös kesäisin nukkumapaikkana ja keväällä kun ilmat lämpenivät, äidin kanssa siivottiin aitta perusteellisesti, laitettiin talvivaatteet orsille ja otettiin kesävaatteet käyttöön, sitten äiti petasi vuoteet. Kaikki halusivat aittaan nukkumaan, koska siellä oli kerrassaan ihana ja kesällä viileämpikin nukkua. Minä nukuin aitan alakerrassa mummon kanssa seinustalla olevassa vanhassa puisessa, aukivedettävässä, sängyssä. Siellä kylki kyljessä nukuimme ja kuuntelimme kun hiiret välillä rapistelivat, juoksivat pitkin seiniä, mutta ei se haitannut mitään. Välillä nukuin myös aitan yläkerrassa vanhempien ja toisten sisarusten kanssa.

Aitan vintillä oli laipio matalalla, täytyi kävellä vähän kumarassa, ettei löisi päätään kattoon. Lattialle oli laitettu patjoja vierekkäin niin, että kaikki siihen mahtuivat nukkumaan. Toiselle puolen vintin lattiaa jäi tyhjää tilaa, usein kiipesimme sinne leikkimään, rakentelimme mieleisiä juttuja ja leikkejä, niistä tarvikkeista mitä nyt sattui löytymään. Vanhoja astioitakin siellä oli ja nuketkin pääsivät kesäaittaan.

Kun tuli syksy ja kylmät ilmat, niin oli aina yhtä surullista jättää hyvästit kesälle ja siirtyä sisätiloihin nukkumaan. Kesäaitassa oli oma tunnelmansa, haikeus asui jokaisen mielessä, mutta syksyn viimat ja sateet käänsivät pian ajatukset tuvan turvalliseen lämpöön.

Huussi

Huussi, ulkohuone, sillä oli oma paikkansa navetan takana. Pieni erillinen huone, se oli rakennettu navetan takaseinään kiinni. Katto, navetan katon jatkeena. Talvella, kun mieleemme juolahti, laskimme mäkeä navetan katolta huussin katon kautta alas maahan. Se vasta hauskaa olikin, vähän jännittävääkin. Isä oli pudottanut navetan ja huussin katolta lumia, jotta pärekatto kestäisi ehyenä, eikä painuisi kasaan suuren lumikuorman alla. Lapsia oli kyllä varoitettu menemästä katolle, mutta annapas olla, kun isä oli savotoilla ja äiti kotiaskareissa, kiipesimme Unton kanssa katolle, laskimme pyllymäkeä huutaen ja ilakoiden. Joskus äiti oli huomannut kielletyt puuhamme, tuli katsomaan ja oli kovasti huolissaan, että loukkaisimme itsemme. Laskeuduimme vähän noloina alas ja äiti sanoi, että katto on rakennettu ihan muuta varten, kuin mäenlaskuun.

Huussi, tarpeellinen pikku huone, sinne sai tehdä isomman ja pikkuhädän. Huussissa oli leveässä istuinpenkissä kaksi reikää, isompi ja pienempi, niin kuin aikuiset ja lapset, mutta kyllä se tarpeiden teko onnistui kummassa tahansa. Ei siihen aikaan ollut sisävessoja, eikä vessapaperiakaan. Huussiin vietiin sanomalehtiä pyllynpyyhkeeksi, mutta kovaahan se oli. Lehdestä repäistiin palanen, sitä rutisteltiin ja pyöriteltiin käsissä pehmeäksi, lopuksi oikaistiin, no sitten pyyhkäistiin.

Huussissa oli pieni lattia ja ovi, minkä sai laitettua säppiin sisältäpäin, huussirauhan varmistamiseksi. Äiti kyllä välillä marmatti, etteikö sitä nyt olisi muuta paikkaa ulkohuoneelle keksitty, kuin naapurin pihan ja ikkunoiden näkyville niin, että jokaisen huussissa käynnin voi laskea. Toki siitä nyt matkaa oli naapuriin, mutta joskus siitä sellainen tunne tuli, että joku huomasi kävijän. Mitään ulkovaloja ei pihalla ollut, eikä sen kummemmin huussissakaan. Pimeän tultua sähkölamppu toimi valon näyttäjänä. Minä en uskaltanut mennä yksin huussiin ilta-aikaan, pelkäsin pimeää ja silloin äiti tai mummo läksi käyttämään tarpeilla, olihan heidän itsensäkin käytävä iltapissillä. Poistuttaessa huussista ovi laitettiin ulkopuolelta säppiin, muuten tuuli olisi riepotellut oven rikki.

Kun huussin alunen täyttyi, niin isä tyhjensi kakkajätteen taka-kautta, jotta taas sopisi uutta. Kyllähän siellä haisi, eikä aina niin hyvällekään.

Silloin tällöin huussi siivottiin, pestiin lattia, huusin istuinreiät ja kannet. Saattoi lattialla olla joskus pieni mattokin. Huussin seinälle saatettiin laittaa joku lehdestä leikattu kuvakin seinät-auluksi.

Tärkeä oli ulkohuone, jokainen sitä tarvitsi, montakin kertaa joka päivä. Niin, siinä reiällä istuessa, kaikessa rauhassa mietiskellen saatoinhan joskus vähän tirkistellä oven pienestä rakosesta, joko olisi herännyt naapurin tyttö, voisinkohan jo mennä leikkimään.

Muita kodin tekemisiä

Opettelin tiskaamaan, tiskiähän tuli päivän mittaan aika paljon. Ei ollut sähköisistä tiski- tai muistakaan kodinkoneista tietoa-kaan, jos joku olisi sellaista kertonut, olisimme ehkä naurahta-neet, emmekä olisi ehkä uskoneetkaan. Mieleeni ei muistu, että minulle olisi tapahtunut sen isompia kommelluksia tai olisinko rikkonut astioita tiskatessa.

Siivoamistakin riitti, melkeinpä jokaiselle päivälle, koska suurin osa perheen tekemisistä tapahtui pihapiirissä ja tuvan ovesta kul-jettiin vähän väliä vesisankkojen, puusylysten ja kaikenlaisten muiden kantamusten, navetalla käyntien sun muiden tarpeiden takia ja roskia kulkeutui lattioille kengänpohjissa ja vaatteissa. Lattioille tuli kenkien pohjissa hiekkaa, multaa ja muuta roskaa, koska siihen aikaan ei riisuttu kenkiä jalasta sisälle tultaessa.

Muistan kun isä oli illalla, päivän päätteeksi, käynyt ruokkimassa hevosen tallilla ja tuli sieltä sisälle tupaan, istahti oven vieressä olevalle penkille, riisui kenkänsä, kopisteli ne ylösalaisin uunin eteen lattialle, riisui villasukat, niiden alla olleet jalkorätit ja oikaisi ne rimpsauttamalla ja laittoi sitten uunille kuivumaan, niin voi sitä roskaläjää, mikä siitä lattialle syntyikään, siinä oli havunneulasia, puunkuoren pieniä palasia, sahanpuruja, oljensilppua ja muita pikkuroskia, siitähän näki koko päivän töiden kirjon. Rukkaset ja hatun, samoin takin isä oli riisunut jo eteisen naulakkoon. Illalla roskia ei alettu siivoamaan sen suuremmin, vaan se hoidettiin heti aamulla ja siinä minäkin tein oman osuuteni. Usein tuvan matot piti kääriä rullalle ja käydä kopistelemassa ulkona ja jättää matot kuistin kaiteelle siksi aikaa, kun roskat lakaistiin lattialta rikkapellille ja siitä ne tyhjennettiin hellan arinan eteen muiden roskien sekaan.

Viikkosiivous tehtiin useimmiten lauantaisin, ellei sattunut olemaan jokin juhlapyhä, jolloin siivoukset tehtiin aattopäivänä ja perusteellisesti. Viikkosiivouksessakin matot kannettiin ulos, kopisteltiin ja jätettiin tuultumaan. Lattiat lakaistiin, minkä jälkeen äiti tai mummo otti pesusankon ja luutturievun, millä lattia sitten luututtiin, usein kontaten. Luuttuamisen opettelin minäkin, vaikka eihän se ollut niitä mukavimpia tekemisiä, raskastakin.

Lauantai oli myös pullanleivontapäivä, leivinuuniin oli haettu sopiva määrä kuivia puita liiteristä ja sytytettiin uuniin tulet, sitten tehtiin pullataikina kohoamaan taikinakulhoon ja pyyhe peitoksi. Kun taikina oli kohonnut, tuvan pöydältä otettiin kerniliina pois ja pöytälevy käännettiin leivontapuoli ylöspäin. Pöytälevy pyyhittiin puhtaaksi ja annettiin kuivahtaa, ennen kuin taikina kaadettiin pöydälle. Tietysti ensin oli levitetty jauhoja pöydän pinnalle, ettei taikina tarttuisi siihen kiinni. Taikinasta leikattiin palasia, jotka pyöriteltiin sopivan pitkiksi pötkylöiksi ja niistä letitettiin pulla. Pullalettejä tehtiin monta, sillä pullaa oli tarjolla joka päivä, ja sen pitikin sitten riittää seuraavan viikon ajaksi, yleensä kaksi pellillistä, joihin kummallekin mahtui kolme pullalettiä. Pullaletit vielä voideltiin kananmunalla ja siroteltiin hienoa sokeria päälle, ennen kuin ne laitettiin uuniin paistumaan. Paistetut lettivehnäset vedettiin sitten uunista ulos ja laitettiin jäähtymään pöydälle. Jäähtyneet pullat vietiin sitten ruokakomeroon. Silloin tällöin äiti leipoi myös pellillisen mustikkapiirakkaa, mikä oli suurta herkkua kylmän maidon kanssa.

Minäkin halusin oppia letittämään vehnästä, vaan sepä olikin alkuun hankalaa, letit vääntyivät miten sattui, pasmat menivät ihan sekaisin. Sitten kerran minä jo osasin, pompin iloisena pöydän vierellä, olinhan löytänyt itsestäni jauhopeukalon. Siinä äidin kaverina opin kaikenlaista ja sitten paljon myöhemmin, tein jo ihan oman pullataikinan.

En ollut varmaankaan vielä kuin alle neljävuotias, kun minut jätettiin välillä lapsenvahdiksi, jotta äiti pääsi navettatöille, karja kun oli hoidettava. Isä saattoi olla savotoilla tai tekemässä tilan muita hommia, eikä mummokaan aina ollut kotosalla, joten minä olin ainut vaihtoehto vahtimaan nuorempaa veljeäni. Silloin minulla ei ollut vielä muita sisaruksia. Lapsenvahdiksi jouduin, vaikka olin itsekin vielä pieni, hoivaa ja huolenpitoa olisin kaivannut, mutta niinhän se meni, koska olinhan lapsista vanhempi. Äiti aina neuvoi mitä tulisi tehdä, jos jotain huolestuttavaa sattuisi tai sitten hakea hänet apuun.

Kun äiti laittoi navettatakin päälleen ja meni navetalle, miten paljon aikaa tuntui kuluvan, eikä äiti vieläkään tullut ja monesti minua alkoi pelottamaan ja niin sitten joskus juoksin navetalle äidin luo, otin pienen jakkaran ja istuin sille. Äiti kysyi, miksi olet jättänyt pienen sisälle yksin. Vastasin, että minua pelottaa.

No mutta eihän siellä mitään pelottavaa ole, sanoi äiti. Nyt sinun pitää mennä takasin, minä saatan sinut.

Ihan pienenä olin saattanut kuitenkin jäädä istumaan jakkaralle, enkä ollut hievahtanutkaan siitä minnekään ennen, kuin äiti oli saanut navettatyöt tehtyä. Silloin äiti oli joutunut käymään välillä katsomassa ikkunasta sisälle, että tuvassa oli kaikki hyvin. Peloistani en osannut kertoa, kun en oikein itsekkään ymmärtänyt mitä ne olivat ja mistä ne tulivat.

En minä muista paljoakaan silloisista lapsenlikkana oloista, pieniä muistipätkiä vain. Äiti on kertonut, kuinka vaikeaa hänen oli ollut jättää meidät keskenään pärjäämään, mutta kun ei muutakaan mahdollisuutta ollut, karja oli hoidettava, ei pienintä voinut navettaankaan viedä. Äiti kyllä muisteli, kuinka monetkin kerrat olin juossut navetalle jakkaralle istumaan, joskus itkusilmässäkin, pelkuri olin kuulema ollut. Onneksi mummo palasi aina kotiin reissuiltaan, silloin tuvassa oli turvasyli, pelottava oli painunut omaan lokeroonsa.

Pyykillä

Pyykinpesu se vasta raskasta olikin, vesi kannettiin sankoilla kaivosta saunalle muuripataan. Padan alla olevaan tulipesään laitettiin pilkkeitä ja sytytettiin tuleen, näin vesi saatiin kuumennettua. Joskus talvella kävi niin, että kaivosta loppui vesi, silloin kannettiin sankolla tai pesuvadilla lunta muuripataan, missä se sulatettiin ja kuumennettiin pyykkivedeksi. Lumen kantamisessa meni paljon aikaa, koska yhdestä sankollisesta lunta ei hyvin paljon vettä tullut.

Pyykinpesu aloitettiin laittamalla likapyykit korvoon likoamaan siksi aikaa, kunnes pyykkivesi lämpesi, siten saatiin lika irtoamaan helpommin pyykistä. Pesu suoritettiin pyykkilaudan päällä juuriharjan ja mäntysuovan kanssa harjaamalla, minkä jälkeen pyykit huuhdeltiin.

Lakanat, pyyhkeet ja liinavaatteet laitettiin muuripataan kiehumaan, Suno-pulveria sekaan ja vähän lipeää, niin saatiin valkoisempaa. Sanottiinkin, että pestään valkopyykkiä.

Kun pyykit olivat aikansa kiehuneet padassa, äiti nosteli pyykkikepillä lakanat korvoon huuhdeltavaksi ja niitä huuhdeltiin niin kauan, kunnes pesuaine ei tuntunut enää liukkaalle käsissä. Pyykit kuivatettiin kesäisin ulkona narulla, talvella ne vietiin kuivumaan aitan vintille, missä ne ripustettiin orsien väliin pingotetuille naruille. Talvella pyykit tarvitsivat pidemmän kuivatusajan. Jossain myöhäisemmässä vaiheessa meille hankittiin pyykkikone, sellainen mihin piti kaataa muuripadassa lämmitetty vesi. Kone kyllä pesi ja pyöritti pyykkejä, mutta vesi oli aina vaihdettava ja laskettava pois. Olihan siitä kuitenkin suuri apu, kun hankaaminen jäi pois.

Kun pyykit olivat kuivuneet, äiti keräsi narulta puhtaat, kuivat vaatteet pärekoriin, viikkasi ne siististi päällekkäin. Vaatteita säilytettiin aitalla ja sieltä lauantai-iltana saunan jälkeen itse kukin haki puhtaat vaatekerrat puettavakseen.

Kovan työn takana se oli, että sai lauantai-iltana puhtaat vaatteet päällensä. Ei silloin vaatteita vaihdettu joka ilta, vaan kerran viikossa, mutta jos nyt jostain syystä vaatteet olivat kovin likaisia, niin varavaatteita kuitenkin löytyi, ja vaikkei monia vaatekertoja ollutkaan, silti ihan hyvin pärjättiin.

Rakas mummoni

Tukka nutturalla, tykkäsin kammata mummon pitkiä hiuksia, punoa lettiä, aukaista ja taas punoa. Kerin välillä kerälle, laitoin kiinni hiusneuloilla. Se oli minusta niin mukavaa, Maria-mummo istui siinä hiljaa, tai sitten kutoi sukkaa.

Kotona meillä oli rukki, millä mummo kehräsi langat, joista neulottiin perheelle sukat, lapaset ja villapaidat. Kun villat oli kehrätty, rukki kannettiin aittaan odottamaan seuraavaa kertaa. Mummo katsoi välillä meidän lasten perään, hoiti pienimpiä silloin kun oli kotona, jotta vanhemmat pääsivät töilleen.

Mummo, hän oli isän äiti. Ukki, isän isä, Aarne, oli kuollut jo varhain johonkin sairauteen. En ollut nähnyt ukkia koskaan muuten, kuin kuvissa. Voi että hän olikin ihan isän näköinen ja joskus mietin miltähän se tuntuisi, jos ukki vielä eläisi. Kyselin kyllä ukista kaikenlaista, vaan en oikein jaksa muistaa, mitä minulle oli hänestä kerrottu. Mutta onneksi minulla oli vielä oma rakas mummo, hän sanoikin, että ukki asui nyt siellä taivaan kodissa ja hänellä oli hyvä olla.

Mummolla oli sänky tuvan seinustalla, ruskean punainen, aukivedettävä, siinä nukuimme mummon kanssa, muu perhe nukkui kammarissa. Katossa roikkui öljylyhty, se sammutettiin illalla ja sitten peittojen alle kömmittiin. Kyllähän minäkin nukuin välillä kammarissa, silloin kun mummo ei ollut kotona.

Iltarukouksia mummo opetti minua lukemaan ensin yhden, sitten kun opin sen, niin toisen ja kolmannen, ja niin edelleen. Niin luettiin aina yhdessä koko latinki, joskus olin jo ihan nukuksissa, mummon ääni vain lausui ja lausui, kohta loppuu, virkkoi mummo, kun huomasi minun olevan jo puoliunessa.

Silloin, kun minua valvotti, eikä uni oikein meinannut tulla, niin kyselin mummolta välillä kaikenlaista ja mummo kyllä vastaili ja kertoili tarinoita. Nuorena tyttönä mummo oli ollut piikatyttönä Karjalan Kannaksella, hoitanut herrasväen kotia ja lapsia, tehnyt ruokaa, siivonnut ja tehnyt ihan kaikenlaista, mikä nyt piikatytön töihin vain kuului. En ihan ymmärtänyt, kuinka mummo oli osannut mennä sinne asti, niin kauas.

Kotikylällä mummo oli toiminut kätilönä, ollut vastaanottamassa vauvoja maailmaan. Hänet oli kutsuttu paikalle, kun lapsi oli syntymässä tai sitten pyydetty avuksi jo ennen, kuin synnytyksen aika oli tullut. Hän oli jäänyt monesti myös hoitamaan vastasyntynyttä lasta ja lapsen äitiä synnytyksen jälkeen ja muutenkin auttamaan talon töissä.

Mummo oli siellä missä apua tarvittiin ja niin hänellä oli paljon tuttuja, ystäviä ja sukulaisia. Usein hän olikin kyläreissuillaan, siksipä mummoa ei aina kotosalla näkynyt. Minä pääsin joskus mukaan, ja ainahan olisin halunnutkin mukaan, mutta usein miten mummo halusi mennä ihan yksin.

Toisinaan menimme mummon kanssa yhdessä sunnuntaikirkkoon, istuimme pitkällä puupenkillä. Vieri vieressä istui ihmisiä, kirkko oli usein sunnuntaikirkon aikaan aivan täynnä. Pappi puhui pöntössään, ihmiset istuivat ja kuuntelivat, välillä avasivat virsikirjansa ja lauloivat yhdessä. Urut soivat ylhäällä, minun teki mieli mennä katsoman, mutta en tiennyt miten sinne pääsisin. Välillä kerättiin kolehti, mummo laittoi käteeni muutaman kolikon, että sain tiputtaa ne pussiin, silloin kun kolehtihaavi ojennettiin kohdalleni.

Ihmiset alkoivat siirtyä kirkon keskikäytävää pitkin alttarille, mummokin alkoi riisua takkiaan ja asetti sen penkille ja sanoi menevänsä käymään tuolla edessä. Minä en olisi halunnut jäädä yksin penkkiin istumaan, hätäännyin kovin ja sanoin tulevani mukaan, mihin mummo vastasi menevänsä yksin ja tulevansa ihan kohta takaisin.

En tiennyt, mitä siellä tapahtui, miksei mummo voinut ottaa minua mukaansa, kysymykset sinkoilivat päässäni ja minua alkoi vähän pelottaa.

Ihmiset olivat polvillaan alttarilla, pappi kantoi lautasta edessään ja pysähtyi alttarin päähän, jakoi lautaselta jokaiselle vuorollaan jotain syötävää. Jotain hän samalla sanoi, mutta en kuullut mitä. Toinen pappi käveli kannun kanssa, asettui alttarin päähän ja vuorotellen käytti jokaisen huulilla astiaa ja pyyhki liinalla astian laitaa, jotain hänkin puhui, mutta en kuullut sitäkään.

Sitä mukaa kun papit olivat antaneet ihmisille syömisen ja juomisen, niin he nousivat ylös ja palasivat takaisin paikoilleen kirkon penkeille. Myös mummo palasi, niin kuin lupasi ja minä aloin kyselemään, miksi pappi tarjoili ihmisille ruokaa ja juomaa, mutta mummo ei kertonut, vaikka utelin sitä useammankin kerran, oli vain vaivautuneen näköinen ja kummallinen hajukin niistä syötävistä lähti, enkä enää kysellyt sen jälkeen mitään niistä touhuista. Vaikka vielä monta kertaa mummon kanssa kirkossa käytiin, niin joka kerta mietin miksi ja mikä on se salaisuus, jota ei voinut minulle kertoa.

Pääsin mummon mukana syntymäpäiväjuhliin tai sitten ihan vaan muuten kylään, saatoimme olla paikassaan yhden tai kaksikin yötä. Mummo kävi usein tyttärensä luona, jonka perhe asui naapurikylässä. Minä olin heidän kummilapsensa. Kummitätini, Irja, pursusi aina iloa, kummisetäni, Mikko, hymyilevää rauhaa ja aina kun avasimme oven ja menimme sisälle, mielen täytti hyvä mieli. Heillä oli kolme lasta, tyttöjä kaikki ja serkkuja minulle, Helvi on vanhin, sitten Katri ja nuorin on Anja. Tytöistä Katri on kanssani lähes saman ikäinen, joten hänen kanssaan leikit kävivät yksiin ja heti nähtyämme toisemme, alkoivat leikit monenmoiset, kävelimme pihamaat, karjahaat ja pientareilta keräsimme maljakkoon kielokimpun tai muita kukkia. Veimme kukkia myös leikkimökkiin, jollaista en ollut koskaan ennen nähnyt tai tiennyt olevankaan. Mökin oli rakentanut Mikko-kummi tyttärilleen. Mökissä oli pienet kalusteet, verrhot ikkunoissa ja matto lattialla. Mökistä löytyi leikkikaluja, millä leikimme. Tunnelma mökissä leikkiessämme oli aivan kuin olisimme olleet ihan omassa, ihanassa, maailmassamme.

Illalla juoksujalkaa kipitimme pienelle, punaiselle, saunalle saunomaan ja yön tullen siskonpetille sitten nukahdimme. Kotiin palasimme linja-autolla, kyydistä jäimme pois ison maitolaiturin luona, mistä sitten kävelimme loppumatkan kotiin.

Kylällä järjestettiin erilaisia seuroja, niissä kyläläiset näkivät toisiaan ja viettivät yhteistä aikaa. Seuroja pidettiin yleensä eri taloissa, vähän niin kuin vuoron perään ja vuorossa olevan talon emäntä leipoi kahvileipiä, joita sitten kahvin kanssa nautittiin. Kinkeriseuroihin tuli useimmiten pappi, piti saarnan ja virsikirjasta veisattiin, mutta ompeluseuroissa tehtiin käsitöitä. Naiset neuloivat ja virkkasivat sukkia, lapasia, hattuja, villatakkeja ja vaikka mitä. Tehdessään käsitöitä siinä samalla seurustelivat, iloinen puheensorina kuului, kun ajatuksia ja kuulumisia vaihdettiin. Lapset istuivat penkillä ja katselivat aikuisten touhuja, välillä kävivät leikkimässä. Vanhemmat olivat opastaneet lapsia kotona lähtiessään, että siellä täytyy olla sitten kiltisti, eikä saa alkaa juoksentelemaan, eikä häiritsemään ja kyllä lapset osasivatkin olla hienosti.

Kävin minä mummon mukana hautajaisissakin. Kaikilla mukana olevilla oli mustat vaatteet päällä ja he olivat hyvin surullisen näköisiä. Naisilla oli valkoiset nenäliinat käsissään ja monet heistä itkivätkin ja pyyhkivät silmistään kyyneleitä. En minä oikein ymmärtänyt kuolemaa. Mummo oli kyllä kertonut, että jokainen meistä aikanaan kuolee, minkä jälkeen laitettiin arkkuun ja sitten maan alle hautaan lepäämään. Minusta se ei ollut oikein hyvä juttu, mitä varten piti kuolla. Mummo sanoi siihen, että sinä ymmärrät sitten, kun olet iso tyttö. Seurailin sivusta hautajaistouhuja, pappi puhui ja surevat veisasivat virsiä, sitten katettiin kahvipöytä valkoisen liinan päälle ja vieraita kehotettiin vainajan muistokahveille. Kuljin mummon jäljessä, otin lautaselle pullaa ja pikkuleivän ja mehua kannusta, menimme istumaan penkille. Kysyin mummolta, koska lähdetään kotiin. Joko sinua pitkästyttää, maltahan vielä, lohdutteli mummo. Istuin ja ihmettelin, vaikka kaikki oli niin surullista, itkemistä. Jokin suuri hiljaisuus ja rauha siellä asui, kuin olisi pitänyt suurella kämmenellään kaikkia meitä, enkä minä osannut olla surullinen.

Mummo kertoi minulle kerran, kun olimme jo asettuneet nukkumaan, kuinka häneltä oli kuollut neljä lasta, kaksi ihan vauvoina ja kaksi melkein aikuisina, Väinö 17-vuotiaana, Ilta noin 20-vuotiaana. Hänen oli vaikea kertoa niistä minulle, mutta kun sinnikkäästi vaan kysyin, niin mummo kertoi vähän. Ne olivat olleet kuulema rankkoja aikoja mummolle, surua oli ollut paljon. Kun jokin sairaus oli tullut, niin ei ollut olemassa tai saatavissa lääkkeitä, mitkä olisivat voineet parantaa. Siinä huokaili mummo viereläni, menin ihan kylkeen kiinni, uppouduin lämpimään kainaloon ja nukahdin mummon lämpöiseen syliin.

Olin mummon tyttö, hän oli niin rakas minulle, että aivan sattui ja koski sisälle, kun en päässytkään mummon mukaan hänen reissuilleen. Oli niin ikävä ja voi sitä ilon päivää, kun hän jälleen palasi kotiin ja sillä kertaa, halausten kera sylissään istuin. Siinä istuinkin usein, milloin vain, kun mummo oli kotona. Hän silitteli hiuksia, keinutteli, niin että usein melkein nukahdin siihen. Jos oli paha mieli päässyt jostain syystä tulemaan, niin siinä sekin parani mummon sylissä. Usein hän luki, raamattua tai virsikirjaa.

Molemmissa oli kiiltokuva sivujen välissä kirjanmerkkinä. Saatoin istua hänen sylissään pitkäänkin ja katsella vain noita kuvia, silittelin sormillani kuvien kiiltävää pintaa, ne olivat ehkä maailman kauneimmat kuvat ja ihmettelin, mistähän mummo oli ne oikein saanut.

Olin minä välillä kysellyt mummolta Jumalastakin, mutta en voinut ymmärtää, kun häntä ei näy, ei kuulu, niin miten jokin voi olla olemassa, jos kukaan ei ole nähnyt. Mummo kyllä selitti, että Jumala asuu taivaassa ja se kun on niin kaukanakin, mutta suojelee, rankaiseekin sieltä käsin, tietää ja näkee kyllä, jos tuhmia ollaan. Kysyin, näkeekö se minutkin, jos jotain pahaa teen. Kyllä näkee, ihan kaikki ihmiset. Miten se Jumala rankaisee. No, voi pudottaa vaikka suuren kiven taivaalta päälle.

Kun olin jonkun ajan päästä tehnyt jotain sellaista, mistä äiti ja isä olivat kieltäneet, muistin, mitä mummo oli kertonut. Tiesin olleeni tuhma ja Jumala oli nähnyt sen ja nyt rankaisisi minua. Ulos mennessäni aloin pelkäämään taivaalta putoavaa kiveä. Usein katseeni kulki taivasta pitkin ja odotin, milloin se kivi putoaa. Meni aikaa, pelkäsin ja pelkäsin, ehkä Jumala olikin unohtanut. Tunsin, että vain sisällä olisin turvassa.

Joskus mummo oli kutsunut ukkosta Jumalan ilmaksi. Laskelmoin pienessä päässäni sen tarkoittavan sitä, että Jumala jytisi, paukkoi ja salamoi taivaalla, rankaisi näin pahoja ihmisiä, niinpä kerrankin, kun äiti oli saunalla pyykillä ja nousi raju ukkosilma, oikein Jumalan ilma, niin juoksimme veljeni kanssa saunalle hakemaan äitiä tupaan, kun meitä pelotti niin paljon. Äiti sanoi, kun pyykitkin olisi pestävä, eikä teillä siellä tuvassa ole mitään hätää, niin olihan meidän mentävä takaisin tupaan, mutta ukkonen oli tuonut tullessaan niin kovan sateen, että sisälle juostessamme kastuimme aivan likomäriksi.

Tuvassa keksimme ryömiä mahallamme sängyn alle piiloon, ja olimme siellä aivan hiljaa. Olemme täällä niin kauan, kunnes ukkosmyrsky menisi ohi. Ehkei Jumalakaan näkisi meitä täältä. Menihän se ukonilma ohi jonkun ajan kuluttua, eikä enää kuulunut pauketta, ei rätinää. Kovasti ihmettelin, etteikö se Jumala muista rankaista minua, vai olinko vain tosi hyvässä piilossa, mutta pelkäsin kyllä koko ajan. Ehkäpä Jumala pudottaa silloin sen ison kiven, jos on ollut paljon tuhma, jos vain vähän, niin silloin pienemmän, mietiskelin.

Olin kyllä ehtinyt olla jo uudemmankin kerran tuhma ja vaara taivaalla vaani koko ajan ja pelotti kävellä ulkona, jos vain milloin muistin uhkan. Vaan en aina muistanut, silloin leikin kuin mitään vaaraa ei olisi. En uskaltanut mennä kysymään mummolta asiasta, mutta kerran rohkenin kysymään äidiltä asiasta varovasti. Kerroin olleeni tuhma, mutta miksei se Jumala olekaan pudottanut kiveä minun päälleni. Äiti hämmästeli kysymystäni ja kysyi mistä olin moista saanut päähäni. Selitin mummon kertoneen. Voi sitä mummoa, miksi se sellaista oli kertonut, ei Jumala mitään kiviä pudottele, ei sinun tarvitse ollenkaan pelätä, äiti selitti. Tenttasin äitiä vielä, varmistelin asiaa, mutta äiti sanoi, että minun piti nyt vain uskoa häntä. Ajattelin hänen olevan oikeassa, kun kerran taivaaltakaan ei tullut mitään.

Mietin monesti, miksi mummo oli niin sanonut, en voinut sitä ymmärtää, enkä koskaan voinut kysyä häneltä, en vaan voinut. Ajattelin, että nythän mummokin oli ollut tuhma, kun oli narrannut minua. Hänenkin päällensä olisi voinut kivi pudota. Huojentunein mielin jatkoin leikkejä ja ajattelin, ettei se Jumalakaan niin ankara ollutkaan. Mummokin oli mukava itsensä, mutta niitä kivijuttuja en enää uskoisi. Olikohan mummo alkanut tulla jo vanhaksi.

Ystäväni Reetta

Usein askeleet veivät naapuriin, olihan siellä minulla kaveri, vuoden minua vanhempi pikkuserkkuni Reetta. Hän ei voinut puhua, eikä kuullut, sillä hän oli kuuromykkä. Viittoen ja elekielellä asiat hoituivat, eihän sitä aina ymmärtänyt, mutta vähitellen ajan kuluessa ja leikkien tiimellyksessä oli sanaton kieli syntynyt. Hän oli paras ystäväni, leikkikaveri naapurissa. Hänen perheeseen kuului tietysti vanhemmat, isosisko ja -veli, sekä mummo. Perhe sai elantonsa maanviljelyksestä.

Joskus me saatiin jopa samanlaiset kesämekot, mitkä teetätettiin kylällä asuvalla ompelijalla. Laitoimme ne pyhäpäivän kunniaksi päälle, kuin vähän parempaa ja uutta. Katsoimme iloiten toisiamme ja käsi kädessä juostiin kukkakedolle. Liihottelimme kuin perhoset, mekkojen helmat heiluivat mukavasti, olihan helmaosa kellohameeksi ommeltu. Pyörimme pyörryksiin asti ympyrää, sillä pyöriessä mekko oli kauneimmillaan.

Viimein maltoimme lopettaa, poimimme päivänkakkaroita ja kedon kukkasia kotiin vietäviksi, maljakkoon. Siitä me kyllä pidimme huolen, ettei kummankaan kotoa kukkaset loppuneet. Olimme kuin kukkaistyttöjä, menimmepä minne vain, niin kohta kukkaset olivat löytäneet meidät tai me kukkaset.

Ihanat olivat aurinkoiset kesäpäivät, jolloin hyppelimme kiviaidalla, kiveltä kivelle. Joskus meillä oli pienet mukit matkassa, joihin keräsimme metsämansikoita, mustikoita tai mesimarjoja. Välillä löysimme marjoja niin paljon, että osa täytyi pujottaa heinänkorteen.

Muki täynnä ja monta pitkää, punaista, mansikkaheinää mukana, tallustimme kotia kohti. Sovimme viittomalla, että hän vie omat marjat kotiinsa, tekee marjamaidon ja tulee sitten taas takaisin leikkimään. Minäkin menin kotiin ja laitoin marjat lautaselle ja niiden tuoksu täytti koko tuvan. Ripottelin sokeria marjojen päälle ja sitten vielä kannusta maitoa. Herkkuni menin syömään kuistin rappusille.

Aurinko paistoi, linnut lauloivat, heinäsirkka heinikossa siritti. Tuntui ja maistui kesälle. Ei aikaakaan, kun Reetan iloinen naama olikin siinä edessäni ja hän viittoi jo syöneensä oman mansikkamaitonsa. Sitten kiirehdimmekin taas uusiin leikkeihimme ja niitähän meillä aina riitti. Usein askeleet veivät lähimetsään, siellä kävimme yhden, jos toisenkin kerran.

Metsän siimeksessä kasvoi ketunleipiä, joita maistelemme. Ketunleivät maistuivat hieman suolaiselle, mutta suolaheinä, se maistui vieläkin suolaisemmalta. Vanhojen puupinojen eli laanipaikkojen pohjilta, ojien pientareilta ja laidunalueilta löytyi paikkoja, joissa kasvoi mesimarjoja. Tarkastimme nuo paikat tietyin väliajoin, josko messit olisivat kypsyneet. Pitkässä heinikossa mesimarjat ei suostu oleilemaan, nehän tukahtuvat heinikon sisään. Jatkomme matkaa, kunhan vaan katseltiin, oltiin ja samoiltiin. Välillä viittoen, selitimme toisillemme näkemäämme. Seurusteltiin, ilman puhumista, kuulemista.

Huomasimme ison muurahaispesän edessämme ja katsahdimme toisiimme, nyökkäsimme ja yhteistuumin hetkessä taitoimme heinänkorret ja pudotimme ne pesän päälle. Seurasimme, kuinka muurahaiset melkein hetkessä olivat vallanneet heinänkorret niin, ettei korsia enää juuri erottanut. Pienen ajan päästä otimme korret keon päältä ja karistelimme muurahaiset pois. Nuolimme ja maistelimme kirpeää muurahaisen pissiä ja äkkiä lennätimme, irvistellen, korret tantereelle. Emme edes miettineet, mistä tai milloin moisen konstin olimme oppineet, jostain se oli vain päähämme tullut.

Matkamme jatkui usein syvemmälle metsän kätköihin. Joskus teimme sammalikkoon aarrekätköjä, joihin piilotimme milloin mitäkin. Saatoimme kääriä karamellin päällysteenä olleen tina-paperin pienen kiven ympärille ja kaivaa sen sitten sammaliin piiloon, aarteeksi. Joskus leikkiessämme saattoi tulla mieleen, että käydäänpäs kätköllä tarkistamassa, olivatko aarteemme tallella.

Kerran jos toisen, vaikka kuinka etsimmekin, emme aina löytä-neet aarteitamme. Oliko joku kenties vienyt ne vai olisiko ollut kuitenkin niin, ettemme muistaneet oikeita paikkoja.

Metsästä keräsimme oksankäkkyröitä, käpyjä, kasveja, mitä nyt metsästä löytyi. Toimme ne sitten mukanamme, leikkeihin. Oli jo nälkäkin, viitoimme itsemme kotiin syömään, sanoimme näin toisillemme heipat. Erotessamme vielä kuitenkin viitoimme, että huomenna nähdään. Kun pään kallistaa sivulle, kädet pään alle, silmät kiinni, sitten yksi sormi pystyyn, niin se tarkoitti, että huomenna nähdään.

Mennessäni naapuriin kävellen tai sitten toisinaan juoksujalkaa kiiruhtaen, kun oikein joutua piti. Istahdin tutulle tuvan penkille, mistä katselin hiljaa naapuriperheen touhuja. Joskus he väliin ky-selivät minulta erilaisia asioita, joihin vastailin pienen tytön sanoin. Kahvipöytään kehotuksenkin toisinaan sain ja siinä sitten kahvin kera pullaa mutustin. Reetan kanssa toisiamme välillä sil-miin katsottiin ja hymyiltiin. Sitten kun kahvit oli juotu, ujosti kiitäen nousin pöydästä ja samalla leikkikaveri jo ulos viittoi, kiirehtien mentiin leikin maailmaan.

Pienen harmaan aitan luokse juostiin, leikkikaverilla kädessään iso rautainen avain, millä aitan oven lukko avattiin. Aitan ovi auki ja sisään korkean kynnyksen yli astuttiin. Aitassa oli leveät ja pitkät lankut lattiana, räsymatot lankkujen päällä, seinällä pieni hylly, johon oli siististi asetellut leikkiastiat. Sieltä Reetta otti kupit ja lautaset, kattoi pöydän kauniisti. Siinä joimme sitten leikkikahvit.

Lattialla seisoi iso puinen kätkyt, siinä oli nukutettu aikoinaan vauvoja. Reetta viittoili, että hänkin oli nukkunut siinä vauvana. Nyt siinä lepäili iso ja kaunis nukkevauva, pitsilakanoihin peitelty. Välillä vähän heilutimme kätkyttä, että "vauva" nukkuisi päiväunet. Sitten istuimme sängyn päälle katselemaan leikevihkoa, Reetta oli leikannut, liimannut ja koonnut kuvista kuin kirjan. Kääntelimme sivuja, katselimme ja mietimme, mitä ne kuvat kertoivat meille. Siihen aikaan kun meillä ei ollut lapsille satukirjoja, eikä muutenkaan luettu iltasatuja, oli vain mielikuvitusmaailma ja -leikit.

Reetta viittoi intoa täynnä, hän olikin oikein hymytyttö, kertoi että oli nyt saanut pikkuaitan kokonaan leikkejään varten ja siellä innoissamme puuhastelimme sadepäivinä, eikä silloin mieli tehnyt olla ulkona kastumassa. Kyllä se aitta olikin mainio paikka, meidän tyttöjen leikkeihin.

Minuunkin tarttui leikekirjakuume ja paperisilppua syntyi kasapäin kammarin pöydälle ja lattialle. Leikkasin melkein kaiken minkä vain käsiini sain, koska ei silloin montaa lehteä kotiin tullut, Savon Sanomat, Maaseudun tulevaisuus ja Pellervo. Liimaakaan ei ollut ja kun menin tuvan puolelle kysymään mummolta, millä minä voisin liimata kuvia vihkoon, niin mummo kertoi, että keitetty peruna on ihan hyvä paperiliimana. Saman tien mummo menikin etsimään ruokakomerosta olisiko siellä valmiiksi keitettyä perunaa ja löytyihän sieltä.

Halkaisin perunan mummon ohjeen mukaan kahtia ja sivelin sitten liimattavaa kuvaa perunan puolikkaan halkaisupinnalla ja sormin painelin sitten kuvan tiukasti vihkon sivulle kiinni. Kylläpä se olikin sottaista hommaa, kädet olivat tahmeat kuin liisterissä ja mekkokin siinä tahriintui edestä. Välillä täytyi käydä pesemässä kädet, vaikkei millään olisi malttanut. Ei leikekirjastani tullut yhtä hieno, kuin naapurin tytöllä, kun ei sanomalehdistä leikatuista kuvista saanut parempaa. Mutta olin kuitenkin kovin iloinen siitä, että minullakin oli sellainen leikevihko. Tosi paljon matkittiin toistemme tekemisiä, jos toinen oli keksinyt jotain, niin toisellakin oli kohta saman tapainen. Se siinä olikin parhainta, että sai aina esitellä kaverille keksimäänsä ja iloita yhdessä leikkien. Savon Sanomista leikkeiden lisäksi opettelin myös kirjaimia ja aina välillä kävin äidiltä kysymässä, että mikä kirjain tämä on, entä tämä, entäs tuo ja siinä minä opin kirjaimia. Hyvähän se on opetella jo valmiiksi kirjaimia, niin helpommin oppii lukemaan, kun sitten kouluun lähdet, tuumivat vanhemmat niin, kuin mummokin.

Kerran äiti sanoi, että olin ihan liian paljon naapurissa, kun tuntuu siltä kuin melkein asuisinkin siellä. Täytyisi kuulema olla omaa rauhaa naapurin perheelläkin. Tänään ei ole sitten naapuriin menoja, täytyy sitä välillä kotonakin viihtyä. Eikä äiti antanut lupaa, vaikka kuinka anelin. Aikani leikittyäni sisällä sanoin äidille, minua pissittää, saanko mennä käymään huussissa. Mene vaan, äiti lupasi, kertoi sitten myöhemmin nauraen, että kun hän oli mennyt kuistille katsomaan, mihinkäs se tyttö oikein jäi, niin oli nähnyt hameen helman vain vilahtavan minun juostessa puolitiessä naapuriin päin.

En minä sitä ihan ymmärtänyt, olinhan mielestäni ihan kiltisti siellä, paitsi kerran, kun mentiin naapurin isolle juuresmaalle ja Reetta nosteli pellosta ylös ainakin neljä naurista. Hän viittoili, että ota vaan sinäkin.

Kohta minullakin oli saman verran nauriita käsissä, roikotimme niitä vihreistä naateista pidellen ja maata viistättäen. Reetta jäi omalle pihamaalleen ja minä läksin saaliini kanssa omalle pihalleni, mielessäni päästä kohta maistelemaan nauriita. Juuri kun pudotin nauriit käsistäni maahan tuli äiti ovesta ulos. Niin selvisi, että olin kantanut ne kotiin naapurin naurismaasta. Ei äiti ymmärtänyt, kun selitin, että naapurin nauriit olivat parempia, kuin oman pellon nauriit. Hyvä ihme sentään, samoja nauriita kuin omassa pellossa, ihmetteli äiti, johon totesin, että oli ne ihan eri värisiäkin. Kun sitten vielä selvisi, etten ollut kysynyt serkun vanhemmilta lupaa, oli vain leikkikaverini lupa, niin äiti sanoi, että nyt heti viemään nauriit takaisin ja muistutti, että oli pyydettävä myös anteeksi naapurin tädiltä, eikä ole takaisin tulemista ennen kuin tehtävä oli suoritettu.

Niin, oli se varmaan tehtävä, ei tainnut olla muita vaihtoehtoja. Kyllä minua nolotti ja hävetti aivan kauheasti. Mietin, kuinka voin mennä kertomaan naapurin tädille ja sedälle, mitä minä olen mennyt tekemään. En ollut ymmärtänyt tekeväni näin ison ja pahan teon.

Nauriin varret käsissäni riiputin nauriita, pää kumarassa, läksin astelemaan naapuriin päin, välillä vähän hidastellen, pieni sydän jyskytti, tumtumtum. Saavuin pihamaalle ja näin, että täti siellä touhusi jotain. Laskin nauriit maahan ja sanoin, anteeksi, että olen ottanut teidän pellostanne nauriit, toin ne takaisin. Tuntui, että pieni sydän särkyi kivusta ja häpeästä. Ei täti ollut minulle kuitenkaan vihainen, sanoi, että onhan tuolla pellossa nauriita. Vie vaan kotiin siitä nauriit syötäväksi. Sanoin, ei, en minä voi. Äiti oli kotona odottamassa, lupasin, etten enää koskaan tekisi luvatta sellaista.

Usein Reetta tuli meille hakemaan minua leikkimään. Kiipesimme aitan vintille, olin rakentanut sinne oman leikkipaikan. Minulla oli siellä astioita, enimmäkseen vanhoja korvattomia kuppeja, särkyneitä lautasia, ruostuneita lusikoita, kattila, josta puuttui ripa, astioita, joissa oli reikiä. Leikeissä niillä oli hyvinkin käyttöä, eikä muunlaisia leikkikaluja edes ollut.

Vintillä hoidimme nukkejamme, etsimme niille sopivia vaatteita, kiedoimme vaikka huivista puvut, aina keksimme jotain sopivaa. Välillä tietysti meille tuli nälkä ja masumme kaipasivat jo jotain syötävää, silloin kipitimme raput alas juoksu jalkaa ja menimme sisälle. Ruokakomerosta löytyi pullaletti, siitä leikkasimme palaset, mustikkasoppaa lautaselle ja siinä pullapalojamme uitimme ja nam, herkku oli valmista.

Paljon kaikenlaista puuhattiin, myös eläinten kanssa. Talvisin jäälle oli rakennettu karuselli, se vasta olikin hauska juttu, vuoron perään siinä toisiamme työnnettiin. Joskus isollakin porukalla ilakoitiin, lumeen rakennettiin tunneleita, majoja, käytäviä ja tietenkin pihoillamme suojasäällä seisoi aina lumiukko, joskus teimme lumilinnankin. Potkukelkoilla kävimme ajelemassa, kääntymässä isolla maitolaiturilla.

Naapurin mummo

Naapurin mummo oli tullut meille kyläilemään, äiti oli keittänyt kahvit, kattanut pöytään tarjolle, mitä nyt sattui löytymään. Ainahan ne kahvit keitettiin, jos ja kun vieraita tuli käymään tai itse oli mennyt kyläilemään. Kahvipannu laitettiin hetimiten hellalle porisemaan, ja siinähän se olikin mukavaa seurustella kahvikupposen äärellä, kertoa ja kuunnella kuulumiset, ja mitä kylillä oli tapahtunut. Joskus myös maailmalla sattuneita asioita pohdiskelivat.

Aikansa istuskeltuaan ja kahvikupposen äärellä viihdyttyään, naapurin mummo nousi kahvipöydästä, kiitteli kahvista ja tuumaili, taidanpa lähteä tästä kotiin venymään. Ja niin mummo astui ovesta ulos, sulki oven mennessään ja jätti minut ihmettelemään sanomaansa. En ymmärtänyt lainkaan, mitä naapurin mummo oli tarkoittanut sillä venymään lähtemisellä.

Asia jäi vaivaamaan mieltäni kovin, en saanut sitä mielestäni, enkä oikein osannut kysyäkään sitä äidiltä tai isältä, mutta selvisihän se aikansa päästä, mitä se tarkoitti.

Kerran, kun olin taas istumassa naapurin puupenkillä, odottaen Reettaa leikkimään kanssani, niin hänen mummonsa, joka istui sängyn päällä, totesi siinä itsekseen, jospa venyisin vähän aikaa. Silloin minun mielenkiinto heräsi ja hiljaa mielessäni ajattelin, että kohta se paljastuu, mitä se venyminen tarkoittaa. Mummo asettui sängylle pitkäkseen, vetäisi viltin päälleen ja sen jälkeen oli ihan hiljaista. Silloin minä sen keksin, venyminen tarkoittikin nukkumista, päiväunia, pitkällään lepäämistä. Kyllä minua nauratti, mutta yritin olla hiljaa, etten häiritsisi mummon venymistä. Samassa Reetta viittoili minua ovelle päin, olikin jo valmis lähtemään kanssani ulos, siellä leikit taas odottivatkin meitä.

Paperisilppua

Paperisilppua, sitä veljeni kanssa tehtiin paljon kammarin pöydän ääressä. Sanomalehdet olivat kovassa käytössä, ja mitä nyt kauppaostosten kääreinä tuli, valkoista tai ruskeaa paperia. Niistä jäljelle jäi vain silppua. Joskus äiti sanoi, nyt saatte kyllä siivota jälkenne, kun kammarin lattia oli kokonaan paperisilpun peitossa. Eihän se olisi meitä yhtään haitannut, mutta äiti näytti olevan ihan tosissaan, eikä silloin kannattanut kokeilla kepillä jäätä. Kuuliaisesti aloimme siivoamaan harja ja rikkalapio apunamme. Paperisilppua oli paljon, joten aikaakin vierähti. Siistiltä näyttää, totesimme velipojan kanssa, katsellessamme räsymattoja, jotka jo olivat tulleet näkyville silppukasan alta ja hyvillä mielin jatkoimme askartelua pöydän ääressä.

Leikkasimme uusia paperinukkeja, niitä teimme vain koko ajan lisää, ja vaatteita niille. Piirsimme, väritimme värikynillä ja leikkasimme. Nuket teimme pahvista, vaatteet niille paperista. Tekemillämme nukeilla leikimme pitkiäkin aikoja, vaihdoimme niille vaatteita, milloin minkin, kuvitellun, tehtävän, tai sään mukaan.

Veli piirsi mielellään autonkuvia, väritti ja leikkasi. Kun jossain sanomalehden sivulla komeili auton kuva, niin sillä kertaa veli leikata naksutteli sen irti, sitten ajaa huristeli sillä, samalla suun käydessä ja päristellessä auton ääniä ja hurinoita. Joskus paperinuketkin matkustivat niillä, välillä niillä oli ihan omat autotkin, mutta meillä kotona ei ollut autoa.

Äiti ilmestyi ovelle, tarkistamaan annetut työt. Olemme siivonneet, sanoimme yhteen ääneen, katsoen toisiamme. Äiti tarkasteli paikkoja tutkien, huomasi maton pullistelevan hullunkurisesti ja samalla maton alta pilkistelevän paperisilpun. Äiti nosti maton ylös, toisen, kolmannen, kaikkien alta paljastui paljon,

paljon paperisilppua. Olimme kyllä mielestämme siivonneet kaiken pois näkyviltä. Ei äidin olisi kannattanut nostella mattoja ja olla vihainen. Nyt ei kaikki ollut mennyt kuitenkaan ihan nappiin, sen kyllä huomasimme äidin kasvoilta. Eikä meitä tarvinnut enää kahdesti käskeä, aloitimme siivoamisen uudelleen ja tuuletimme matot ulkona, ensin kopistimme ihan yhteistuumin, lakaisimme ja luuttusimme, sitten kannoimme raikkaat matot takaisin lattialle. Tarkistuskierrolla ei äidiltä kuulunut moitteita, vaan hymypatsaan olisi voittanut kyllä.

Leikittiin me sisällä muitakin leikkejä. Untolla oli Taisto-nukke, minulla Marjatta, ja niillä leikimme myös kotileikkejä. Taisto oli isä ja Marjatta äiti, lapsiakin heillä oli. Taisto-nukke oli Untolle tosi rakas ja se kulki Unton mukana melkein aina. He kulkivat käsi kädessä, kun Taisko, miksi Unto nukkea kutsui, roikkui Unton kädessä. Jos Taisto oli kateissa, niin Unto etsi sitä hyvin uutterasti, kunnes löysi. En muista, mistä Unto oli nuken saanut, olisiko saanut joululahjaksi vai muuten, enkä sitä milloin nukke olisi jäänyt unohduksiin.

Hevonen

Hevonen, raskaan työn tekijäkin on
keskipiste kodin unhoittumaton
Kyntää, auraa, haravoi, niittää, perunat vakoilee
kuljettaa reet, kärryt, kiesit
Ratsastaakin sillä voi
Vetää kuormaa, yhtä sun toista
On kyydissä monenmoista
Mitä maalaistalo ilman hevosta ois
Aina hevosella pääsee, ei itse tarvitse juosta
kyytiin vaan hyppäät, tuonkin tuosta
Hyvän tuulinen katse on sillä
Parhaimman ystävän löydät siitä kyllä
Kun vuosia pitkiä yhdessä käydään
kavereiksi tullaan ja tärkeitä toisillemme ollaan

Loju

Meillä oli Loju-niminen hevonen, joka asui talvet tallissa. Talli oli sen koti. Tallissa oli ikkuna, mistä valoa tulvi sisään, tallissahan ei ollut sähkö- tai muutakaan valoa, ja eihän hevonen tarvinnutkaan yöllä valoa, kun se nukkui. Illan tullen, kun oli jo pimeää, isä kävi öljylyhdyn valossa antamassa Lojulle iltapalaa.

Tallin sisälle, seinän viereen isä oli rakentanut puusta ruuhen, kaukalon, mikä oli aika iso, niin että siihen mahtui sekoittamaan talikolla hevosen herkkuruokaa, apetta. Ruuheen laitettiin vielä kuivia heiniä appeen lisäksi ja ruuhen viereen sangollinen vettä juotavaksi. Saattoihan hevonen juoda joskus enemmänkin, kun oli oikein jano.

Isä suki harjalla Lojun selkää ja kupeita, joista irtosi roskia ja irtokarvaa. Kyllä sillä varmaankin oli kiva olo sen jälkeen, ainakin se tykkäsi harjaamisesta. Välillä se hamusi turvallaan käsivartta ja hirnahti hyvästä mielestä. Harjaamisen jälkeen karva kiilsi ja polle oli tyytyväisen oloinen.

Tallissa tuoksui hyvälle, erilaiselle kuin navetassa ja kävin siellä välillä nuuhkimassa ilmaa, silittelemässä hevosta ja juttelemassa sille. Se oli niin kultainen ja kiltti, vaikka isä sanoikin, että pitää olla varovainen, sillä se voi vahingossa polkaista ja silloin saattaa jäädä sen jalkoihin.

Kun aukaisin tallin oven, lämmin huuru ja höyry hönkäisi naamalle. Polle saattoi hirnahtaa ilosta, kun joku tuli sitä tervehtimään.

Silloin kun lehmä poiki tai meille hankittiin porsas ja navetassa alkoi olla ahdasta, niin silloin talliin siirrettiin vasikka tai kaksi, omaan karsinaansa asustamaan. Olipahan silloin hevosellakin seuraa ja vasikoilla myös.

Tallissa ei ollut minkäänlaista lämmitystä, niin kuin ei navetassakaan ollut, eläimet tuottivat omalla lämmöllään tarvittavan lämmön asuinpaikkaansa.

Hevoselle laitettiin puhtaita olkia nukkuma-alustaksi. Joskus se nukkui seisaaltaan silmät kiinni, kuin horroksessa. Oli se minusta vaan niin kummallisen näköinen siinä nuokkuessaan, että ihmettelin sitä isälle. Isä sanoi, että se nukkuu, mutta en minä sitä oikein ymmärtänyt, että seisaaltaan, mutta hevonen kuulema teki niin. Hevosen elämä ei ollut pelkästään tallilla olemista, vaan se oli hankittu niin kotitilan töihin, kuin metsäsavotoille tukkikuormien vetoon. Hevonen oli erittäin tärkeä ja arvokas työjuhta, sillä silloin ei ollut vielä monella traktoria, eikä paljon muitakaan konevoimalla toimivia työkoneita. Kuorma-autoja tukkilasteissa alkoi kyllä näkyä maanteillä. Olihan hevonen myös mukava työkaveri savotalla.

Savotat tehtiin talviaikana, jolloin puut saatiin ajettua helpommin metsästä puunajoa varten tehtyjä rekiteitä pitkin. Usein isä kävi metsäfirmojen savotoilla, mitkä saattoivat olla niin kaukana kotoa, etteivät isä ja Loju tulleet yöksi kotiin, vaan jäivät metsäkämpälle joskus koko viikoksikin ja saapuivat kotiin vasta lauantai-iltana.

Kun isä oli lähdössä Lojun kanssa savotalle, niin ihan ensimmäisenä oli laitettava hevonen valjaisiin reen eteen. Valjastamiseen kuului monta eri vaihetta ja erilaisia välineitä, oli päitset, kuolaimet, länget, setolkka, luokki, maharemmi, suitset, remmit, ohjakset ja varmaan vielä muutakin, mitä en muista.

Kun hevonen oli valjastettu reen eteen, nousi isä reppuineen kyytiin ja ohjastamaan hevosta. Ohjastaminen olikin sitten jännä juttu, olinhan joskus päässyt itsekin kokeilemaan, isä kyllä katsoi viereltä, varmuuden vuoksi. Loju kyllä tiesi, ymmärsi mihin suuntaan kääntyä, milloin lähteä ja pysähtyä, se oli oppinut ajan kuluessa kuuntelemaan isän antamia ohjeita, vetämään erilaisia koneita ja kuormia. Mutta, savottapalsta kutsui, sinne hävisivät aamuhämäriin, isä ja Loju.

Isä sahasi, kaatoi puun, karsi, mittasi ja pätki rungon tietyn mittaisiksi tukeiksi tai ropseiksi. Sitten tukkisaksien kanssa nosteli puut rekeen päällekkäin isoksi kuormaksi, välillä kertyi pienempiäkin kuormia. Loju veti ne topakasti, höyry levisi sen turvasta pakkasilmaan ja isä ohjasti hevosta reen vierellä kulkien. Isä ajoi rekikuorman laanipaikalle, nosteli pöllit puupinoon, mikä kasvoi ja kasvoi sitä mukaa, kun siihen kuormia purki. Joskus isällä oli siellä myös kaveri apuna, jos oli vaikka suuremmasta palstasta kysymys. Niin he aamusta iltaan asti metsässä ahersivat. Kovemmalla pakkasella oli nuotiotuletkin tarpeen, minkä äärellä välillä lämmitellä, joskus makkaratkin paistaa. Eväsrepusta löytyi voileipiä ja termospullosta kahvia. Tauolla Lojukin sai syödäkseen kuivaa heinää ja äidin tekemää, hevoselle tarkoitettua, leipää. Niin he sitten jaksoivat, päivän työn tehdä loppuun.

Käpyjä

Kerran isä kertoi, että nyt metsässä olisi hyviä käpypuita ja jos haluatte Unton kanssa lähteä kävynkeruuseen, niin olisittako aamulla valmiita lähtemään. Olimme innoissamme ja seuraavana aamuna istuttiinkin reessä talvitamineet päällä. Eväät oli pakattu reppuun, varavaatetta mukana ja isot säkit käpyjä varten.

Uppuroimme umpihangessa ison männynlatvuksen ympärillä, isä oli kaatanut puun, sahannut siitä tyvi- ja latvatukin, vain oksainen latvus jäisi metsään. Latvuksen oksat olivat täynnä käpyjä ja niitähän me tultiinkin keräämään.

Pahvilaatikot keruuastioina oli meillä mukana, niihin kerättiin käpy poikinensa. Kun laatikko oli kerätty täyteen käpyjä, niin se tyhjennettiin kaatamalla kävyt säkkiin. Laatikko täyttyi monen monta kertaa ja samaa tahtia säkitkin täyttyivät.

Välillä pidimme evästaukoa nuotiolla, minkä isä oli jo hyvissä ajoin rakentanut ja sytytellyt. Nuotiotuli roihusi, tervaksilla se oli sytytetty.

Isä asetteli heinätullut nuotion ympärille, istukkeepas siihen, niin ei pyllytkään palellu.

Availimme eväspapereitamme, mistä löytyivät ruisviipaleet, päällä voita ja tuhdit siivut kotleri-makkaraa. Kepin nokassa, nokipannussa, kiehui vesi punaisten lieskojen syleilyssä. Isä kaatoi pannuun kupillisen kahvinporoja ja antoi vielä vähän kiehahtaa, laittoi sitten pannun havuille nuotion viereen tuumaten, selvitköön siinä hetken.

Paistoimme vielä lenkkimakkaran pätkät hiilloksella. Meille se oli kyllä päivän paras kohokohta, nuotiotulilla oleminen. Ahkerasti keräsimme myös käpyjä, välillä vaihdettiin seuraavan latvukseen, kun edellisestä kävyt loppuivat.

Kun ilta alkoi hämärtyä, isä kysyi, jokos oltaisiin valmiit kotiinlähtöön, onko jo urakkamme täysi. Oli se, vedimme käpysäkit reen luo ja nostimme ne yhdessä kyytiin. Paljonpa olette keränneetkin, kyllä niistä jotain markkoja kukkaroon tulee. Meitä hymyilytti, hyvä mieli, käpysäkit vierellämme pankkoreessä. Kun saavuimme kotiin, pimeä oli jo ehtinyt tulla. Isä jäi riisumaan Lojun valjaista, minkä jälkeen talutti hevosen talliin ja teki herkkuapetta syötäväksi, kantoi vielä kaivolta vettä hevoselle juotavaksi. Siellä hevosen oli hyvä lepäillä, lämpimässä tallissa, raskaan päivätyön jälkeen.

Kiiruhdimme tupaan, äiti siellä jo odottikin ruokien kanssa ja päivitteli, herranjestas sentään, nyt olette palelluttaneet itsenne siellä pakkasessa, olisi pitänyt tulla jo aiemmin kotiin. Riisuimme kohmeisia vaatteita päältämme, ei meillä kovin kylmäkään ollut, mehän olimme lisänneet päivällä vaatetta päällemme. Äiti oli kuitenkin huolissaan, kovassa pakkasessa koko päivän, tulette vielä kipeiksi. Äiti etsi tohkeissaan meille kuivia lämpöisiä vaatteita. Nyt sitten syömään. Ruokalautaset olivat jo valmiina pöydässä ja ruoka uunin lämpimässä. Kyllä maistui, söimme vatsamme täyteen, eikä untakaan tarvinnut houkutella. Kävyt lähetettiin aikanaan myyntiin. Kävyillä oli kysyntää, niistä haluttiin siemenet, joista taas kasvatettiin uusia puita. Aikanaan saimme kävyistä maksun, tilin, eli markkoja kukkaroon. Silloin olimme kovinkin ylpeitä itsestämme, olimmehan omalla tekemisellä hankkineet rahaa käyttöömme.Monta kertaa kaadoimme rahat kukkarosta pöydälle, käntelimme niitä puolin jos toisin, pidimme kolikoita käsissämme, tunteaksemme miltä raha tuntuu. Ei ollut silloin viikkorahoja lapsilla, joten harvoin kukkarossa oli rahaa. Meillä oli Unton kanssa possupankit, ne me saatiin pankista, kun äiti kävi lapsilisiä nostamassa tililtä. Välillä sinne possuihin joku penni tiputettiin, ja kyllä niistä pankkitilillekin jotain kertyi ajan kuluessa, kun possut käytiin pankissa tyhjentämässä. Joskus possun sisältö sai mielen niin levottomaksi, että piti päästä sisältö katsomaan. Levitin rahantiputusaukkoa veitsellä niin suureksi, että rahat putosivat siitä pöydälle. Rahoja oli vaan niin mukavaa katsella, sitten laitoin ne takaisin, vähän huonolla omallatunnolla. Ajattelin, ettei äiti tai isä huomaisi mitään, mutta kyllä he näkivät, miten pahvipossun suuaukko levisi leviämistään. Kun sitten kävimme äidin kanssa possua tyhjentämässä, pankin täti katsoi minua hymyillen ja sanoi, kyllähän tuo onkin jo aika antaa uusi, ehyt possu. Käpyrahojakin oli laitettava muutama kolikko pankkiin, niin olimme päättäneet. Kävimme joitakin kertoja vielä isän mukana käpysavotassa, rahankiilto silmissämme.

Maaherra

Maaherra, hän kulki kylällä paikasta toiseen, talosta seuraavaan. Oli hänellä varmaan oikea nimikin, mutta en muista kuulleeni sitä, koska kyläläiset kutsuivat häntä aina vain maaherraksi. Tuli silloin kun hänet kutsuttiin, hän teki ja korjasi kalaverkkoja, katiskoita, valmisti nahasta kenkiä, korjasi rikkoutuneita. Teki monenlaista muutakin, hän oli taitava käsistään. Mukanaan kulki lestit, naulat ja naputtimet, neulat, langat, kaikki tarvittavat työkalut, mitä töissään tarvitsi.

Talvisin hänellä oli työnnettävänään puinen kelkka, missä tarvittavat työkalut ja tavarat siirtyivät mukana seuraavaan taloon. Maaherra asui hieman kauempana, eikä kulkeminen ollut aina helppoa, niin taloista saatettiin hakea hänet hevoskyydillä töihin, ja kun työt oli tehty, oli viety seuraavaan taloon tai kotiinsa. Mikäli töitä oli niin paljon, ettei niitä saanut tehtyä päiväseltään, maaherra yöpyikin taloissa, töiden tekemiseen tarvittavan ajan. Hän sai talosta ruuan ja kahvin, yösijan lisäksi, ne oli osa palkkaa ja loput sitten rahana. Näistä töistä hän sai elantonsa.

Maaherra istui tuvan penkillä, pitkä neula ja lanka menivät sukkelasti vuoron perään verkon silmästä sisään ja toisesta ulos, kätevästi liikkuivat hänen sormensa. Tämä toistui ja toistui, ties montako kertaa, työstäessään kalaverkkoa kuntoon, ja kun sai valmiiksi verkon, otti katiskan esiin. Tuli ruoka-aika, äiti tai mummo kattoi lautasen hänellekin. Syötyään maaherra heittäytyi pitkäkseen penkille, kääri villapaitansa päänalustaksi ja nukkui päivänokoset. Hänellä oli kainalosauvat aina mukanaan, hyppi askeleet terveellä jalalla, nojaten kainalosauvoihin, toinen jalka roikkui koukussa vierellä, kengän kärki vain kosketti vähän lattiaa tai maata. Maaherran selkäkin oli vääntynyt vähän kumaraan. Kun hän ei tarvinnut kainalosauvoja, niin laittoi ne penkin alle, ettei kukaan kompastuisi sauvoihin.

Minä katselin uteliaana maaherran touhuja, joskus istuin lattialla pitkiäkin aikoja, ja hän jutteli minulle kaikenlaista, kyselinkin ja hän selitti uteliaalle, mitä työssään seuraavaksi tekisi.

Olin välillä kovinkin surullinen katsellessani häntä, koska minä jotenkin ymmärsin, että hän saattoi kärsiä toimimattomasta jalastaan ja kumarasta selästään, mutta sitä en ymmärtänyt, miksi niin oli käynyt. Mutta hän itse ei näyttänyt surulliselta, ilo kipinöi hänen silmistään haastellessaan mukavia.

Joskus tekemisiä oli niin paljon, että hän jäi yöksi tai kahdeksikin, silloin haimme aitasta olkipatjan lattialle ja siihen hän kävi illan tullen nukkumaan, tyyny vain pään alle ja täkki peitteeksi, aamulla kiikutimme patjan takaisin aittaan.

Ahkerakin hän oli ja valmista tuli joutuisasti, ja kun sovitut tehtävät olivat valmiit, isä kysyi, mitä olisi antava palkkaa ja saatuaan vastauksen isä maksoi. Maaherralla oli jo kassi oven pielessä lähtövalmiina. Kun taas tarviitte, ilmoitelkaahan, maaherra nosti vielä hattuaan, sanoen samalla näkemiin.

Aloin tentata isää heti, miksei maaherra voinut kävellä niin kuin me, miksi hänen selkänsä oli kumarassa. Isä kertoi, että nuorempana maaherra oli ollut jossain rakennustöissä ja siellä oli tapahtunut onnettomuus, missä hän oli satuttanut selkänsä. Toisen kerran, hänen ollessaan puunajossa, oli puukuorma kaatunut ja maaherran jalka oli jäänyt kuorman alle ja siinä vioittunut. Isä kertoi vielä olevan ihme, että maaherra oli hengissä selvinnyt. Minulle tuli tosi paha mieli ja mietin koko illan maaherraa.

Fiina-täti

Fiina-täti kun ovesta sisään astui, niin hän oli kuin aurinko, mikä valaisi koko tuvan. Keskellä tuvan lattiaa seisoi joutilaana puinen kiikkutuoli, siihen Fiina-täti istahti. Täti koppasi meidät lapset vuorotellen syliinsä ja keinutti aika lujaa. Se olikin tosi jännää, kun mentiin maat ja mantereet eestaas, Fiina-tädin luikauttaessa laulunpätkän, varmaan monesti ihan omilla sanoillaan, "aa aa Allin lasta, pientä linnunpoikaa, pienellä linnulla piipottimet, ne sinne tänne raikaa", no niin, lauletaanpa lapset yhdessä, ja niin riemua ja melskettä riitti pienessä tuvassa. Laulettiinhan me Fiina-tädin kanssa paljon muitakin lauluja, yksi niistä oli, "pii pii pikkunen lintu, pakottaako jalkojas, koivun oksalla ollessas, marjanvarrella maatessas".

Äiti ilmestyi tuvan ovelle, oli tullut töiltään ulkoa. Fiina-täti ehätti sanomaan äidille, voin lähteä sinulle kaveriksi iltalypsylle, saadaan nopeammin lehmät hoidettua. Keitetäänhän ensiksi kahvit, tuumasi äiti hymyillen ja pian puuhellalla kahvipannussa alkoikin vesi kiehua. Me lapset kiehnäsimme Fiina-tädin helmoissa. Otanko kiinni, täti pelehti ja haraisi meitä kiinni, kutitti kai-naloista sen kun kerkesi ja me nauroimme maha kippurassa, kiersimme lattialla ympyrää, välillä kömmimme pöydän alle piiloon.

Kahvit oli juotu, kuulumiset kerrottu ja niin sinne menivät yhdessä äiti ja Fiina-täti lehmitarhaan lypsylle. Kun lehmät oli lypsetty ja hoidettu, niin Fiina-täti jatkoi matkaansa kotimökilleen. Mukaansa täti sai pullollisen maitoa.

Fiina-täti oli myös kylän hieroja, tuli kun kutsuttiin. Mummoakin tuli hieromaan ja ainakin kerran äitiä. Ennen hieronnan aloittamista joskus lämmitettiin sauna, jotta iho lämpiäisi ja pehmenisi hierottavaksi.

Oli mummon vuoro olla hierottavana. Mummo oli tullut saunasta ja lepäsi vatsallaan sängyn päällä, pyyhe suojanaan. Fiinatäti siirsi pyyhettä mummon selän päältä ja kaatoi pienestä pullosta jotain rasvaa mummon selkään, sitten hän alkoi vedellä pitkin vedoin hartioita, käsiä ja niskaa, pyöritti pienin liikkein käsiään mummon iholla. No onpas täällä kovia pahkuroita, Fiinatäti totesi ja samassa mummo älähti. Sattuiko sinuun mummo, kysyin säikähtäneenä ja hyvin epäröivin mielin katselin koko touhua, olihan tuo aika kummallisen näköistä.

Tädin kädet vipelsivät mummon päänahassa, hiuksien seassa, hyvä tästä tulee, tuumi Fiina-täti.

En malttanut lähteä edes ulos leikkimään vaan minun piti koko ajan seurata, mitä seuraavaksi tapahtuu. Fiina-täti sanoi nauraen, tulepa tänne, niin hierotaan sinuakin vähän, johon sanoin kyllä topakasti, että ei.

Tädillä ja mummolla näytti olevan hauskaa, kertoivat juttuja, muistelivat menneitä, nauroivat välillä kovaan ääneen niin, että vedet silmistä valui.

Täti hieroi vielä mummon selän ja jalat, varpaita myöten. Valmista tuli, sanoi Fiina-täti lopetellessaan hierontaa. Kylläpä se tekikin hyvän pitkästä aikaa, huoahti mummo, kiitoksia paljon. Mitähän tämä lysti maksoi, mummo lausahti ääneen. Mitäs noista, sanoi täti, mutta kyllä he palkan supisivat keskenään. Näin, kun mummo laittoi Fiina-tädin essuntaskuun paperirahaa. Mummo kiitteli hieronnasta ja lausahti raukeana, tässähän on kuin uusi ihminen. Mietin, että mitähän se mummo oikein tarkoitti, kun ihan saman näköiselle hän kyllä vieläkin näytti.

Fiina-täti oli monella lailla koko kylän apu, hän osasi tehdä kaikenlaista, lastenhoitoa, karjanhoitoa, siivousta, hieromista, ruuanlaittoa, perunannostoa, kitkemistä, kotimiehenä oloa, leipomista ja vaikka mitä muuta, ja oli myös kylän ainoa kuppari.

Palkaksi töistään hän sai taloista maitoa, voita, leipää, lihaa, kananmunia, perunoita, kahvia, rahaa ja muuta, mitä nyt elämiseen tarvitaan, ja mitä nyt milloinkin palkaksi sovittiin. Joskus autettiin puolin ja toisin, niin kuin vuoropalkalla.

Fiina-täti asui isojen peltojen takana, metsän reunassa, pienessä mökissään. Puro virtasi kohisten saunan vierellä ja puro piti ylittää, jos aikoi mennä vierailulle tädin luokse. Täti otti purosta sauna-, pyykki- ja tiskivedet, juomaveden hän nouti lähellä olevasta lähteestä.

Kerran olimme menossa iltakylään Fiina-tädin luokse, äiti, veli ja minä. Toisinaan kävimme kyllä myös veljen kanssa kahdestaankin. Fiina-tädillä oli kahvipöytä katettuna monen moisten herkkujen kera. Siinä kahvittelimme hämärän tuvan hämyssä, täti kaatoi pannusta lisää kahvia äidille ja meidän kuulema piti syödä oikein monta pikkuleipää.

Fiina-tädillä oli monta lasta, jotka hän oli jäänyt kasvattamaan yksin, koska lasten isä oli kuollut. Hän oli isäni isän veli eli isän setä. Minulla ei ole muistikuvaa lasten isästä, koska vanhempieni kertoman mukaan olin ollut parivuotias tapahtuman aikaan. Lapset olivat jo aikuisia, eivätkä he enää asuneet äitinsä luona. Yhdellä Fiinan pojista oli myös poika, Reijo, joka oli minun veljeni ikäinen. Reijo tuli jo pienestä pitäen Fiina-mummonsa luokse kesäisin, tai oikeastaan joku hänen isänsä siskoista toi hänet, tullessaan lomailemaan synnyinseuduilleen. Niin meillä oli yksi leikkikaveri lisää, varsinkin veljelläni. Heillä tuntui leikit sujuvan hyvin yhdessä.

Fiina-mummolle oli lapsenlapsesta seuraa ja Reijo halusikin tulla Etelä-Suomesta tänne maalle kesäloman ajaksi.

Reijo ja Unto olivat hyvää pataa keskenään, keksivät aina jotain leikkejä ja pelejä keskenään. Heillä oli ritsat, joilla ampuilivat raakoja pihlajanmarjoja ja tietysti pikkukiviä.

Isä oli tehnyt Untolle haulikon näköisen puupyssyn, johon oli laittanut narusta kantohihnan. Lisäksi pojilla oli puinen pistooli. Toisella haulikko narusta olalla ja toisella pistooli kädessä, kun he läksivät läheiseen metsikköön metsälle.

Joskus jouduin minäkin maalitauluksi, kun he ampuilivat pihlajanmarjoja ritsoilla. Juoksivat sitten nauraen piiloon.

Oli Unto joskus yrittänyt osua ritsalla saunan piippuun, ei ollut silloin pihlajanmarja ammuksena, vaan kivi. Sattuihan se kivi, ei piippuun, mutta saunan pukuhuoneen ikkunaan kylläkin ja ikkuna meni rikki. Ikkunan rikkomisesta ja mahdollisista jälkiseuraamuksista minulla ei ole muistikuvaa, mutta sen muistan, kun isä laittoi ehyttä ruutua rikkoutuneen tilalle.

No, touhuilihan pojat muutakin kuin vain pyssyjen kanssa.

Kasvimaat ja perunapellot

Oli kesäkuun alkupuolta ja perunapellolle, niin kuin muillekin pelloille, oli levitetty lannat, minkä jälkeen pelto oli muokattu ja nyt se odotti valmiina perunanistutusta. Isä oli valjastanut hevosen uatran eli auran eteen. Hevosen vetämänä isä ensin ajoi auralla perunapellon laitaan yhden vaon, siitä syntyi ensimmäinen penkki, johon äiti istutti itäneet siemenperunat sopivan välimatkan päähän toisistaan niin, että perunan mukulat mahtuivat kasvamaan hyvin. Kun ensimmäinen vako oli ajettu pellon päähän, niin isä jätti hevosen odottelemaan ja tuli kaveriksi kylvämään apulantaa perunavakoon, ja ehtipä joskus vielä istuttamaan perunoitakin. Me lapset olimme apuna omalta osaltamme perunanistutuksessa. Kun siemenperunat olivat valmiina ensimmäisessä penkissä, niin isä ajoi uuden vaon aivan edellisen penkin viereen, jolloin ensimmäisessä penkissä olevat siemenperunat peittyivät mullan alle ja näin oli ensimmäinen perunapenkki valmis ja toiselle puolelle vakoa syntyi uusi penkki, johon taas istutettiin siemenperunat.

Osaan penkeistä kylvettiin myös herneitä, joita oli sitten myöhemmin kesällä mukava käydä syömässä. Niin syntyi perunamaa, kun penkkejä oli tehty ihan hirveän paljon, niin minusta ainakin tuntui. Perunanteko kesti ainakin yhden kokonaisen työpäivän, joskus perunantekoa jatkettiin seuraavana päivänä, jos ensimmäisenä päivänä aloittaminen ei syystä tai toisesta onnistunut heti aamusta. Mutta, kyllä sauna tuntui sitten päivän päätteeksi hyvältä ja unikin maittoi illalla.

Perunan lisäksi istutettiin myös monia muita kasveja, joita tarvittiin eläinten ruoaksi, niin ja tietysti perheen omaan pöytään. Turnipsia eläinten ruuaksi, lanttua ja naurista ruokapöytään.

Lisäksi oli erillinen kasvimaa, jossa kasvoivat porkkanat, sipulit ja punajuuret, kaikki omissa penkeissään.

Eikä aikaakaan, kun kasvimaille alkoi nousta pieniä kasvien alkuja, kaikki eivät olleet suinkaan tervetulleita, sillä rikkaruohotkin kasvoivat hyvin muokatussa maassa. Isä ja äiti antoivat meille veljeni kanssa tehtäväksi kitkeä rikkaruohoja, jotta istutetut kasvit pääsisivät paremmin kasvamaan. Alkuun kitkimme rikkaruohot kasvimaan ja turnipsipellon penkkien reunoilta, sitten äiti ja toisinaan myös isä kitkivät ja harvensivat istutetut taimirivit. Aikanaan mekin opimme tunnistamaan ja erottamaan oikeat taimet rikkakasvien taimista.
 Kitkemistä riitti aivan kyllästymiseen saakka, ei olisi jaksanut, ei huvittanut ja aurinkokin paahtoi kuumasti, mutta äiti ja isä olivat antaneet meille päivän urakan ja sitten vasta leikki sai jatkua. Kitkemiseen innosti kuitenkin se, kun isä ja joskus mummokin oli luvannut maksaa jokaisesta kitketystä penkistä pienen palkan, niin rahankiilto silmissä saimme pellon hoidettua. Palkkaahan emme kuitenkaan aina saaneet tekemistämme töistä. Penkkirivin kitkettyämme oikaisimme puutuneita jalkojamme ja samalla laskimme, kuinka paljon rahaa oli kertynyt ja kuinka monta penkkiriviä vielä olisi kitkettävää. No olihan se tylsää hommaa, mutta kun pienen tilipussin saimme, unohtui kaikki tuskaileminen.

Oispa aina juhannus

Juhannuskoivut tuoksuivat ja ruusut. Kahta puolen kuistia ja ympäri pihamaata isä oli istuttanut juhannuskoivuja, kammarin ikkunan alla kukki kauniina valkoinen juhannusruusu. Lapsen mielen täytti odottava tunnelma, kun leikimme veljeni kanssa koivujen ympärillä hippasta, yritimme saada toisiamme kiinni, kirmailimme iloiten helteisessä kesäpäivässä. Välillä keinuimme narukeinussa ja kisasimme, kumpi hyppäisi pidemmälle liikkuvasta keinusta.

Leikkimme keskeytyi, kun kuulimme äidin kutsuvan meitä syömään juuri sopivasti, kun nälkä alkoi kurnia vatsassa ja mieluusti menimmekin jo syömään.

Äiti oli keittänyt perunavelliä, pöydässä oli myös tuoreita rieskamaistiaisia, joita äiti oli ehtinyt paistamaan uunissa. Nälkä oli niin kova, että meiltä unohtui juhannuksen odotuskin, kun lusikoimme velliä suihimme ja puraisimme väliin rieskaa sekaan. Lautaset tyhjenivät pikavauhtia, vielä lasista maitoa päälle ja pian jo kiirehdimme takaisin leikkien pariin.

Näimme isän kävelevän, tallilta päin, meidän luo, hän oli hakenut viikatteen ja piti sitä olallaan ja tuumaili meille, nyt on hyvä aika siistiä hiukan pihamaata ja niittää heinikot. Pitkäksihän tuo heinä onkin päässyt, käykäähän lapset hakemassa haravat ja tulkaahan sitten isän kaveriksi.

Isä aloitti niittämisen, viikatteesta kuului jännä suhiseva ääni, ”ssuiih …ssuiih” rytmikkäästi, kun viikatteen terä katkaisi heinänkorret poikki. Heinikko olikin kasvanut pitkäksi, hyvinkin polven korkuiseksi. Siinä se nyt lepäsi maassa paksuna kerroksena, no ilmankos se oli häirinnyt pihaleikkejämme. Innostuimme Unton kanssa haravoimaan heinää kasoihin, sittenhän pitkä heinikko ei enää olisi leikkiemme tiellä.

Isä nouti muutaman heinäseipään ja rautakangen, teki kangella maahan sopivaan kohden reiän ja istutti seipään siihen, loi sitten haravoidut heinät seipäille. Siinäpähän kuivuvat, käytetään vaikka perunakuopan päälle suojaksi tulevan talven pakkasilta ja tuiskuilta.

Isä niitti toisenkin puolen pihaa, marjapensaiden ympärykset ja saunan puoleisen alueen. Nythän piha näytti ihan toisen näköiseltä, siistiltä ja hyvän olon tunne valtasi meidän mielet. Muistimme, että meillähän oli valmiit puujalat aitan seinustalla ja kiirehdimme hakemaan niitä. Nyt niillä pääsisi hyvin menemään, pitkässä heinikossahan niillä vain kaatuili, kun ne takertuivat heiniin. Nousimme puujaloille ja useamman kerran piti kokeilla pitääkö tasapaino, mutta viimein kävellä tökyttelimme niillä eteenpäin, vähän huojuen ja kompuroiden. Sitä mukaa kun harjoittelimme, niin paremmin ja paremmin se puujalkakävely onnistui. Pitihän meidän taas aloittaa kilpailu, kumpi pääsee pidemmälle putoamatta puujaloilta. Kiljahdukset, iloinen nauru ja kannustushuudot raikuivat kirkkaina juhannusaaton iltapäivässä. Oli siinä lystiä meillä kerrakseen.

Isä asteli kuistia kohti ja huuteli meille, eiköhän pidetä pieni tauko ja mennään päiväkahville. Kahvin tuoksu otti meidät vastaan eteisessä. Kirmasimme pöydän ääreen paikoillemme ja kohta äiti kaatoi meille puolikuppiset kahvia, maitoa niin paljon, että kuppi täyttyi ja tietenkin myös sokeria. Teimme pullamössöä, se kun oli aina niin herkullista. Joskus, kun äiti ja isä eivät huomanneet, niin lisäsimme vielä ylimääräistä sokeria, ne kun usein marmattivat meille sokerista, kohtuus kaikessa, sanoivat.

Kun kahvit oli juotu, äiti jatkoi tuvassa, päiväkahvien ajaksi keskeytyneitä juhannusvalmisteluja, tiskasi, siivosi, kopisteli räsymatot ulkona, lakaisi ja luuttusi lattiat. Isä katseli äidin touhuja ja kehotti meitä lähtemään mukaansa, sanoen, lähdetäänpäs lapset ulos kokkotarpeita keräämään, parempihan tuo on äidinkin siivota, kun ei olla kaikki jaloissa pyörimässä.

Riensimme ulos innoissamme kokon rakentamisesta ja juoksujalkaa menimme pitkin polkua, mikä johti talon takana olevalle kuoppamäelle. Kuoppamäellä oli myös, maakuoppien lisäksi, hyvä kokon paikka. Siellä oli poltettu juhannuskokko aikaisempinakin juhannuksina. Isä aloitti kokon rakentamisen etsimällä kaikenlaista tarpeetonta ja poltettavaksi joutavaa kokon täytteeksi. Lautaa, parrua, laudanpätkiä, oksia ja risuja, tuleepahan vähän siivottua pihan ympäristöäkin, tuumaili isä. Lapset, viekäähän tuosta nuo ja vielä tämäkin kasa tästä, puheli isä ja kantoi itse painavammat kantamukset, ettemme kuulemma katkaisisi selkiämme. Niinpä vain kokko alkoikin olla valmis, sytykkeet vielä kokon sisälle, jotta tuli roihahtaisi oikein kunnolla palamaan, mutta vasta illalla oli kokon sytyttämisen aika.

Kun kokko oli saatu valmiiksi, eikä isä ollut antanut meille lapsille mitään uusia tehtäviä, mielenkiintomme kohdistui kuoppamäellä kasvavaan isoon pihlajaan, minkä oksilla toisinaan kiipeilimme veljeni kanssa, vaikka olihan meitä siitäkin varoiteltu. Katselimme pihlajaa, mikä näytti tosi isolta, vähän pelottikin, mutta kiipesimme kuitenkin oksia pitkin, melkein latvaan saakka. Katselimme ympäröivää maailmaa sieltä korkealta, tuntui ja näytti niin erilaiselle, eikä sitä tunnetta kuitenkaan osannut selittää. Latvasta katsellen näimme naapurin pihalle asti ja tuolla toisella suunnalla, kaukana puiden takana jossain, oli koulu ja tuo vaalea kohta tuolla kaukana mäen rinteellä, metsän keskellä, sielläkin oli tuttu paikka. Katseemme kiersivät ympyrää ja oli kuin kiikareilla olisi katsellut. Aikamme ihasteltuamme näkymiä, laskeuduimme puusta alas takaisin kuoppamäen kamaralle.

Iltapäivä oli jo pitkällä, kun menimme sisälle ja avatessamme tuvan oven, vastaamme tuli ihana paistin tuoksu ja näimme, että ruoka oli jo valmiiksi katettuna pöydässä. Karjalanpaistia, keitetyt perunat ja äidin tekemää ruisleipää. Asetuimme kaikki pöydän ääreen ruokailemaan, juhannuksen odotus mielissämme. Kohta syönnin jälkeen äiti ja isä läksivät karjan hoitoon, täytyy laittaa sitten saunakin lämpiämään, jutteli isä siinä äidille, ja pitäisi juhannusvastatkin taittaa. Aika kului, joutaisi se kulua nopeamminkin meidän lasten mielestä, ei, ei millään malttaisi odottaa.
Aikojensa päästä isä tuli navetalta ja sanoi, että sauna on lämmin, mennäänhän lapset, juhannussaunaan, äidillä oli vielä lypsyhommat vähän kesken. Otetaanhan mennessämme vielä aitalta puhtaat vaatteet ja pyyhkeet mukaan. Istuimme saunan lauteilla, isä heitti kauhalla löylyvettä kiukaalle. Kiukaasta kuului sellainen ääni, kuin kissa olisi sähähtänyt, kun vesi tavoitti tuliset kiuaskivet ja heti sen jälkeen alkoi suhina ja sihinä kuuman höyryn noustessa kiukaasta. Höyry nousi ensin saunan laipioon ja sieltä se levisi ympäriinsä ja tavoitti lauteilla olevat saunojat. Iholla tuntui kostea ja kuuma henkäys, mikä ei tuntunut ollenkaan pahalta, vaikka se hiukan nipistikin korvanlehtiä ja sormien kynsissä tuntui kuumalle. Tulipas kipakat löylyt sanoi isä, kun vihtoi itseään tekemällään koivuvastalla ja ihana koivunlehtien tuoksu levisi kaikkialle saunaan. Meille lapsillekin oli taitettu omat pienet vastat, joilla vihdoimme itseämme kuumissa löylyissä. Välillä kävimme jäähdyttelemässä, istuimme pukuhuoneen penkillä ja joimme vettä, sitten kipaisimme takaisin lauteille ottamaan vielä toiset löylyt.

Kun olimme saunoneet ja peseytyneet, kuivasimme itsemme puhtaisiin pyyhkeisiin ja puimme puhtaat vaatteet päällemme. Kävelimme tuvan kuistille ja istahdimme ylimmälle rappuselle. Oli niin puhdas ja kevyt olo, odottava mieli, kohtahan olisi kokon sytyttämisen aika.

Isä asteli pihapolkua pitkin ja kantoi käsissään limonadikoria ja hymyillen ojensi sen eteemme, ottakeehan siitä. Katsoimme toisiamme silmiin epäuskoisina, olihan kori täynnä monen värisiä pulloja. Korissa oli punaista ja keltaista appelsiinilimonadia, sitruunasoodaa, omena- ja päärynälimonadia. Saammeko valita minkä vain, kysyimme. Kyllä saatte, jäähän siihen sitten vielä kummallekin juhannuspäivälle, vastasi isä hymyssä suin, kun valitsimme mieleiset juomat juhannuksen kunniaksi ja naurahti leppoisasti. Eikä se jäänyt meille enää epäselväksi, miksi niitä jäisi vielä seuraaville päiville, koska hetken päästä isä jo kantoikin koria aitalle, siellä oli vähän viileämpää säilyttää herkkujuomia.

Kunhan tuo äitikin joutuisi saunasta, mentäisiin sitten yhdessä sytyttämään kokko.

Kohta tuttua mäkeä ylös juostiin, tulitikut mukana. Niillä isä tuikkaisi tulen tuohikäppyrään sanoen, pysykäähän lapset kauempana, ettette vain polta itseänne. Tulilieskat kiipesivät kokkopuita pitkin, ylemmäs ja ylemmäs, taivasta kohti. Tuli levisi punaisen ja keltaisen väriseksi liekkimereksi, ympärilläkin hehkui lämpö polttavana. Oli se niin kaunis, Juhannuskokkomme. Katselimme sitä silmät loistaen, välillä maistelin pullostani limonadia. Pyörittelin pullon etikettiä sormillani ja mietin sitä, miksi tätä herkkua sai vain niin harvoin, juhannuksenako vain.

Kokko ritisi ja rätisi palaessaan, touhuilimme siinä ympärillä itse kukin tavallaan. Isä lähti vuolemaan makkaratikkuja, meidän tehtävä oli hakea makkarat ja sinappipurkki. Äiti auttoi meitä ja kohta olimmekin takaisin mäellä, kokon ympärillä. Tulilieskat olivatkin jo rauhoittuneet ja asettelimme makkarat tikkujen nokkaan. Siinä kääntelimme makkaroita puolelta toiselle tulen äärellä, kunnes ne olivat kypsyneet ja mieleisen värisiä. Rasva tirisi makkaroiden kyljistä, ja tietysti äiti varoitteli, ettei poltettaisi suutamme. Isän makkara oli taas vähän kärähtänyt toiselta puoleltaan ja oli kuin mustaa hiiltä. No, ei se haittaa mitään, isä nauroi ja karisteli mustan kuoren pois. Ei nälkä lähtenyt yhdellä makkaralla, toiset piti vielä saada ja onhan nyt juhannuskin. Limupullossa pohja jo häämötti, mutta kyllä se vielä yhdelle makkaralle riittäisi.

Naapurista kuului haitarin soitto, se kantautui mäelle lempeänä, kesäisen tuulenhenkäyksen mukana. Juhannusruusujen aikaan, kesäillan valssi. Olisipa aina juhannus, olisipa aina juhannus.

Postitäti

Kuoppamäen toisella puolella asui postitäti. Hän oli isäni isän sisko, Aada, hän oli myös asunut ja elänyt näillä samoilla seutuvilla, kuin isänikin. Postitäti hänestä tuli, kun eräs kylällä asuva mies oli lupautunut jakamaan postit sovittuihin taloihin, mistä kylän asukkailla oli hiukan lyhyempi matka noutaa lehtensä ja tietysti kirjepostinsa. Täti oli myös lupautunut, että hänen mökilleen voi kantaa ja hakea sieltä postia. Lähinaapureiden ei tarvinnut silloin mennä isolle maitolaiturille asti postin noutoon, ellei sinne ollut muuta asiaa.

En tiedä, oliko posti tehnyt päätöksen asiasta ja tehnyt sopimukset jakelijoiden kanssa, mutta niin kuitenkin tämä postinkantaja aloitti tehtävänsä ja kuljetti polkupyörällä näihin sovittuihin paikkoihin saapuvan postin. Tädin mökille hän jakoi kolmen talon postit. Kantoihan hän tietysti postia, samalla tavalla, muillekin lähialueen suunnille. Lähtevät kirjeet ja kortit piti tietysti käydä viemässä, niin kuin ennenkin, ison maitolaiturin luona sijaitsevalle postitalolle, mistä sai ostettua postimerkit ja tietysti postinhoitaja löi leiman, kirjeisiin ja kortteihin, tuumaten samalla, että siitäpä se huomenissa lähtee eteenpäin.

Sieltä me sitten käytiin, postitädin luota, hakemassa omat lehtemme ja kirjeemme. Postitädin mökin seinään, ulko-oven viereen, oli naulattu puinen laatikko postille siltä varalta, jos täti sattunut olemaan asioillaan, mutta yleensä täti oli kotosalla. Järjestely toi helpotusta, kun ei tarvinnutkaan lähteä postin hakuun kauemmas. Usein saikin sitten kuulla isältä tai äidiltä, että käykääpäs lapset kipaisemassa nopsakkaasti posti tädin luota. Postin haki se, joka ehti tai muuten jouti hakemaan.

Eräänä päivänä olin taas kerran menossa hakemaan postia ja kuljin polkua pitkin, ylös kuoppamäkeä, ohi ison pihlajan. Kahden pellon välissä oli polku, jota reunustivat kivirauniot molemmilla puolilla. Kivirauniot erottivat meidän ja postitädin pellot toisistaan. Kivirauniossa oli sopivan kokoinen kulkuaukko, minkä kautta pujahdin tädin maiden puolelle. Olin tutulla mäen kennämällä, mistä jo näkyi alempana oleva pieni, postitädin, harmaa mökki. Laskeuduin mäeltä alas ja kävelin pienen kivinavetan vieritse. Navetassa oli aikanaan ollut kaksi tai kolme lehmää, mutta nyt se oli tyhjillään.

Olinkin tullut ajoissa, sillä postinjakaja ei ollut vielä käynyt, ja istahdin postitädin tuvan penkille odottelemaan. Katselin ympärilleni ja näin, kuinka leivinuunissa hehkui punainen hiillos. Täti touhusi tuvan pöydän ääressä, leipoi karjalanpiirakoita. Oli kietaissut esiliinan päälleen, välillä pyyhkäisi otsalle valahtaneen hiussuortuvan, vaikka hiukset olivat vedetty tiukalle nutturalle niskaan. Hiukset oli ensin letitetty, sitten kieputeltu kerälle, minkä jälkeen ne oli kiinnitetty hiusneuloilla. Samalla tavalla minun mummonikin laittoi hiuksensa, niin kuin naapurin mummo, ja niin ne taisivat olla kaikilla muillakin kylän mummoilla. Yksi pellillinen piirakoita näytti olevankin jo valmiina. Pellillä oli piirakoita, kaikki samankokoisia ja näköisiä, vieri vieressä. Herkullinen riisipuuro näkyi rypytysten keskellä, pursui somasti. Teen vielä toisen pellillisen, niin eiköhän noita sitten riitäkin, puheli postitäti touhutessaan, uunikin jo hiilillään, mutta missähän se postinkantaja viipyy, olisihan pitänyt jo tulla.

Olihan postinkantajalla sovittu aika, milloin tulee, mutta joskushan hän sattui viivästymään. Melkein samassa kuului koputus oveen ja ovesta astui sisään tuttu mies lehtisalkkuineen ja laittoi lehtipinon puupenkille. Vaihtoi vielä jonkin sanan postitädin kanssa ja jatkoi sitten matkaansa kärritietä pitkin seuraavaan paikkaan.

Tuoreen sanomalehden haju levisi lehtipinosta, kun postitäti selasi lehdet ja ojensi käteeni meidän postin, ja niin läksin kotiin, samaa polkua pitkin, lehti kainalossa. Välillä noukin, polun varrelta, meheviä metsämansikoita suuhuni.

Toisinaan kävimme veljeni kanssa yhdessä hakemassa postia. Kun veli sitten kasvoi isommaksi, niin saattoi hänkin käydä kipittämässä hakemaan postin. Sen muistan, ensimmäisen kerran, kun veli oli mennyt noutamaan postia yksin, enkä minä ollut tiennyt asiasta mitään. Näin kun hän tuli hymyissä suin kotiin, lehti kädessään. Miten olit yksin osannut, etkä minulle sanonut mitään, sanoin hiukan toruen. Veljellä oli kasvoillaan ilkikurinen ilme ja suu väreili hymyä, eikä osannut hän sanoa mitään. Oli tahtonut mennä yksin, osata, ja hyvin oli osannutkin. Minä tunsin jonkinlaista tyhjyyttä, olin jäänyt jostain paitsi, syrjään. Mietin, että olin ollut varmaankin turhan äleä postitytön virastani. Enkö olisi suonut, että velikin voisi hakea postin itsekseen. Eikö veli tarvinnutkaan enää kaitsijaa, oli osannut yksin, oli kasvanut jo isoksi pojaksi. En oikein ymmärtänyt, miksi minulla oli haikea mieli. Siitä alkaen velipoika kyllä kävikin usein hakemassa postin yksin, eikä se minua enää oikeastaan haitannutkaan.

Usein postitäti istui keinutuolissaan, nyökytteli siinä ja katseli tuvan ikkunasta ulos. Keinu oli varmaankin hänen lempipaikkojaan.

Olin taas kerran mennyt noutamaan postia. Istuin pienen tuvan penkillä ja katselin tädin touhuja, mökissä ei ollut muita huoneita, silti kaikki askareet hoituivat tuvassa hyvin, nukkuminen myös. Tädillä oli jotain käsissään ja hän sanoi, että käyn viemässä tämän konttuuriin. Minä vähän kuuntelin ja mietin, että mikähän se konttuuri oikein oli. Täti avasi tuvan oven ja meni eteiseen, avasi siellä komeron oven ja meni siitä sisälle. Se siis oli, se konttuuri.

Kesäisin täti nukkui kontuurissa, kun siellä oli viileämpääkin, ja sen lattialle sopi patja juuri sopivasti. Komerossa oli myös orsi, missä täti säilytti vaatteita, ja oli siellä konttuurissa joku hyllykin. Minusta kuulosti hullunkuriselle, kun täti sanoi muuttavansa kesäksi nukkumaan konttuuriin, minua vähän naurattikin. Toisella puolen konttuuria oli pieni ruokakomero.

Täti asusteli yksin mökissään, hän oli leski. Oli hänellä ollut perhekin aikaisemmin, mutta jo aikuiset lapset olivat lähteneet pois kotoa.

Puuhellan liedellä oli kahvipannussa juuri keitetyt kahvit, pöytään oli katettu kahvikupit ja lautasella valmiina, pullaletistä leikatut, pullapalaset. Tulehan pöytään, tästä riittää kyllä sinullekin, täti sanoi iloisesti hymyillen. Siinä sitten istua törötin, tädin kanssa kahvia juoden ja pullaa mutustaen.

Kun kahvit oli juotu, niin täti esitteli minulle ylpeänä, ikkunalaudalla olevaa, kukkaloistoaan. Loksit kukkivat suurin, torvimaisin kukin. Kukkia oli punaisia, violetteja ja valkoisia. Kukat oli istutettu tuohisiin kukkaruukkuihin, millaisia en ollut nähnyt missään muualla. Täti kertoi, että ruukut oli nikkaroinut hänen poisnukkunut miehensä, ja sanoi vielä, että kestäviä ovat ruukut olleet, vuodesta toiseen käyttöä kestäneet.

Täti otti yhden ruukuista käteensä, käänteli ja pyöritteli sitä ympäriinsä ihastuksissaan sanoen, tänä aamuna laskin, että kuusitoista kukkaa tässä on, ja lisää on tulossa, nuppuja vaikka kuinka paljon. Saattoihan ikkunalaudalla olla muitakin kukkia, mutta en muista kuin ne upeat loksit. Täti kertoi vielä, että hän laittaa loksien mukulat talveksi lepäämään ja keväällä sitten istuttaa samat mukulat, tuohiruukkuihin kasvamaan.

Lehti kainalossa olin sulkemassa ovea, kun täti vielä sanoi, sanohan äidillesi terveisiä, että tulisiko iltakahville käymään, kun ei ole pitkään aikaan käynyt, ja nyt olisi tuota tuoretta pullaakin tarjolla. Lupasin kertoa terveiset ja hymyissä suin läksin kotiinpäin. Usein postitäti pistäytyi meillä kyläilemässä ja naapurissakin myös. Joskus, kun olimme ulkona leikkimässä ja näimme postitädin laskeutuvan kuoppamäkeä alas, niin uteliaina seurasimme, tulisiko täti meille vai meneekö vain meidän pihan poikki naapuriin.

Meidän pienet kotieläimemme

Mitähän nyt keksittäisiin, ja keksittiinhän me Unton kanssa. Me pyydettiin äidiltä tyhjä lasipurkki kansineen. Päätimme tehdä kodin leppäkertuille ja muille hyönteisille. Laitoimme purkin pohjalle lehtiä, oksia ja ruohoa pehmikkeiksi. Seuraavaksi meillä olikin sitten vuorossa etsiä purkkiin asukkaita. Pian löysimmekin leppäkerttuja ja muita pieniä otököitä, joiden nimiä ei tiedetty, mehiläinenkin sai uuden kodin. Kansi vain äkkiä kiinni, etteivät karkaisi. Siinä sitten ihailimme aarteitamme lasipurkin läpi. Olimme mielestämme tehneet hyvän työn antaessamme suojaisan kodin hyönteisille. Menimme innoissamme näyttämään purkkia vanhemmille, mutta eivät he kovin innostuneilta näyttäneet ja he olivat sitä mieltä, että hyönteisten paikka ei ole purkissa, nehän kuolevat sinne, hyönteisten pitäisi kyllä päästä vapaaksi luontoon. Katsoimme isää ja äitiä alta kulmiemme ja hiippailimme hiljaisina ulos. Vanhemmat ei kyllä ymmärrä mitään.

Ruokaa niille piti kerätä, nyt niillä on jo varmaan hirveä nälkä. Etsimme syötävää pientareelta, pihamaalta, kaikkea minkä uskoimme olevan parhaaksi meidän pienille kotieläimillemme, kukkasia myös, että mehiläinen voi tehdä hunajaa. Laitoimme pienen pikkuruisen astian purkkiin valmiiksi, siihen mehiläisen olisi kaikkein helpointa kerätä hunajaa. Tiputtelimme purkin suusta herkut eläimille, apilankukkia mehiläiselle. Siellä ne matelivat ruohonkortta pitkin, menivät lehtien alle piiloon. Leppäkertut punaisina, mustat pilkut selässään nousivat lasipurkin seinää pitkin, marssivat touhuissaan siinä edestakaisin. Olimme niin iloisia, hoitaessamme ja seuratessamme lasipurkin sisällä näkemäämme elämää. Meidän pienet kotieläimemme.

Iltaan asti puuhastelimme niiden parissa innokkaina. Mutta sitten aloimme miettimään, mitä vanhemmat oli sanoneet, saattoivat olla hyvinkin oikeassa. Eläinten ruoat purkissa oli nahistuneet kuumassa auringonpaisteessa. Joku hyönteisistä käveli hieman kummallisen näköisesti, toinen oli paikoillaan liikkumatta. Pohdimme siinä, eiväthän ne saaneet edes ilmaa Silloin kansi äkkiä auki ja laskimme kaikki vapauteen. Meidän pienet kotieläimemme, ei ne saa lasipurkkiin kuolla.

Hevosta ja hoitajaa

Usein leikimme pihalla marjapensaiden ympärillä ja omenapuiden alla. Sinne sai monenlaista leikkiä aikaiseksi. Olimme taas kerran laittaneet leikin käyntiin, iso viltti oli levitetty nurmikolle, siinä istuimme ja joimme pullosta mehua. Oli meillä vähän eväitäkin, olimmehan retkellä.

Yhdessä keksimmekin leikkiä hevosta ja hoitajaa. Sovimme, että veli on hevonen ja minä hoitaja. Kävin etsimässä narunpätkän ja vanhan vyön, minkä laitoin sitten hevosen eli veljeni kaulaan. Vyöhön solmin narun toisen pään ja talutin narusta pidellen hepan välillä pientareelle syömään heinää ja sidoin narun puuhun kiinni, ettei hevonen vain pääsisi karkaamaan. Sitten tuli aika hakea polle kotiin, eli nurmikolla olevalle viltille. Hevonen kävellä lönkytteli perässä, eikä edes yrittänyt karata. Ajattelin antaa sille vielä lisää ruokaa, kun ei sille ruoho varmaankaan riittänyt, niin keräsin karviaispensaasta marjoja kuppiin. Hevonen nuokkui siinä viltin päällä pää alaspäin roikkuen, otahan tästä, sanoin pollelle ja työnsin karviaista sen suuhun. Ei taida hevosella olla enää nälkä, otahan tästä herkkuruokaa ja samalla työnsin uutta karviaista. Maistuihan sille karviainen ja tarjoan lisää, etkö enää tykkääkään karviaisista. Ottihan se, mutta väkinäisesti söi heppa, nosti päänsä ylös, jolloin huomasin, että kaksi karviaista möllötti sieraimissa. Ilmankos hepalle ei maistunut, olinhan vahingossa työntänyt ne veljeni nenänään. Yritin hätäisesti saada niitä pois, eikä ne millään lähteneet. Silloin iski kova hätä ja kiire, äidin luokse. Päästin hepan narusta vapaaksi, kiirehtien juoksin, veljeä kädestä vetäen, sisälle. Äiti sai kuin saikin, karviaiset nenästä pois, selitin hädissäni ja peloissani, etten tahallaan tehnyt niin, vaan leikkiessämme hevosta ja hoitajaa. Äitikin oli säikähtyneen näköinen ja sanoi, että annapas sitten olla viimeinen kerta.

Maalais- ja kaupunkilaisserkut

Kesälomalaiset saapuivat kaupungista. Olihan se kuin juhlaa, kesän keskellä. Aikuiset puuhastelivat omia juttujaan, miehet laittoivat onkensa kuntoon ja läksivät läheiselle lammelle onkimaan kukkoahvenia. Naiset jäivät kotosalle ja puuhastelivat tuvassa kaikenlaista, samalla siinä puhua pulputtavat sen minkä ehtivät, ruoanlaiton lomassa. Pitkästä aikaa taas näkivät toisiaan ja kun edellisen tapaamisen jälkeen oli itse kullekin ehtinyt tapahtumaan kaikenlaista, niin kyllä kerrottavaakin riitti. Siihen aikaan puhelimetkin, millä olisi kuulumiset voinut välillä kysyä, olivat vielä harvinaisia. Kylän harvoista telefooneista yksi löytyi naapurista, joka sijaitsi ison maitolaiturin lähellä, joten eipä sitä lähdetty pienen asian takia puhelimella soittelemaan.

Ei lomalaisille vierailu ollut kuitenkaan pelkkää onkimista ja lomanviettoa, vaan he auttoivat heinä- ynnä muissa töissä. Nuo heinäntekopäivät olivatkin monesti, voimia kuluttavasta työstä huolimatta, hauskoja yhdessä tekemisen päiviä.

Lapsilla oli keskenään taas kerran hauskaa, kun maalais- ja kaupunkilaisserkut pitkästä aikaa näkivät toisiaan ja jo heti kun oli tervehdykset vaihdettu, niin päästiin leikkien pyörteisiin.

Saunan luona, pyykkinarujen katveessa, oli iso hiekkakasa, missä leikimme usein, lapiot alkoivat heilumaan, kun hiekkaan kaivettiin milloin mitäkin ja leikkien suunnitelmat syntyivät ja vaihtuivat pienissä päissämme aivan hetkessä. Tuohon tuli koti, tähän kauppa ja kaupan hyllyt, sitten vielä kukkakauppa. Aloimme touhuilemaan innoissamme ja kohta alkoi tulla valmista, sitten vaan tavarat paikoilleen ja joku myyjäksi, mutta ensin on etsittävä luonnosta kauppaan myytävää, kukkakauppaan kukkasia.

Kävimme hakemassa sisältä korin ja menimme talon takana olevalle rinteelle etsimään koriin erilaisia "myytäviä", eikä aikaakaan, kun korimme täyttyikin kaikenlaisista tarvikkeista. Kohta kaikki olikin valmista, järjestelimme vielä tavarat paikoilleen ja enää puuttui vain rahaa, millä sai ostaa kaupan olevia tavaroita. Puunlehdet toimivat seteleinä, kivet kolikkoina.

Joku keksi vielä, että pitäisi laittaa eläimiä ja niille aitaus. Niiltä sijoilta läksimme vielä etsimään metsästä käpyjä, risuja, oksia, sammalia ja heinänkorsia. Pienet männynkävyt olivat lampaita, isoista kuusen kävyistä teimme lehmiä, hevosen ja possuja, laitoimme niille tikut jaloiksi ja hännän heinistä tai tikuista. Rakensimme kaukalot, joihin laitoimme ruokaa ja vettä juotavaksi. Meillä oli oikeastaan leikeissä kaikkea sitä, mitä meidän oikeassakin elämässä. Se kaikki oli vain pienoiskoossa ja mielikuvitus sai kaiken sen elämään.

Äiti vilkutti rappusilta ja huusi meidät syömään. Voi kun olikin jo tullut nälkä leikkien lomassa, aivan huomaamatta. Leikit keskeytyivät, samassa juoksimme jo rappusille, ja kun aukaisimme tuvan oven, niin vastaamme tuli herkullinen ruoan tuoksu. Istuimme pöydän ääreen ja aloimme syömään melkein ahmien, täyttäen nälkäiset vatsamme ja lautaset tyhjenivät nopeasti, sillä kiire oli jo takaisin leikkejä jatkamaan. Kiitos-kiitos vain kuului tuvan ovelta ja eteisestä, kun jo juoksujalkaa kirmaistiin ovesta ulos.

Kauppa on auki, myyjä kovaan ääneen ilmoitti. Vuorotellen oltiin ostamassa ja sitten taas vaihtui ostaja myyjäksi. Kukkaset kääritiin sanomalehteen, maksettiin, kiitos ja hei. Onko lihaa, perunoita kymmenen, sitten leipä, pullo maitoa, namilaatikko, luetteli ostoksia tekemässä ollut. Ilta oli tullut ja kaupat menivät kiinni, sitten mentiin kotiin ruokaa laittamaan, kotia siistimään ja astiat vadissa tiskattiin. Eläimet saivat myös ruokaa ja hoitoa. Sammalissa eläimet nukkuivat, ruohonkorsien päällä lepäilivät. Sitten tuli yö ja kaikki pitkälleen kävimme, hiekkaiseen sänkyyn, hiekkainen tyyny pään alla. Ei peittoa tarvinnut, oli lämmin, silmät vain kiinni ja hyvää yötä. Aamu oli jo valjennut, kahvinkeittoon, aamupalan jälkeen taas kaupat aukesivat.

Hiekkaleikkien jälkeen oltiin piilosilla, hypättiin narua, ränttälautaa ja kuukkaa. Piirrettiin ruutukuvio, etsittiin ruukunpalanen, heitettiin se ruutuun ja hypättiin vuoron perään, kunnes voittaja ratkesi, olihan se jännittävää.

Meillä oli kiikku, mikä oli laitettu talon vieressä kasvavan ison tuomen oksaan. Siinä vuorotellen kiikuimme, toinen vauhtia antoi, kunnes jo taas juoksentelimme pihamaata pitkin poikin nauraen ja ilakoiden. Välillä maltoimme kuitenkin hetkeksi istahtaa viltin päälle nurmikolle. Äiti oli tuonut meille ulos tuoretta pullaa ja mehua, niillä me herkuttelimme ja kovasti pidimme seuraa toisillemme, maalais- ja kaupunkilaisserkut keskenään.

Illalla, kun miehet olivat lämmittäneet saunan, ja kun oli lasten vuoro saunoa, niin juoksimme saunalle peräkanaa. Saunan lauteilla istuessamme tuntui, että oli hyvä ja kotoisa olo. Otimme löylyt ja sen jälkeen pesimme päivän hiekkaleikit iholtamme pois, mutta muistoissamme ne ovat säilyneet. Mielessä kävi ajatus, että huomennakin saamme jatkaa leikkejä, niin ja vielä ylihuomennakin.

Saunan jälkeen söimme iltapalaa ja alkoi olla nukkumaan menon aika, mutta kun ei olisi haluttu vielä mennä nukkumaan, ei, ei, olisi ollut vielä niin paljon asiaa. Niitä peiton alla vielä supateltiin, hauskalle jutulle hihiteltiin. Huomaamatta aivan, viimein nukkumatti oli unihiekkaa silmille heittänyt ja unten maille leikit olivat siirtyneet.

Yhteiset kesäpäivät olivat taas joutuin kiirehtineet ohi, eronhetki koitti maalais- ja kaupunkilaisserkkujen. Niin pitkään pihatiellä vilkutettiin, kuin toisemme vain nähtiin. Hiljaisiksi se veti vanhemmat kuin lapset, haikeus mielen valloitti. Hetken päästä menin ison tuomen alle, istuin kiikkulaudan päälle. Vauhdit otin, toiset, siinä kiikuin, liikuin ikävääni, serkkujani kaipasin.

Soutaa ja Huopaa

Isä oli kova kalamies. Verkoilla, katiskoilla ja ongella kaloja pyysi. Usein jo aamulla varhain isä ajoi mopolla kalaan järvelle ja kun heräilimme, niin monesti näimme perattuja kaloja täynnä olevan pesuvadin.

Isä sanoi että kyllä siellä järvellä mieli lepää. Samoin kuin metsä oli henki ja elämä, saattoipa siellä samoilla muutenkin, eikä vain työtä tehden. Energiaa kuulema antoi.

Joskus isä tarvitsi soutajaa mukaan kalakaveriksi. Nousin mopon tarakalle istumaan ja pidin tiukasti kädet isän ympärillä kiinni. Pölypilvi vain jäi taakse, kun kuivaa hiekkatietä mopolla huristeltiin.

Rantaan päästyämme isä työnsi veneen vesille ja meni veneen perätuhtolle istumaan. Minä nousin veneen keulaan soutajan paikalle, eikä aikaakaan, kun pieni tyttö jo soutaa ja huopaa, soutaa ja huopaa.

En aina osannut, enkä jaksanut airojakaan kannattaa. Ei sinne, ei, tuonne, tasaisemmin, pidä siinä, kuului isän komennot.

Ymmärrys puuttui, mitähän isä tarkoitti ja kun tein niin tai näin, ei se mennytkään aina oikein päin, suuri vene teki kepposiaan, laineet kujeili, vesi vetkutteli, löi laineita väärään suuntaan, vene keikkui ja liikkui, huopaa, huopaa, pidä siinä, ohjeisti isä ja samalla yritti saada katiskaa vedestä ylös. Ei, en tuntenut olevani hyvä soutaja, en huopaaja, ja vielä olisi katsottava, olisiko verkoissa mitään. Kalaa tuli tälläkin kertaa, vaikka tuskailin naama punaisena veneessä. Meillä oli kala-astia mukana, siihen isä laittoi saalimme. Kotiin perattavaksi vietiin, hauki, ahvenia ja särkiä. Isä perkasi ja äiti laittoi ruuaksi. Oli kalakeittoa, paistettua ahventa, suolasärkeä.

Välillä isä tykkäsi käydä lammella mato-ongella, joskus olin minäkin mukana. Minä en vain uskaltanut laittaa matoa koukkuun, se näytti aivan kauhealle ja kun isä auttoi, käänsin pääni aina pois, etten vaan näkkisi sitä toimitusta. Enkä uskaltanut ottaa ahventakaan pois ongesta, isä auttoi siinäkin. Kukkokalat ongimme lammelta, huomenna olisi kalakukkoa pöydässä.

Kalakukkoon tehdään ruiskuori ja sisälle ahvenia, silavaa, voita, suolaa ja sipulia. Äiti paistoi kukkoa viisi, kuusi tuntia, sitten voiteli kukon kuoren voilla, kääri voipaperiin ja laittoi hautumaan paksun viltin sisään. Kalakukko oli kyllä koko perheen herkku. Usein isä kävi kuitenkin kalalla yksin. Joskus kalareissulta hän saattoi tuoda lumpeenkukkia tuliaisiksi, valkoisia ja keltaisia ulpukoita. Laitoimme ne pesuvatiin veteen, etteivät kuihtuisi. Isä oli tehnyt niistä kaulariipukset, ne olivat niin kauniita, ettei melkein voinut hengittää. Myöhemmin isä neuvoi, miten osaisimme itse tehdä riipukset.

Eräänä aamuna isä sanoi, Liisa lähdepäs kalalle mukaan soutamaan, mutta minä valitin, että kun en osaa. Kyllä sinä vielä opit, kun vähän kasvat ja mukana kuljet, lohdutteli isä.

Niin minä taas soudin, ja huopasin, soudin ja huopasin, kalasaaliin kanssa sitten kotiin mopolla ajeltiin, minä takana tarakalla istuen. Tuli alamäki, tiessä kuoppa kuopan perään, mopo poukkoili ja pomputti kuopissa ja minä putosin lennossa tarakalta hiekkatielle, vähän takapuoleen sattui ja polveen koski. Siellä se isä ajeli kaikessa rauhassa eteenpäin, mopon pärinä vain eteni pölypilven edellä. Eikö se isä edes huomaa, että putosin. Nousin ylös tieltä, pää vähän pökerryksissä, ehkäpä vain enemmän säikähdyksestä. Kopistelin hiekkoja vaatteistani ja katsoin miten pahasti polveen oli käynyt. Onneksi siihen ei tullut kuin pieni hiertymä, eikä pyllypuoleenkaan sen pahemmin. Kohta isä jo ajelikin takaisin päin. Putositko sinä, en edes huomannut sitä, kun ajoin vahingossa tuohon tiessä olevaan pahaan monttuun, se oikein hyppyytti mopoa. Sattuiko sinuun pahasti, nousehan kyytiin, niin ajellaan kotiin, sanoi isä huolestuneena otsarypyt kasvoillaan.

Joskus tuli piiskaa

Piiska oli se viimeinen sana, kun sanallinen kehotus ei tehonnut, tai isän katse, joka yleensä kertoi, että nyt se nujakka loppuu. Olimme tavallisesti kilttejä lapsia, mutta kokeiltiin kyllä joskus rajoja. Välillä kun leikki vei oikein mukanaan ja herettiin yltiöpäisiksi, itsepäisiksikin, saatettiin jäkättää vastaan äidille, harvemmin isälle.

Kerrankin sattui niin, että äiti oli kotona ja isä, kuten usein, savotassa. Asiaa en muista, vain sen, että ei toteltu äitiä, jäkätettiin vain vastaan. Äiti kielsi monta kertaa, mutta kiellot kaikuivat kuuroille korville, naurettiin vain veljeni kanssa, eikä kuunneltu ollenkaan, mitä äiti sanoi. Mentiin sellaiseen ilkikuriseen tilaan, mistä ei osattu tulla pois. Äiti vihastui kovin ja sanoi antavansa meille piiskaa, kun ei puhe auta. Eikä se puhe auttanut, me vain jatkettiin.

Äiti pyörähti kiukkuisena ulos ja me katsoimme ikkunasta, kun hän meni äkäisten askelten saattelemana pihan reunalla olevan pensaan luo ja katkaisi siitä oksan. Niin silloinkos meitä vietiin, me rynnättiin ulos ja juosta viiletettiin kuoppamäkeä pitkin ylös, äiti piiskan kanssa perässä, lällätettiin vielä, etpä saa kiinni, etpä saa kiinni. Hetkessä me harpottiin ison pihlajan luokse ja tartuimme alaoksille ja siitä kiivettiin puuhun, meiltähän se sujui hyvin, kiipesimmehän usein sinne katselemaan maisemia. Äiti seisoi puun juurella piiskoineen, etpä pääse tänne, etpä pääse tänne, lauloimme samalla nuotilla. Äiti oli vihainen ja tuohtunut sanoessaan, kun isä illalla tulee kotiin, niin sitten teitä odottaa selkäsauna. Sen sanottuaan äiti kääntyi ja käveli mäkeä alas häviten sisälle, omille askareilleen.

Vähän aikaa mietittiin, oltiinkohan ehkä oltu tuhmia, mutta sitten jo kavuttiinkin alas pihlajasta ja leikit veivät meitä taas jo mukanaan.

Välttelimme sisälle menemistä, mutta kun nälkä alkoi kurnimaan mahassa, menimme arastellen ja hiukan noloina tupaan. Olikohan äiti jo unohtanut koko asian, seurailimme silmäkulmien alta tarkkana äidin puuhia. Emme huomanneet mitään sen kummempaa, hiljainen äiti vaan oli. Katselimme hiljaa toisiamme ja arvasimme toistemme ajatukset, että tämä oli nyt varmaankin tässä, eikä me muistettu enää koko asiaa, leikit vain jatkuivat, mutta hiukan rauhallisemmin.

Tuli ilta ja isän kotiintuloaika alkoi olla käsillä, silloin menimme kumpikin hiljaisiksi, kertookohan äiti ja antaako isä sittenkin piiskaa. Asia selvisikin hyvin pian, heti kun isä kotiutui, niin äiti kertoi päivän tapahtumista. Vieläkö tässä nyt tämmöistäkin pitää, kun tulee väsyneenä kotiin, huokasi isä ja samaan hengenvetoon kehottaa meitä hakemaan piiskat ulkoa. Niin me kuuliaisesti noudimme piiskat ilman jäkätystä.

Kumpainenkin pyllyt paljaaksi ja isä nappasi piiskalla muutaman kerran niin, että vihlaisi, sanoen vielä, että äitiäkin pitää totella, ei se tarkoita sitä, että kun minä olen poissa kotoa, te voisitte tehdä täällä mitä vain, onko se nyt tällä selvä, että osaatte jatkossa olla ihmisiksi. Nyökyteltiin kyllä kovin pieniä päitämme ja lupasimme olla kilttejä.

Olimme kyllä sinä iltana hiljaisia, ihan niin kuin äiti oli ollut päivällä, ei naurattanut enää lainkaan. Tajusimme kyllä olleemme tuhmia ja ansainneemme piiskan ripsautukset.

Ystävä lähtee kouluun

Istuin taas kerran naapurin tuvan penkillä, sohvia tai nojatuoleja oli vain harvoissa kodeissa. Tuvassa oli vain puupenkit, joille vieraat kävivät istumaan, niin kuin tietenkin talon väkikin. Siinä serkun vanhemmat alkoivatkin kertoilemaan heidän tyttönsä lähtevän kuurojen kouluun Jyväskylään. Koulun aloitus olisi jo aika pian ja onhan se ikävää, kun sitten nähdään vain harvoin. Käymmehän me aina välillä katsomassa häntä siellä Jyväskylässä, kertoili serkun äiti. Lomilla sitten nähdäänkin paremmin, ja kun kesäloma on onneksi pidempi, niin saa tyttökin käydä ja olla kotona. En oikein tajunnut heti kunnolla, mitä se oikein tarkoitti ja istuin siinä ajatuksiini vaipuneena, kunnes mieleeni hiipi pelko, sittenhän minulla ei ole leikkikaveria, ystävää, kenen kanssa jakaa leikit. Ajatukseni täytti surullinen ja paha mieli.

Läksimme siitä kuitenkin leikkeihimme, Reetta viittoi kammariin päin katsomaan, mitä hankintoja oli koulua varten jo tehty. Hän näytti isoa matkalaukkua, johon pakattaisiin vaatteet ja muut tarvittavat tavarat, niitäkin oli ostettu valmiiksi, vain jotain pientä vielä puuttuisi. Hän esitteli kaikkea iloisen näköisenä ja kysyin viittomalla, lähdetkö kouluun mielellään. Kyllä lähden ja hän odottikin jo innolla kouluun lähtöä. Viittoi minulle, mitä kaikkea siellä tehdäänkään ja lisäksi vielä, että siellä saa myös uusia kavereita. Minä en osannut, enkä halunnutkaan näyttää hänelle suruani, pidin sen vain piilossa sisälläni.

Läksimme ulos. Mitähän tänään keksittäisiinkään, oli vielä monta kesäistä päivää olla yhdessä.

Sitten koitti Reetan kouluunlähdön aika, edellisenä päivänä vielä nähtiin. Sanottiin heipat, hän vielä viittoi tulevansa lomalle, silloin tavataan.

Siitä, miten päiväni alkoivat kulumaan sen jälkeen, kun ystävä olikin poissa, niin siitä minä en muista juurikaan mitään, mutta olihan minulla kaksi vuotta nuorempi veli, hänen kanssaan tietenkin puuhattiin kaikenlaista. Varmaankin oli kova ikävä, yritän muistella, vaan kun en vain muista.

Loma-aika oli tullut, Reetta oli saapunut kotiin, jännitys kutitti mahanpohjassa. Seuraavana päivänä menikin tapaamaan häntä ja kun nähtiin, niin oltiin kuin ennenkin. Viittomalla juttua riitti ja hän kertoi mitä kaikkea koulussa oli tapahtunut, kertoi kavereista ja opettajista, näytti piirustuksia, vihkoja, tehtäväkirjoja ja samalla kertoi viihtyvänsä koulussa hyvin. Kertoipa monista kommelluksistakin, joille sitten naurettiin maha kippurassa. Serkun kertoessa uudesta koululaisena olemisesta, minulle tuli mieleen, että minäkin olen lähdössä kouluun sitten syksyllä ja viitoin sen hänelle. Meitä kumpaakin hymyilytti, olihan meistä ystävyksistä kasvanutkin koululaisia. Tartuimme toisiamme käsikoukusta niin kuin monta kertaa ennenkin ja läksimme hakemaan leikin kipinää.

Renkipoika

Renkipoika kävi meillä auttamassa erilaisissa työhommissa, oli savotoissa isän kaverina, sahasi, hakkasi ja pinosi halkoliiteriin polttopuita, olihan sitten mistä ottaa uunien ja saunan lämmitystä varten. Kesäisin hän auttoi heinänteossa ja -korjuussa, monenlaista tekemistä löytyi maalaistalossa. Töistään hänelle maksettiin palkkaa, ja kun koitti tilipäivä ja palkkakukkaro oli hänellä taskussaan, lähti hän iloisesti kotiaan kohti.

Renkipoika asuikin siinä aika lähellä, ei ollut pitkä matka jalkaisin kulkea työmailleen meille. Välillä hän piipahti muutenkin, kuin työhommilla, kyläilemässä meillä, istuskelemassa vaikka iltakahvilla.

Olimme jälleen kerran veljeni kanssa piirtelemässä kammarin pöydän ääressä, äiti ja isä olivat navetalla hoitamassa karjaa, kun yht'äkkiä kuului ikkunaan koputus, ja me kiirehdimme katsomaan, kukahan tai mikähän siellä koputtelee. Emme kuitenkaan nähneet ikkunan takana mitään, mutta hetken kuluttua pimeä ruudun takaa ilmestyy hahmo, jolla on rumat pelottavat kasvot. Ei, ei ne ole ihmisen, vaan jonkun mörön, otuksen, kummituksen, minkä lienee. Kauhistuimme ja aloimme kirkumaan ja huutamaan itkunsekaisella äänellä. Ryntäsimme päätä pahkaa hädissämme navetalle, yritimme kertoa yhteen ääneen itkun ja nyyhkytyksen sekaisella äänellä niin, etteivät vanhemmat saaneet mitään selvää puheistamme.

Vasta sitten, kun itku hieman laantui, saimme kerrottua ikkunaruudun takana koputtelevasta möröstä. Vanhemmat kyselivät lisää, että millainen ja minkä kokoinen. Isä totesi otsa kurtussa, että se on saattanut olla meidän renkipoika. Ei varmasti ollut, kyllä me hänet tunnetaan, totesimme yhteen ääneen. Se oli pahan ja pelottavan näköinen, ei, ei se ollut hän.

Kuulkaapas lapset, minä näin kerran sellaisen naamarin renkipojalla, kun esitteli sitä ostostaan, kertoi isä.

Isä arvelikin hänen olevan vielä pihalla ja siellähän se, renkipoika oli, ulkorappusilla. Oli tullut käymään iltakylässä ja oli saanut mielestään hauskan ajatuksen ja oli halunnut vähän pelotella meitä lapsia naamari kasvoillaan. Hupijuttu kuulema, hän vaan naureskeli koko jutulle, hupijuttu.

Isä moitti vakavasti renkipoikaa, annapas olla vihon viimeinen kerta, kun tulet pelottelemaan lapsia. Isä sanoi vielä jotain muutakin, mutta sitä emme enää kuulleet, eikä renkipoikaa enää naurattanut. Isä sanoi vielä painokkaasti, näytä nyt se naamari lapsille niin, että varmasti uskovat sinun olleen ikkunan takana. Renkipoika veti naamarin päähänsä, se oli justiinsa tuo, pelottava naama, sanoin ääni väristen.

Mistä tuollaisia saa kysyin. Isä vastasi, että kaupasta nyt saa melkein mitä vaan. Vaan ei kyllä meidän kaupassa ole, noin pahoja naamoja, mietin.

Menkäähän nyt ihan kaikessa rauhassa sisälle, ei tarvitse pelätä, naamari se vain oli. Eikä ne koskaan kokonaan mielestäni hävinnet, pelottavat kasvot pimeän ruudun takana.

Sen tapauksen jälkeen minua alkoi usein pelottamaan leikkiä sisällä pimeän aikaan, jos jokin rasahti tai kolahti, niin tuli tunne, että naama katsoo sisään ikkunan takaa, paha irvileuka. Kuitenkin se oli vain meidän tuttu renkipoika ja hauska juttu, hupijuttu. Ei tarvitse pelätä enää, mutta kuitenkin mielikuvat nostivat pelkoa esille.

Annikki

Liisa, Liisaa, herätys, nousehan ylös. Tunsin olkapäässäni kevyen kosketuksen ja havahduin, kun mummo seisoi sängyn vieressä ja herätteli minua. Haluan nukkua vielä, nukuttaa, yritin unensekaisella äänellä. Ei kun nyt sinun pittää nousta ylös, samoin Unton on noustava, mummo sanoi jo hiukan äänekkäämmin.

Oli elokuinen aamu 50-luvun lopulla, ja olimme tuvassa leikkimässä Unton kanssa. Välillä meille tuli pitkä aika. Halusimme kammariin leikkimään, mutta nyt se oli kiellettyä, eikä me tiedetty miksi.

Isä oli navetassa hoitamassa eläimiä, välillä tuli käymään sisällä tuvassa. Tenttasin isää, miksi emme voi mennä kammariin. Viimein isä kertoi, että äiti oli kammarissa synnyttämässä ja mummo oli siellä äidin apuna.

Kun isä oli lähtenyt takaisin navettatöille, niin menimme heti avaamaan kammarin oven, mutta mummo tuli vastaan ovelle ja topakasti käännytti meidät takaisin, menkäähän tupaan leikkimään, nyt ette voi tulla tänne, minä tulen sitten sanomaan kun saatte tulla.

Istuimme pöydän ääressä ja söimme leipäpalasia maidon kanssa. Pöydällä oli aamukahvin jäljiltä kahvikupit, leipää, voiastia ja maitokannu, niin kuin monena muunakin aamuna.

Olimme kovasti pettyneitä. Olisimme halunneet nähdä äidin, emmekä ymmärtäneet, mitä siellä tapahtui. Saattoihan meitä vähän pelottaakin, eikä tuvassa ollut mitään tekemistä. Olihan vielä niin aikainen aamu, ettei uloskaan osannut lähteä, nurmikko oli märkä, eikä aurinkokaan vielä lämmittänyt. Yritimme leikkiä jotain, juoksimme ympäri tupaa, mutta ei se oikein tuntunut innostavan. Menin ajatuksissani ikkunan ääreen, nousin polvilleni penkille ja katselin ulos pihamaalle.

Huomaamattani aloin piirtää sormella ikkunaruutuun. Ruudun pinta oli kuiva ja yritin saada siihen hönkäisemällä huurua, jotta ruutuun jäisi näkyviin piirtämiäni kuvioita. Kuiva lasi ei kuitenkaan huurrettunut kunnolla, joten kastelin sormenpääni syljellä. No, se toimi.

Unto tuli siihen viereeni katselemaan ja otti mallia, nousi polvilleen puupenkin päälle ja kasteli sormensa suussaan ja niin sylkijälki piirsi viivaa ja ympyrää.

 Tuo lasitaide ei ollut ainutkertaista, sillä talvisin aamun valjettua monesti näin, että ikkunoissa oli pakkasen kirjailemana pitsikuvioita ja lumitähtiä. Niitä me lapset ihasteltiin. Kun sitten puuhellaan tehtiin tulet aamukahvin keittoa varten, hellan antama lämpö alkoi levitä tupaan, sulattaen lumitähdet. Tähtien sulaessa tilalle jäi samea höyry, mikä peitti ikkunaruudut melkein ylintä ruutua myöten. Silloinkos pienet sormemme muuttuivat kyniksi, taiteilimme ruutuun kirjaimia, kuvia ja milloin mitäkin, mitä osasimme. Joskus sottasimme ympyrää, viivaa ja ihan sekasotkua niin, että lopulta tuvan kaikki ikkunat olivat täynnä höyrykuvia. Se oli niin turkasen mukavaa.

 Niin katsoi pikkuveli siskosta mallia ja yhteistuumin taidetta syntyi. Minä piirsin melkein aina talon, taivaalle auringon ja talon viereen kukan. En tainnut silloin vielä muuta osatakkaan. Sitten töhrimme ruutuun kaikenlaista, kun oikein innostuimme. Äiti oli kyllä monta kertaa sanonutkin, että kylläpä on ikkunat taas täynnä rasvajälkiä.

Mummo aukaisi tuvan oven, no niin lapset, tulkaapa, nyt voitte mennä katsomaan äitiä ja vastasyntynyttä pikkusiskoa. Ampaisimme kiireesti kammariin. Äiti lepäsi sängyn päällä vauva vierellään. Aloimme jutella jotain äidin kanssa. Enkä minä muista sitten enää yhtään mitään. Siihen katkesi lapsuudenajan mustini pikkusiskon osalta.

Pikkusisko on perheen kolmas lapsi. Aikanaan kasteessa hän sai nimekseen Annikki.

Olen ihmetellyt jälkeenpäin, miksi minulle Annikki-siskon osalta muistikuvat ovat niin pieniä, hämäriä ja vähäisiä. Vaikka kuinka muistia koitan pinnistää, en vaan muista. Tosin, olinhan Annikin syntymän aikaan vielä pieni, kuusivuotias.

Muutamia tapahtumia muistan kyllä ja tietoisuus minulla on kuitenkin ollut, että siellä on yhdessä kasvettu ja oltu. Ikäeroakin oli sen verran, että kun olin lähtenyt kouluun, niin Annikki oli juuri ehtinyt täyttää vuoden. Olenhan minä hoitanut pikkusiskoa silloin, kun vanhemmat ovat olleet töillään.

Olisikohan Annikki ollut kolme tai nelivuotias, kun naapurissa, Karsikkorinteellä, asuvalle pariskunnalle syntyi tyttövauva. Ajateltiin lähteä käymään kylässä. Puin Annikille vähän paremman mekon päälle niin kuin itsellenikin. Siinä läksimme käsi kädessä ja innoissamme Karsikkorinteelle.

No onpas mukava, kun tulitte kyläilemään, käykäähän istumaan, totesi talon nuorempi emäntä, Eeva. Samalla alkoi touhuta kahvipannua tulelle. Talon isäntä, Arvi, jututti meitä istualtaan käsin, kyseli ja haasteli hymyn vire suupielessään. Vanha emäntä, Alma, sanoi pötkötellessään sängyn päällä, ottaneensa Hotapulveria, kun niin kolotti jäseniä. Nousi siitä sitten ylös jututtamaan pieniä vieraita.

Kun oltiin kahviteltu Eeva sanoi, lähdetääs tytöt kammariin, haluaisitte varmaankin nähdä uuden tulokkaan. Siellä nukkui pienessä laatikossa, vai olisiko ollut korissa, lakanoiden ja peitteiden välissä pieni vauva. Kohta varmaankin heräilee syömään, arveli Eeva. Siinä ihasteltiin naapurin ensimmäistä vauvaa, heille syntyi vielä toinen tyttö.

Eeva esitteli meille vielä toisenkin kammarin, näytti valokuvia ja kertoili juttuja elämästään. Hän oli syntynyt ja elänyt kaupungissa, kunnes oli alkanut riiustelemaan Arvin kanssa ja sitä myötä muuttanut asumaan Karsikkorinteelle.

Vauva tuhisi ja äännähteli, alkoi heräilemään. Eeva nosti vauvan syliinsä, iloisena esitteli vauvan meille ja sanoi, täytyyhän teistä ottaa valokuva ja saman tien kävi hakemassa kameran piirongin päältä ja jatkoi, mennäänpä ulos, niin saadaan parempi kuva, kun siellä on niin kaunis ja aurinkoinen päivä.

Asetuimme istumaan pihalla nurmikolle, talon vieressä kasvavan koivun lähelle. Eeva asetteli vauvan minun syliini ja Annikille laittoi syliin, mukaan ottamansa, ison nuken. Siinä me poseerattiin silmät hiukan sirrillään auringonpaisteessa. Naps, sanoi kamera, kuva tuli, sanoi Eeva. Kunhan kuva valmistuu, niin saatte sitten kuvan muistoksi tästä hetkestä, lupasi Eeva.

Eräs tapahtuma Annikista minulle jäi satuttavana mieleeni. Oli kesä kauneimmillaan, sunnuntaipäivä. Meille tuli vierailulle tuttavaperhe, heillä oli neljä lasta, kolme tyttöä ja poika. Vanhemmat jäivät sisälle kahvittelemaan ja turisemaan omia juttujaan. Pienimmät lapset jäivät myös sisälle aikuisten seuraan. Unto, minä ja vierailevan perheen vanhemmat tytöt ja poika menimme ulos pihalle ja saimme ajatuksen pelata pesäpalloa. Kävin hakemassa sisältä vesipumpun pumppuvarren mailaksi. Sen sai helposti irti, ja se oli ollut meillä ennenkin mailana pallopelissä. Pumpun varsi olikin ihan pesäpallomailan näköinen. Teimme peliin jakoset ja aloitimme pelaamisen, syötimme ja löimme kukin vuorollaan. Sitten lyöntivuorossa oli, taas, Unto. Kuinkas ollakaan, emme olleet kiinnittäneet mitään huomiota siihen, kun Annikki oli tullut rappusille, ja halusi varmaan tulla mukaan peliin, lähtien juoksemaan kovalla vauhdilla suoraan pallon lyöntilinjalle, ja juuri pallon eteen, kun Unto löi. Pallo lensi vinhasti ja osui Annikkia päähän. Me kaikki jähmetyimme paikoillemme säikähdyksestä, Annikki juoksi huutaen itkunsekaisella äänellä, takaisin rappusille. Äiti tulikin jo kuistille katsomaan, mitä oli tapahtunut, kun hirveä huuto oli kuulunut sisälle asti.

Kipeä jälkihän siitä Annikille tuli. Vahinkohan se oli, eihän millään osannut ennalta arvata tai odottaa, että joku juoksisi eteen ja miten nopeasti pieni tyttö osasikaan juosta pelin keskelle.

En muista jatkettiinko peliä, enkä sitä tuliko Annikille pitkäkin kipeä. Jälki kasvoihin kuitenkin jäi.

Nopen kanssa kaupalla

Kauppa sijaitsi noin viiden kilometrin päässä kotoa ja se oli sellainen pieni sekatavaraa myyvä kyläkauppa. Isä hoiti yleensä kaupalla käynnit, mopolla tai sitten hevosella, jolloin minäkin saatoin joskus päästä mukaan. Äitikin kävi silloin tällöin kaupalla ostoksilla. Joskus isä toi kauppareissulta meille lapsille pienet namilaatikot, oli laittanut ne piiloon taskuunsa. Kun ostokset oli purettu kassista, isä myhäili ja hymyili kummallinen virne suupielissään, kaiveli taskujaan salaperäisen näköisenä, tässäpä teille vähän tuliaisia ja ojensi sitten laatikot meille. Me aukaisimme laatikot heti ja maistelimme nameja. Hyvä mieli siitä tuli meille jokaiselle. Kävin minäkin joskus kaupalla, vaikka olin vielä niin pieni, silloin, kun isä oli savotoilla, eikä äiti päässyt lähtemään, koska kotona oli nuoremmat sisarukseni, joita äiti ei jättänyt minun hoidettavaksi.

Oli talvinen päivä ja äiti pyysi minua, kyllä sinun nyt täytyy mennä käymään kaupalla, koska jotain tärkeää, leivontaan liittyvää, puuttui ruokakomerosta, eikä hän päässyt jatkamaan ennen, kuin saisi tarvittavat aineet.

Kyllä minua harmitti kovin, en olisi tahtonut mennä, pelotti lähteä yksin, mutta täytyisi kai sitten mennä. Mutta minä haluan ottaa Nopen mukaani, sanoin äidille. No, lupasihan äiti minun ottaa kaverin mukaan ja ojensi minulle kauppaostoksia varten laukun, johon laittoi ostoslistan ja rahakukkaron.

Meillä oli siihen aikaan Noppe-koira, pystykorva, oranssinpunainen, kiltti ja söötti. Noppe viihtyi ulkosalla, sisällä se kävi harvoin ja jos tuli, niin heti jo halusi ulos. Se nukkui usein tallin päädyssä olevassa heinävajassa, mikä useimmiten oli täynnä kuivaa heinää. Siellä se nukkui, tai muuten vaan köllötteli heinäkasan päällä. Usein kömmin sen viereen, nojasin päätä pehmeään turkkiin, silittelin ja rupattelin sille, joskus taas juostiin ulkosalla peräkanaa ja yhtä matkaa.

Otin laukun ja äiti muistutti, älä nyt hukkaa sitten rahoja. En-en, vastasin. Puin ulkovaatteet päälleni ja menin ulos, otin rapun pielestä potkukelkan. Asettelin kauppakassin potkukelkan istuimelle ja kutsuin Noppea, tulehan Noppe, läheppäs minun mukaan, niin käydään kaupalla yhdessä. Ja niin me lähdimme tietä pitkin kaupalle.

Noppe juoksi potkurin vierellä, minä potkin vuorotellen kummallakin jalalla vauhtia. Alkumatkasta, isolle maitolaiturille saakka, tiellä oli enimmäkseen kuljettu hevosen vetämillä rekipeleillä ja tien keskellä erottui selvästi kavioiden jäljet. Jossain kohtaa oli hevosen jättämä munkkikasa, mitä Noppe jäi vähäksi aikaa nuuhkimaan. Autojen jälkiä sillä tiellä ei juuri näkynyt.

Kun pääsimme isommalle tielle, niin lumi olikin tamppautunut autojen renkaiden alla tien pintaan tiiviiksi, melkein kuin olisi kulkenut jään päällä. Potkuri liukuikin eri hyvin ja välillä sain seistä potkurin jalaksilla ja annoin kelkan vain liukua vauhdillaan, välillä vain potkaisin vähän lisävauhtia.

Tie oli mäkinen ja mutkainen, ylämäet työnsin potkuria, alamäet sain laskettua vauhdilla niin, ettei Noppe meinannut pysyä mukana. Nopen häntä vain heilui, kun se juoksi laukalla vieressä. Kotimatkalla yksi mäki oli niin iso, etten uskaltanut ajaa sitä ihan ylhäältä asti, vaan minun täytyi kävellä potkurin jalasten välissä ja vasta mäen puolivälissä uskalsin nousta takaisin jalaksille, silti vauhti tuntui hurjalle ja viima sai vedet silmiin.

Niin me sitten saavuimmekin kaupalle, jätin potkurin kaupan rappusten vierelle ja sanoin Nopelle, että odottaisi minua potkurin luona sen aikaa, kun olin kaupassa.

Kyllä minua sangen paljon ujostutti mennä yksin sinne kauppaan. Kaupassa oli jonoa, joten vuoroani odotellessa katselin kaikessa rauhassa ympärilleni. Katselin täynnä olevia hyllyjä, joita oli kauppahuoneen kaikilla seinillä. Hyllyillä oli käyttötavaroita, sellaisiakin, mitä en ollut koskaan ennen nähnyt. Mietin välillä että mihinkähän tuotakin käytetään, entäpäs tuota.

Sitten olikin minun vuoroni tehdä ostoksia. Ujosti ojensin, tiskin takana olevalle kaupantädille paperiliuskan, mistä hän sitten luki äidin kirjoittamat ostokset. Täti keräsi listan mukaisesti tavarat, kääri ne yksitellen paperiin tai laittoi paperipussiin, punnitsi, mikäli oli tarve ja merkitsi lyijykynällä paketin päälle hinnan ja laittoi sitä mukaa tavarat tiskille. Täti katsoi minua ja kysyi, saisikos sinulle olla vielä jotain muuta. Niin, ja äiti lupasi, että saan ostaa nallekarkkeja, sanoin tädille ujosti.

Nallekarkit olivat tiskin laidalla, isossa lasipurkissa, keltaisia, punaisia, vihreitä. Pyysin kaupantätiä laittamaan karkit pieneen paperipussiin.

Antaisitko minulle laukkusi, niin pakkaan nämä ostokset siihen valmiiksi, sanoi täti ja ojensi kättään tiskin yli. Otin kukkaron pois laukusta ja ojensin laukun tädille. Täti repäisi käärepaperipinkan päällimmäisestä arkista palasen paperia ja alkoi merkitä ostoksista hinnat allekkain repäisemälleen paperille. Kun kaikki ostokset oli merkitty ja sitä mukaa pakattu laukkuun, niin täti laski kauppasumman ja kertoi sitten minulle paljonko ostokset maksoivat yhteensä.

Ojensin kukkaron, mistä täti otti maksun ja sanoi, laitan kukkaron tänne laukkuun. Jaksatko sinä kantaa laukun kelkkaan itse vai nostanko minä sen, täti vielä tarjosi apua.

Kyllä minä jaksan, kiitin ja sanoin näkemiin. Kotona oli opetettu, että pitää olla kohtelias, tervehtiä ja kiittää kun oli niiden aika.

Laukku tuntui painavalta, mutta sain kannettua sen ihan hyvin, kaksin käsin.

Kun tulin ulos kaupasta, Noppe istui potkukelkan vieressä vahdissa, eipä ollut lähtenyt juoksentelemaan omille teilleen. Nostin laukun kelkan istuimelle, kaivelin laukusta karkkipussin taskuuni ja sitten lähdettiin kotia kohti. Välillä me pysähdyttiin, useammankin kerran, kun ne nallekarkit. Aina yksi suuhun ja sitten taas mentiin. Toinen jalka jalaksella, toisella potkin vauhtia, välillä kuitenkin täytyi vaihtaa toisinpäin, kun jalka alkoi väsyä. Noppe juoksi vierellä iloisena, sillä tiesihän se, että kotiin päin oltiin menossa. Sen turkki näytti aivan kuin tulipalolta valkoista hankea vasten. Eikä minua ollutkaan pelottanut, ainakaan kovin paljon, sillä olihan minulla turvana Noppe, hyvä kaveri, ystävä. Olin

tuntenut matkanteon turvalliseksi. Niin käytiin kaupassa Noppe
ja minä, osattiin, onnistuttiin, eikä eksytty.
Äiti oli tyytyväinen, kun avasin kodin oven, ja ostoksetkin olivat
laukussa. Ehkäpä huolissaankin äiti oli ollut.

Onhan nyt joulukuu

Joulukuu, joulupukin odottamisen aika. Kyllä sitä joulupukille
kirjoiteltiin kirjeitä, mitkä laitettiin sitten kuistin naulaan, mistä
tontut oli käyneet hakemassa kirjeet ja vieneet mennessään Kor-
vatunturille.
Lapsille sanottiin joskus, että kannattaisi olla kiltti, koska tuh-
mille lapsille pukki ei saattaisi tuoda mitään lahjoja. Miette-
liääksi se monesti sai, ainakin silloin, kun oli tehnyt jotain kolt-
tosia. Kyllähän sen siitäkin tiesi, että joulu oli lähellä, koska äiti
oli alkanut leipomaan pikkuleipiä, leipoi niitä sen seitentä sorttia,
ja vielä lisäksi torttuja. Ei niitä muina aikoina paljoa ollutkaan,
mutta jouluna oli. Äiti laittoi pikkuleivät lasipurkkeihin, missä ne
säilyivät hyvin, ja vei ne talteen joulua odottamaan. Saimme
kyllä maistiaisia, mutta lasipurkeista ei saanut mennä omin luvin
ottamaan. Jouluksi leivottiin myös täytekakku, minkä täytteeksi,
kerrosten väliin, laitetiin makeaa hilloa. Kuorrutuksen kakulle

äiti vatkasi voista ja sokerista, päälle tuli myös koristuksia, vaikkapa pihlajanmarjakarkkeja.

Joulun alla tehtiin myös joulusiivous, ja silloin oli jos jonkinlaista tohinaa. Isä oli käynyt hakemassa joulukuusen omasta metsästä, sanoi katsoneensa sen jo valmiiksi kesällä. Joskus saattoi olla joulun aikoihin kovia pakkasia, jolloin kuusi oli aivan jäässä ja luminen, silloin isä vei kuusen saunalle. Kun isä aloitteli sitten joulusaunan lämmittämisen, niin kuusen oksilla oleva jäinen lumi alkoi sulaa hissukseen ja tippui vetenä saunan lattialle. Loppu vedestä kuivui sitten pois. Kun kuusi oli pinnaltaan sula ja kuiva, niin se kannettiin sisälle omalle paikalleen. Isä laittoi kuusen sitä varten tehtyyn metalliseen kuusenjalkaan niin, että kuusi pysyi hyvin pystyssä ja sen juurelle voi antaa vettä, ettei se alkaisi kuivua ja sitten tiputtaisi neulasia ennen aikojaan.

Oli viimein kuusen koristelun aika, olin aivan innoissani, koska siitä tiesi, että joulu alkoi olla ihan käsin kosketeltavan lähellä. Kuusen oksille laitettiin pienet kynttilät, muutama hopeanauha ja jotain muuta kimaltelevaa, latvaan tietysti tähti. Olimme veljeni kanssa askarrelleet paperista rinkulanauhoja, mitkä asettelimme kuusta kaunistamaan.

Aattona paistettiin kinkku isolla pellillä leivinuunissa. Tuvassa tuoksui joululta, oli kinkun, porkkana- ja lanttulaatikoiden tuoksua ja joulukuusi antoi sekaan oman, hieman pihkaisen, metsän tuoksunsa. Kaikki nuo tuoksut kuuluivat aina jouluun. Kun kinkku oli kypsä ja se otettiin pois uunista, niin siitä leikattiin makoisia siivuja karjalanpiirakoiden päälle, sinappia sipaisu, siinä herkullinen välipala. Voisko joulunpaa olla. Kyllä voisi, pukkihan oli vielä käymättä.

Saa nähdä, tuleeko se pukki edes, arvuuttelivat vanhemmat. Kyllä tulee, sanoimme veljeni kanssa yhteen ääneen. Mistä sitä tietää, kuinka kiire pukilla oli, mietiskelevät äiti ja isä. Pieni epävarmuus hiipi mieliimme, olimmeko olleet tarpeeksi kilttejä.

Joulusauna oli lämmin ja odotteli jo kylpijöitään. Juoksimme saunalle kapeaa lumipolkua pitkin paljain jaloin. Mummo, joka oli tullut kotiin aattopäivänä kyläreissuiltaan, läksi meidän lasten kanssa saunomaan. Kiirehdimme lauteille istumaan, kylmä puistatti jäseniä. Mummo heitti kauhallisen vettä kiukaalle, kohta toisen. Kiukaalta kuului tuttu sihinä ja suhina, kun höyry nousi ja levisi ympäri saunan, tuoden mukanaan suloisen lämmön.

Aikamme löylyteltyämme, laskeuduimme alemmalle lauteelle peseytymään. Iso muuripata oli täynnä kuumaa vettä ja nurkassa olevassa korvossa kylmää vettä, niistä sekoitetiin pesuvateihin sopivan lämmintä pesuvettä. Olisin kyllä halunnut itse kauhoa vedet, mutta mummo ei antanut lupaa, sanoi että poltat vielä kiehuvalla vedellä itsesi. Olinhan kerran saanut luvan heittää löylyvettä pönttöuuniin ja heitin liian läheltä, niin kuuma höyry hönki polttavana kädelle. Käsi paloi punaiseksi, sitä poltteli ja koski aivan kamalasti, kylmä vesi vain rauhoitti kipua jonkin verran ja jouduin istumaan koko illan käsi vesisangossa, vielä yölläkin.

Mummo laittoi pesusieneen saippuaa ja antoi sienen minun käteeni. Saippua kupli mukavasti, vaahto valui pitkin mummon selkää, kun hankasin ja pyörittelin sienellä edestakaisin mummon selkää. Mummo kaatoi kauhalla vettä olkansa yli sanoen, huuhtelehan vielä. Se nyt oli sellainen tapa meillä, että kuka vaan aikuisista oli lasten kanssa saunassa, niin selät pestiin toisiltamme. Kun mummo oli peseytynyt, niin hän pesi meidän hiuksemme ja pienet selkämme. Nyt sitten vielä hankaatte ja huuhtelette itsenne joka puolelta, ohjeisti mummo meitä. Pesimme itsemme ja taisimme välillä hiukan roiskaista vettä toistemme päälle, joulujännityskin siinä unohtui hiukan.

Jokos nyt olette puhtaita, mummo kyseli. Ollaan, ollaan, vastasimme, mihin mummo sanoi, kipaiskaapa sitten sisälle, minä otan tässä vielä yhdet löylyt, pääseväthän sitten navettatöiltä tulijatkin joulusaunaan.

Pyyhkeet ympärillämme juoksimme lumista polkua pitkin takaisin tupaan. Kylmä pakkaslumi tarttui märkiin jalkoihin, poltteli jalkapohjia ja varpaita. Äkkiäkös lumi suli, siitä jäi vain pieni lammikko lattialle. Kuivasimme itsemme nopeasti ja puimme puhtaat vaatteet päällemme.

Vanhemmatkin olivat jo tulleet saunalta sisälle ja olivat pukeneet puhtaat vaatteet päällensä. Aloittivat sitten kumpainenkin puuhailla, äiti ruokien kanssa uunin luona ja isä jotain omia juttujaan. Paljon oli vanhemmilla kaikenlaista tohinaa ja tehtävää, valmistautumista joulun viettoon. Lapsilla odotus, toisiko pukki mitään lahjoja. Isä sanoi menevänsä talliin, pollea ruokkimaan, otti lyhdyn käteensä ja hävisi illan pimeyteen.

Mitähän lienemme tehneetkään, en muista, mutta odotus toi jännitystä mieliimme. Olimme Unton kanssa ihan omissa ajatuksissamme, kun yllättäen kuului koputuksia tuvan ikkunaan, kohta toiseen. Juoksimme katsomaan uteliaina, kuikuilimme hämärän ruudun läpi, kukahan siellä mahtoi koputella, jotain sieltä näkyi, valkoinen parta, punainen naama, karvahattu päässä, joulupukki sieltä katsoi meitä. Pukki hävisi näkyvistä ja kohta koputukset kuuluivat ulko-ovelta. Äiti, äiti, siellä on joulupukki, huusimme ja äiti meni eteiseen avaamaan pukille ovea.

Onkos täällä kilttejä lapsia, kysyy pukki. Vastaamme tietysti, että kyllä on. Joulupukki pyydetiin sisälle istumaan, äiti haki hänelle ihan oman tuolin. Sitten lauloimme kaikki yhdessä, "joulupukki, joulupukki, valkoparta, vanha ukki". Sanoimme osaavamme vielä toisenkin laulun. Jaha, no antaapa sitten tulla, pukki sanoi.

”Joulupuu on rakennettu, joulu on jo ovella, namusia ripustettu, ompi kuusen oksilla”. Sehän meni hyvin, sanoi pukki hymyssä suin. Pukille tuntui kyllä kelpaavan, laulu kuin laulu. Sitten pukki sanoi, käykääpä katsomassa tuolta eteisestä, minulla on mukanani jotain teille.

Avasimme tuvan oven, eteisen nurkassa näimme ison säkin, minkä suusta pilkotti lahjakääröjä. Tuokaahan säkki tänne, niin katsotaan, mitä siellä mahtaa olla, pukki kehotti meitä.

Vedimme suurta säkkiä pitkin lattiaa pukin jalkojen juureen. Khrmm…no niin…katsotaanpas, joulupukki selvitti ääntään, otti yhden paketin ja alkoi lukea sen päälle kirjoitettua nimeä. Tämä onkin sinulle Liisa, pukki ojensi lahjan käteeni, niiasin ja sanoin kiitos. Pukki otti säkistä toisen paketin, luki ja antoi sen veljelleni. Äiti, isä ja mummokin saivat omat lahjapakettinsa. Pukki jakoi säkin tyhjäksi ja tuumasi, kylläpä oletteekin olleet kilttejä. Pukilla tuntui olevan jo kiire seuraavaan paikkaan, oli kuulema käymättä vielä, monta, monta paikkaa ja lapset jo malttamattomina odottivat häntä saapuvaksi. Pyysimme kyllä häntä vielä odottamaan, että isäkin ehtisi tulla tallilta. Sitten ensi jouluna taas, pukki hymyili ja kätteli meidät läksiäisiksi. Näkemisiin, sanoi vielä ja sinne hävisi pukki, pimeään yöhön, vaan valonaan olihan hänellä siellä kirkas tähtitaivas.

Availimme jännittyneinä, itse kukin, pakettien päältä käärepapereita ja esittelimme innoissamme toisillemme saamiamme lahjoja.

Hartain toiveeni oli toteutunut ja se oli nukke. Annoin sille nimen heti, kunhan olin vain saanut sen paketista käsiini, lausuin nimen ääneen, ”Marjatta”. Nukke oli kankaasta ommeltu, sillä oli kauniit vaatteet päällä. Erikoista oli se, että Marjatalla oli muovinen pää, kauniisti maalatut silmät, suu, kulmakarvat ja ruskea kihara tukka. Ei minulla koskaan ennen, ollut sellaista nukkea.

Sukat, mekkokangas, värikynät, värityskirja, suklaalevy ja suklaapallot. Melkoinen määrä lahjoja, ehkä ei oltukaan olleet niin tuhmia, kuin olimme luulleet.

Isäkin tuli vihdoin tallilta ja innokkaina juoksimme kertomaan, että pukki oli käynyt. Olihan se harmi, ettet sinä nähnyt pukkia, miksi viivyit niin kauan, sanoimme ja kerroimme isälle, että pukilla oli ollut ihan valkoinen parta, punaiset posket, karvahattu päässään ja sellainen harmaa takki päällään. Pukki oli kävellyt vähän vaivalloisen näköisesti keppi kädessään, selkäkin oli aivan kumarassa. Saattoihan se olla jo aika vanhakin.
Isä kovin harmitteli tallille menoaan, mutta kun se heppakin tarvitsi jouluappeen. Kuule isä, se pukki toi sinullekin oman lahjan, äidille ja mummollekin, sanoin. No saittakos työ sitten yhtään lahjoo, isä kysyi. Silloin juoksimme vauhdilla hakemaan kammarista saamamme lahjat. Nähtyään lahjat isä totesi, no, näinkös paljon te olettekin saaneet lahjoja.
Äiti ja isä myhäilivät ja availivat omia pakettejaan. Katselimme vielä yhdessä ja erikseen, monta kertaa, saamamme lahjat. Levitin mekkokankaan eteeni, kävelin äidin luo ja sanoin, katso, tällainen. Äiti jo suunnitteli mekon mallia ja kankaan viemistä ompelijalle sanoi sitten, käärihän mekkokangas siististi pakettiin ja vie sitten kammarin laatikkoon odottamaan.
Kuusessa paloivat kynttilät kauniisti, laitoimme sinne vielä koristeeksi, joululahjoiksi saamamme suklaapallot. Yhdet kuitenkin maistelimme ja uteliaina avasimme tinapaperin suklaapallon ympäriltä, kun tiesimme, että sen sisälle oli kätketty yllätys. Äiti ehdotti, eiköhän keitetä joulukahvit ja otti esille peltisen kahvimyllyn, täytti sen ruskeilla kahvinpavuilla ja alkoi jauhaa papuja pyörittämällä myllyn kammesta. Jauhot valuivat myllyn alla olevaan pieneen laatikkoon. Puuhellalla oli kahvivesi jo kiehu-

massa, äiti kaatoi jauhot pannuun ja vähän kiehautti. Lisäsi vielä puolikuppisen selvikevettä, sitten kahvi sai vielä hetkisen seisahtaa. Äiti kattoi pöydän, laittoi ensin joululiinan pöydälle ja sen päälle punaisen, puisen kynttilänjalan, mihin laittoi ja sytytti kolme valkoista kynttilää palamaan. Asetteli sitten lasilautaselle pikkuleivät, sen seitentä sorttia, sievästi jonoon, lisäksi pullaa ja torttuja. Huomenna vasta saatte sitten täytekakkua, siinä sivussa huomautti jatkaen, että kupeissa on jo kahvit kaadeltuna, malttakaahan nousta pöytään juomaan.

Silmät loistaen kävimme jouluiseen kahvipöytään, maistelimme pikkuleivän toisensa perään, katsoimme äitiä jo epäröivin mielin, olimmekohan ottaneet jo liian monta. Äiti hymyili ja sanoi, ottakeehan vaan siitä, nythän on joulu.

Vatsat pullollaan herkuista, mieli teki jo mennä leikkimään. Keräsimme lahjapaperit talteen, niistä voisimme taas askarrella. Meillä oli karkkipapereille ihan oma laatikkonsa, meidän aarrelaatikkomme, mihin keräsimme karkkipapereita, mistä ikinä vain löysimme tai saimme, kiiltävät oli kauneimpia, hopea ja kulta. Joskus otimme karkkipaperit leikkeihimme mukaan tai sitten ihan vain ihailimme niitä.

Maistelimme vielä palat suklaalevyistämme, vielä toiset, mutta loput päätimme säästää Joulu- ja Tapaninpäivää varten.

Unto oli saanut lahjaksi auton, hänen silmänsä olivat kirkkaammat kuin koskaan ennen. Autossa oli pyörät ja kaikki ja sillä pystyi ajamaan lattiaa tai penkkiä pitkin tai vaikka pöydällä. Auto kulki sutjakasti eteenpäin, veljen suu kävi yhtä mittaa, kun hän matki auton ääniä. Auto oli niin mieleinen lahja, että kaikki muu unohtui. Aiemmin veli oli ajanut lehdestä leikatuilla paperiautoilla, kuinkahan malttaisi edes nukkumaan mennä ilman pukin tuomaa autoa.

Menin mummon syliin istumaan nukke kainalossa. Onkos se nyt mieleinen, kysyi mummo hymyillen. On, vastasin silmät sädehtien. Onko sillä jo nimikin, mummo uteli. On, Marjatta, vastasin. Kaunis nimi, no saitkos sinä muutakin. Juoksin kamariin hakemaan saamani lahjat ja laskin ne sylistäni sängylle. Tutkimme niitä yhdessä ja mummo tuntui siinä minun vieressä niin lempeältä, turvalliselta ja lämpimältä kuin uunin kylki. Kävimme heilauttamassa suklaapalloja joulukuusessa, kiiltopaperin peittämiä, ja mieli olisi tehnyt maistaa, mutta maltoimme kuitenkin mielemme, huomenna vasta.

Jouluaamun hiljaisuus, hiivin hiljaa penkille istumaan. Katselin kuusta, katettua kahvipöytää, tuvassa huokui ihmeellinen rauha, kuin kaikki olisi pysähtynyt siihen pieneen hetkeen, lapsen juhlahetkeen. Olin vain, hiljaisuuden sylissä, olin vain, ulkona vielä pimeää, tuvassa hämärä, hento lampun hämy. Käsi otti piparin, tortun, pikkuleivän, minkä välissä oli marmeladia, kaikkia tahtoi suu maistaa, neliön muotoista, sydämen. Mielessä kävi huono omatunto, sainko ottaa noin paljon, mutta muistin, että äiti oli sanonut, että olihan nyt joulu, silloin saa syödä niin paljon kuin jaksaa. Mummo oli lähtenyt kirkonkylälle joulukirkkoon linjaautokyydillä, äiti ja isä olivat navettatöillä, velikin vielä nukkui. Kävin hakemassa Marjatta-nuken syliini, olin niin iloinen ja onnellinen, kun pukki oli tuonut sen. Juttelin nukelle kaikenlaista, kunnes tuvan ovi kävi, äiti ja isä saapuivat navetalta. Nyt joulukahvit maistuvatkin, sanoi äiti ja laittoi kahvipannun hellalle, lisäsi muutaman puukalikan hellaan. Kauan ei kestänyt, kun kahvivesi jo kiehui, äiti kaatoi jauhamansa kahvinporot pannuun ja kiehautti kahvin. Kahvin selkiämistä odotellessa äiti raapaisi tulitikun, sytytti kuusen kynttilät ja sitten kävimme kahvipöytään, velikin oli jo herännyt. Joulun tunnelmaa oli tupanen täynnä.

Myöhemmin jouluaamuna kuunneltiin radiosta joulukirkko. ”Enkeli taivaan lausui näin”, lauloi kuoro saarnan välillä, oli maltettava lastenkin istumaan ja kuulemaan joulunsanomaa. Ei aina olisi jaksettu, ja jossain vaiheessa hiivimmekin kammariin leikkimään.

Joulupäivänä ei ollut lupa mennä kyläilemään, vanhemmat sanoivat, että on annettava ihmisille joulurauha. Kyllä minun mieltäni kovasti pakotti, kun olisin niin mielelläni mennyt naapuriin, kertomaan lahjoista, pukista, ja katsomaan, mitä Reetta oli saanut lahjaksi.

Vaan kun Tapaninpäivä koitti, niin silloin menoa ei estänyt mikään, oli mentävä jo heti aamulla. Pitää tulla sitten kotiin syömään, huuteli äiti perään, joo, joo, tullaan, huusin mennessäni. En muista, mitä Reetta oli saanut lahjaksi sinä jouluna, mutta sen muistan, tunnelman ja ilon kun toisemme kohdattiin, sen joulumielen, lapsen mielen. Yksi Reetan saama lahja, jonakin jouluna, oli erikoinen. Sen minä kyllä muistan vallan hyvin, kun hän aukaisi pitkän pahvilaatikon kannen, silmät säihkyen ja suu hymyssä. Hän nosti laatikosta ylös, ison ihmeellisen kauniin nuken. Reetta asetteli sen lattialle seisomaan, painoi jostain napista ja nukke alkoi kävelemään lattialla. En ollut uskoa silmiäni, mutta totta se oli, siinä katselimme nuken kävelyä pitkät tovit, olisin halunnut minäkin, painaa nappia, pitää nukkea kädestä, koskettaa, vaan en minä saanut. Reetta viittoi, että se menisi helposti rikki. Kunhan sain katsellakin, niin olin ihan tyytyväinen. Enhän lainkaan voinut ymmärtää, että tuollaisia nukkeja olisi edes olemassakaan.

Joulun aika oli mukavaa muutenkin kuin lahjojen vuoksi. Isä ei lähtenyt savotoille ja koko joulunajan isän sylikin oli ollut käytettävissä meille lapsille. Tietysti navettatyöt oli tehtävä joka aamu ja ilta, niin kuin arkenakin, mutta kaikki muut isommat kotityöt oli unohdettu, niitä ehtii tekemään sitten pyhien jälkeenkin.

Oli Tapaninpäivä ja olin jo ehtinyt käymään Reetan luona, ja olimme syöneet jouluruokia ja jälkiruoaksi riisipuuroa hedelmäsopan ja maidon kera, ai että, se maistuikin hyvälle. Äiti korjasi pöydältä ruokailuastiat ja alkoi tiskaamaan, isä nousi pöydän äärestä ja meni naulakolle, laittoi ulkotakin päälle ja karvahatun päähänsä ja ennen kuin meni ovesta, niin kääntyi ja tuumasi meille, kunhan ehditte, niin laittakaapa lämpimästi päällenne, niin lähdetään Tapaninpäiväajelulle.
 Kun menimme sitten ulos, isä oli jo valjastanut Lojun reen eteen ja ajanut hevosen rekineen kuistin luo. Reki oli laitareki, kirkkoreeksikin sitä myös kutsuttiin, aina tarpeen ja käytön mukaan. Reen pohjalle isä oli kasannut paksun kerroksen kuivia heiniä, niiden päälle taljan ja kaiken sen päällä olivat nahkaiset vällyt, joiden alla oli lämmin ja pehmeä istua ja olla kireässäkin pakkassäässä. Lähdetäänpä sitten Tapaninajelulle, sanoi isä. Minne mennään, minne, kyselimme uteliaina ja innostuneina. Noo, sittenpähän näette, mutta nouskaahan rekeen koko porukka, niin minä laitan nuo nahkaset teidän päällenne, jotta ette kylmety ihan kokonaan.
 Siellä vällyjen alla me kaivauduimme istumaan toistemme kylkiin kiinni ja vedimme isän laittamat nahkaset peitoksi niin, että ainoastaan silmät näkyivät. Isä nousi kuskin pukille ja asetteli päälleen paksun, sarkakankaalla päällystetyn karvaturkin, se oli se sama turkki, mikä isällä oli päällä, kun hän läksi talvisavotoille. Nooh, lähetäänhän polle, sanoi isä ja maiskautti suullaan

hevoselle lähtömerkin, ripsautti vielä kevyesti ohjaksia pollen suitsissa.

Loju juoksi tasaista, leppoisaa, vauhtia, välillä saattoi juosta kovaakin, häntä vain huiski ja hengityshöyry nousi sen turvasta. Hevosen ravatessa kuului tasainen tömpse, kun hevosen kaviot iskivät, tien päällä olevaan, kovaan lumeen ja reen jalasten alta kuului vitilumen narinaa ja kitinää. Hevosen kavioista irtosi välillä tieroja, mitkä ropisivat reen etulautaan. Olimme istuneet kyydissä jo tovin ja olimme laskeutumassa järven rantaan ja siitä jäälle, oikaistaanhan tästä, on monta kilometriä lyhempi matka, kääntyi isä meihin päin sanomaan.

 Me tivasimme äidiltä, minne olemme menossa ja hän paljasti, että mummolaan ja ukkilaan, äidin synnyinkotiin, minkä pihaan pian saavuimmekin. Nousimme lämpimien peitteiden alta ja tunsin heti, kuinka kova pakkanen alkoi puraista. Menkäähän työ edeltä sisälle, minä jään laittamaan hevoselle heiniä ja loimen päälle, sanoi isä. Loimi oli hevosen päälle laitettava peite, mikä suojasi hevosta kylmältä pakkassäässä.

 Kopistelimme kenkämme rappusilla ja menimme sisälle mummolaan, riisuimme talvinuttumme, päähineemme ja kintaamme naulakkoon. Kerttu-mummo ja Aapeli-ukki alkoivat heti puuhastella päiväkahvia tulelle, vaihdettiin kuulumisia, puolin jos toisin. Ukki sanoi, käydäänpäs lapset vähän täällä, ja vei meidät kammariin, etsi piirongin laatikosta aniskarkkipussin, punaisia ja valkoisia paperipäällysteisiä karkkeja. Ukki tarjosi niitä meille ja sanoi, ottakaahan oikein monta, naama ilon ryppyjä täynnä. Kiitimme ja availimme papereita ja arvailimme, punainenko vai valkoinen. Karkkipaperit ajattelimme kyllä viedä kotiin aarrelaatikkoon, valmiiksi suoristimme, viedäksemme ne takkiemme taskuihin. Äkkiäkös karkit oli syöty, mutta ukki heitteli lisää. Sanoi, ottakaapas koppi, ja me kädet harallaan ja hamuillen yritimme saada karkkeja kiinni. Välillä ne tippuivat lattialle ja vierivät pitkin lattiaa pöydän alle asti.

Tapaninpäiväkahvit maistuivatkin hyvälle, siinä istuimme pitkän pöydän ääressä, Paavo-enokin oli, hänhän asui ukin ja mummon kanssa samassa talossa, mikä oli myös enon koti. Eno asusteli kotonaan ja tulevana talon isäntänä, teki töitä ja osallistui muutenkin kaikkeen tilan ylläpitoon. Jossain vaiheessa eno oli tuonut kotiinsa Rauni-morsiamensa ja he menivät naimisiin. Heille syntyi kaksi lasta, molemmat tyttöjä, Pirkko ja Karoliina, serkkuja minulle. Käydessämme mummolassa leikimme yhdessä. Kävihän enon perhe meilläkin, mutta harvemmin.

Lähtekääpäs musikat katsomaan aarteita, mummo sanoi ja menimme kammarin puolelle. Mummo veti auki ison ruskean piirongin laatikon ja näimme, että siellä oli paljon erikokoisia kiviä. Ne olivat mummon aarteita, niin hän sanoi. Oli isompia, pienempiä ja ihan pieniäkin. Aina kun mummo löysi luonnosta jonkun erikoisen kiven, niin hän toi sen kotiin ja laittoi talteen. Kerrankin kun mummo oli ollut lehmiä hakemassa laitumelta kotiin, niin oli tehnyt mahtavan löydön. Katsokaapa lapset, miten kiiltää, hän käänteli kiveä puolelta toiselle. Kivi oli täynnä kiiltävää hilettä, muutti väriä ja kiilsi kuin kulta. Mummo mietiskeli, että jos kivet tutkittaisiin, niin saattaisihan niistä löytyä vaikka oikeaa kultaakin.

Aika kului, oli jo iltapäivä. Vanhemmilla alkoi olla jo kiire karjanhoitoon. Mummolla ja ukilla oli myös lehmiä, niitä oli tosin paljon enemmän kuin meillä kotona. Niin aloimme laittaa takkeja päälle, sanoimme näkemiin ja vilkuttelimme vielä ikkunasta katsovia, ukkia, mummoa ja enoa. Kipusimme rekeen vällyjen alle, ja kohta polle juosta jolkutteli hyvää vauhtia. Olimme jo järvenjäällä, kun kysyin isältä, kestäisikö jää hevosen painon, minua vähän pelotti ja mielikuvitus lähti lentoon. Kuvittelin että putoaisimme jään läpi, hevonen ensin, reki perässä, siellä olisimme kaikki järven pohjassa. Älä hupsi, kyllä jää on nyt niin paksua, että kyllä se kestää, isä sanoi ohjastaessaan hevosta kotiin päin. Sitten minua vasta helpotti, kun olimme tulleet tutulle maantielle ja kohta jo olimmekin kotitantereella, hevonen pääsi tallin lämpimään ja meillä oli vielä ilta joulua jäljellä.

Hyvää äitienpäivää

Lumet olivat jo sulaneet, vain suojaisimmissa suonotkelmissa pystyi vielä löytämään talven viimeisiä merkkejä lumesta. Lumien alta tuli näkyviin paljas maa ja luonto antoi ensimmäisiä pieniä viitteitä kesän saapumisesta. Meille Unton kanssa se merkitsi sitä, että läksimme innoissamme kiertelemään lähimetsään ja pellonpientareille, olisiko mitään mielenkiintoista ja uutta paljastunut lumen alta.

Huomasimme pelto-ojan pientareella kasvavan pajupensaan ja ihastelimme, miten kauniina pajunkukat loistivatkaan. Kevään lämmetessä pajunkissat olivat pulskistuneet ja alkaneet kukkia. Ne olivat saaneet kauniin keltaisen värin, ne melkeinpä häikäisivät silmiä, kuin auringon paiste.

Siinä haltioituneina, katsellessamme pajunkissoja, saimme hienon ajatuksen. Olihan äitienpäivä jo lähellä, niin kyllä äiti ilostuisi, kun saisi näin kauniit kukat. Meidän piti vielä keksiä keino, kuinka saisimme pidettyä yllätyksen salassa äidiltä.

Katkoimme kauneimmat pajunoksat ja kannoimme ne kotiin, tarkkaillen koko ajan, ettei vain äiti näkisi yllätystä. Pajunoksia ei voinut jättää pihapiiriin, joten ne oli saatava piiloon. Mietimme kovasti, mihinkä laittaisimme oksat ja mistä äiti ei varmasti huomaisi niitä.

Olimme tulleet kukkasiemme kanssa pihalle ja huomasimme, että talon päädyssähän oli avoin kulkuaukko, mistä pääsi vintille ja tikapuita pitkin sinne pääsi kiipeämään. Kiipesimme peräkanaa ylös ja laitoimme pajunoksat vintille, seinän viereen. Myhäilimme, että tänne ei äiti kyllä osaisi kiivetä. Mutta eihän pajunkissat selviäisi äitienpäivään ilman vettä, mikä neuvoksi. Etsimme käsiimme muovisankon ja laitoimme siihen pohjalle riittävästi vettä kukkiamme varten. Kiikutimme sankon tikapuiden juurelle ja kiipesimme niitä pitkin ylös. Vintti oli matala ja siellä piti liikkua kumarassa ja varoen, mutta silti löimme päämme välillä kattopuihin, kun unohdimme varovaisuuden. Laitoimme kukkamme sankkoon ja hymyilimme, siinä saavat olla, ovat siinä valmiina äitienpäivän aamuna. Kävimme välillä tarkistamassa, olivatko kukkamme säilyneet hyvin.

Niin koitti aurinkoinen ja kaunis äitienpäivä. Äiti oli tavanomaisilla navettatöillään. Sillä aikaa puuhasimme vintiltä alas tupaan pajunkissat, ja kun äiti tulisi navettatöiltään, niin meillä olisi järjestämämme yllätys valmiina.

Olimme aivan haltioissamme, sillä olimmehan löytäneet, pellon pientareelta, maailman kauneimmat kukat äidille.

Äiti astui tuvan ovesta sisään, Hyvää Äitienpäivää, lausuimme yhdessä äitienpäiväonnittelut, tässä on meiltä kukat.

Äitiä kovin nauratti, kiitteli kovasti ja ihmetteli, mistä me nyt ne näin aikaisin aamulla löydettiin.

Kerroimme äidille koko vinttitarinan ja salaisuuden, mikä oli kovasti kutkuttanut mieltämme. Olimme niin onnellisia ja taisi se äitikin olla, kun jännittyneinä seurasimme hänen ilmeitään, yllättyisikö äiti, olisiko iloinen ja mitä sanoisi. Olimme onnistuneet löytämään maailman kauneimmat kukkaset äidille, äitienpäivälahjaksi.

Savukiehkuroita

Eräänä päivänä meille pälkähti päähän, Unton kanssa, kokeilla tupakanpolttoa, ihan vain hetken mielijohteesta, olimmehan katselleet sitä pienen ikämme. Isä poltti, naapurin sedät ja meillä käyneet vieraat tupakoivat, mutta koskaan en muista nähneeni naisten polttavan. Harmaat savupilvet vain leijailivat, ylös kattoon saakka. Kummallisia savukiehkuroita nousi tupakasta silloin, kun veti savua henkeensä ja puhalteli suustaan ulos ilmaan. Joku osasi tehdä savurenkaita, ja toisinaan me pyydettiinkin, että tee renkaita. Kaikki tupakan polttajat eivät niitä osanneet tehdä. Juonimme kammarissa, miten me toteuttaisimme aikeemme. Lähdimme saunalle tekemään tupakat, otimme mukaan sakset ja sanomalehden. Kipitimme pihapolkua pitkin saunalle ja laitoimme saunan oven sisältä päin tiukasti kiinni, ettei vain äiti huomaisi aikeitamme. Isälle nyt ei voisi hiiskua mitään, onneksi isä oli savottahommissa.

Olimmehan nähneet miesten käärivän sätkiä, kyllähän mekin silloin osaisimme. Heillä kylläkin oli, yleensä rintataskussa, pussi, missä oli jotain ruskeaa töhkää, mitä he sitten laittoivat sätkäpaperin keskelle, tasoittelivat töhkät tasaisesti koko paperin matkalle, kastelivat kielellään paperin laidan ja siten liimasivat paperin ja pyörittelivät sätkän rullalle. No meillä nyt ei ollut sätkän sisälle laitettavaa, mutta ei se haitannut, tärkeintä oli saada sätkän näköinen pötkylä käärittyä ja saatiinhan me.

Isällä oli aina taskussa mukanaan Pölliklubi-aski, isä ei käärinyt sätkiä. Laatikossa oli valmiiksi käärittyjä valkoisia tupakoita rivissä, siitä isä otti pöllitupakan, laittoi sen huuliensa väliin, sytytti tupakan sitten tulitikulla, ja sitten veteli savuja. En muista käyttikö isä askin mukana tullutta puuholkkia niin, kuin olin nähnyt monen miehen tekevän. Klubi-askista oli hyötyäkin, laatikon kanteen isä kirjoitti kauppaostokset, savotoilla tehdyt puuntekourakat, montako mottia oli saanut aikaan, ja niin edelleen.

Nyt olisi meidänkin aika kokeilla, millaista sauhuttelu olisikaan. Sanomalehtipaperista leikkaamamme sätkät laitoin taskuuni. Salaperäisinä hiippailimme pihapolkua pitkin kamariin. Uunissa paloi punainen hiillos, jännitys kihelmöi mielissämme. Onneksi äiti oli tuvan puolella askareillaan, tuskin tulisi meitä häiritsemään. Nytkö, nyökkäsimme toisillemme ja olimme valmiit. Avasin varovasti uunin luukun, suu jännittyneessä hymyssä. Kohta tietäisimme, kuinka savukiehkurat pyörisivät ja nousisivat kattoon saakka. Kaivoin taskusta tekemäni lehtipaperisätkät, ensin sytyttäisin veljelleni, sitten itselleni ja yhdessä katselisimme, kuinka savukiehkurat leijailisivat ympärillämme. Laitoin lehtisätkän pään hiillokseen ja ojensin sen veljelleni, silmänräpäyksessä sätkä leimahti tuleen ja siitä alkoi levitä savua ja kipinöitä, niitä näytti kiitävän lattialle ympäriinsä. Unton kulmakarvat syttyivät palamaan ja silloin alkoi huuto ja kova meteli, kumpikin huusimme täyttä kurkkua.

Äiti oli kuullut tupaan asti metelin ja juoksi katsomaan, mistä meteli johtui. Veljen kulmakarvat saatiin sammutettua, äiti polki lattialla olevia kipinöitä sammuksiin ja paha palaneen käry leviää kaikkialle huoneeseen, uunin luukutkin olivat vielä auki.

Mitä täällä oikein tapahtuu, äiti oli aivan kauhuissaan, nyt oli sitten tulipalo ihan lähellä, koti olisi voinut palaa poroksi ja miten meille sitten olisikaan voinut käydä.

Äiti oli tosi vihainen, ja nyt alatte kertoa, mitä te täällä oikein puuhaatte. Niinhän meidän oli sitten kerrottava savukiehkuroista, joita niin halusimme kokeilla, onnistuisiko se meiltäkin.

Ettekö te ymmärrä kuinka vaarallista se tulella leikkiminen on, eikö siitä ole ennenkin ollut puhetta. Tupakan poltto ei sitä paitsi ole lapsia varten, hyvä kun selvisitte hengissä.

Eikähän me ymmärtäneet, sätkänpolttoa kokeillessamme, millaiseen vaaraan meidän touhuilu olisi voinut johtaakaan, mutta nyt me ymmärrettiin, eikä koskaan enää haaveiltu savukiehkuroista, isälle sanottiin, ettei hänenkään kannattaisi polttaa tupakkaa, mitä vain pahaa voisi sattua.

Myöhemmin isä lopetti tupakoinnin, vaihtoi tupakka-askin sisutai johonkin muuhun pastillilaatikkoon. Taskussa yleensä kulki laatikko mukana, josta nappasi tarpeen tullen pastillin suuhunsa. Kaupassa käydessään, ostaessaan itselleen pastillit, niin osti myös, meille lapsille, karkkilaatikot.

Tupakanpolttoa isä ei aloittanut koskaan uudestaan ja unohti myös jossain vaiheessa pastillitkin.

Äidin kanssa vaateostoksilla

Eräänä päivänä äiti sanoi, huomenna sitten lähdetään kirkonkylälle vaateostoksille, lapsilisärahat olivat tulleet pankkitilille. Seuraavana aamuna nousimme jo aikaisin, eikä meitä tarvinnut paljon herätellä, olimmehan veljeni kanssa jo tovin odotelleet mieleistä matkaa. Äitikin oli herännyt tavallista aikaisemmin lypsämään lehmät ja ruokkimaan muutkin eläimet.

Olimme valmiina lähtemään linja-autolle, äiti katsoi kelloaan ja totesi sen olevan niin paljon, että nyt oli jo jouduttava, kyyti ei odota meitä. Äiti vielä varmisti, että pankkikirja ja linja-autorahat olivat mukana ja sitten mentiin, oli vielä käveltävä kilometrin verran isolle maitolaiturille.

Päästyämme maitolaiturille, ei mennyt kauaakaan, kun linja-auto pyyhälsi tietä pitkin. Viitoimme kuljettajalle, että tietäisi meidän olevan pyrkimässä kyytiin. Auto hiljensi vauhtiaan ja pysähtyi meidän kohdallamme juuri siten, että kun auton ovi aukesi, päästäen äänekkään suhauksen, meidän ei tarvinnut kuin ottaa askel ja niin pääsimme nousemaan portaita pitkin auton sisälle. Menimme veljeni kanssa edeltä ja äiti sanoi meille, menkäähän etsimään meille vapaat istuimet valmiiksi, minä maksan sillä välin matkaliput.

Matkaliput ostettiin kuljettajalta, jos autossa ei sattunut olemaan mukana rahastajaa. Linja-autossa oli kuljettajan ja oviaukon välissä moottorin suojakoppa, minkä päällä kuljettaja piti rahastajan laukkua. Laukku oli tehty mustasta nahasta ja sen ulkopuolelle oli kiinnitetty jonkinlainen kassakone, mitä kuski näytti nopeasti näpelöivän ja kohta kuljettaja kertoi äidille, kuinka paljon yhden aikuisen ja kahden lapsen matka maksoi. Äiti oli jo valmiina rahakukkaro kädessään ja kuultuaan matkalippujen hinnan, kaivoi rahat kukkarosta ja maksoi. Kuljettaja ojensi äidille matkaliput, mitkä äiti laittoi visusti kukkaroon.

Auton sisällä ilma oli täynnä erilaisia hajuja, oli bensiinin, pakokaasun ja muiden hajujen sekoitus. Minä en tykännyt niistä hajuista, eikä ne tuntuneet minusta kovin hyviltä.

Auto notkui ja kiemurteli mutkaisella ja mäkisellä tiellä. Kun auto nousi mäen nyppylän päälle ja läksi äkkiä alamäkeen, niin mahanpohjassa kouraisi ilkeästi. Katselin sivuikkunasta ulos ja näin, kuinka puut vilistivät silmissä. Minulle saattoi joskus autokyydissä tulla paha olo. Koska ollaan kirkonkylällä, kyselin äidiltä hiukan tuskastuneena. Maltahan vielä, äiti tyynnytteli, ei ole enää pitkä matka.

Viimein auto pysähtyi linja-autoasemalle, mikä sijaitsi kylän halki kulkevan tien varrella. Olimme saapuneet kirkonkylälle ja helpottuneena nousin autosta ulos, raittiiseen ilmaan. Kirkonkylällä oli tietysti kirkko ja sairaala, oli siellä paljon muutakin, enkä minä tiennyt, mitä kaikkea oli. Kävelimme kylän tietä pitkin, kauppoja oli monta tien molemmin puolin ja pankkejakin oli useampi. Ensimmäisenä meidän piti kuitenkin käydä pankissa nostamassa rahaa ostoksia varten.

Pankissa äiti ojensi pankkikirjansa tiskin takana istuvalle tädille, joka merkitsi kirjalle tulleet lapsilisät ja kysyi halusiko äiti nostaa tililtä rahaa, mihin äiti vastasi kyllä ja minkä verran nostaa. Kun pankin täti oli merkinnyt tiedot pankkikirjalle, antanut kirjan takaisin äidille ja laskenut rahat tiskille, niin äiti poimi ne käteensä ja laittoi kukkaroonsa.

Lapsille olisi meillä antaa sitten tällaiset pankit, täti sanoi ja näytti pieniä possupankkeja, kauniita kuin mitkä. Voisitte sitten ajan kuluessa säästää näihin rahojanne, sitten vaan käytte välillä täällä pankissa tyhjennyttämässä possut. Täti ojensi meille kummallekin omat possumme, kiitimme ja sanoimme näkemiin.

Emme saaneet silmiämme irti pankeista, ja hyvän mielen hyrinä oli sisällämme, kun kannoimme niitä käsissämme. Äiti pyysi laittamaan possut hänen laukkuunsa, etteivät ne joutuisi hukkaan. Seuraavaksi olimme menossa vaateliikkeeseen ostoksille. Kun astuimme kauppaan sisälle, tervehti kaupan täti meitä ja kysyi, mitähän teille saisi olla. Vaateostoksille tulimme, mutta voisimme kuitenkin aloittaa kengistä, vastasi äiti. Kaupassa oli myös toinen myyjä, joka oli juuri esittelemässä asiakkaalle jotain vaatetta. Myyjä näytti minusta aika nuorelta, myöhemmin minulle selvisi, että hän oli kaupassa harjoittelijana. Katselin ihastuksissani ympärilleni ja näin, kuinka kauppa oli pikaten pakaten täynnä tavaraa, vaatteita, kenkiä, laukkuja, takkeja, housuja, alusvaatteita, sukkia ja kaikenlaista muuta. Hyllyt ylettyivät laipion rajaan saakka.

Kaupan täti nousi puisille tikkaille, otti hyllyltä muutaman kenkälaatikon. Numerot ja hinnat ovat laatikoiden päissä, tässäpä näitä alkuun, ei muuta kuin sovittamaan, täti sanoi. Sovitimme kenkiä jalkoihimme, olisiko koko sopiva, entä muuten mieleinen. Kun sopivat kengät löytyivät, täti kysyi, mitä muuta saisi olla. Äiti kertoi, mitä vielä tarvitsisimme ja niin sovitimme vielä monenlaisia vaatteita, uudet takitkin vielä tarvittiin, entiset olivat jo pieniksi käyneet.

Olimme mielestäni viipyneet kaupassa jo kauan ja viimein ostokset oli tehty. Kaupan täti uteli, tuliko vielä muuta, mihin äiti, ei kiitos, johan tässä näitä tulikin. Täti kääri ostokset käärepaperiin, katkaisi vielä kerältä pätkän paperinarua, sitoi narun paketin ympärille ja narunpäähän vielä kantolenkin. Sitten löi ostosten summan kassakoneeseen, ja äiti kaivoi laukustaan kukkaronsa esiin ja maksoi pyydetyn summan. Läksimme kaupasta ostokset mukanamme, kiitos ja hei hei, sanoimme melkein yhteen ääneen. Nyt teillä on vaatetta vähäksi aikaa, tuumasi äiti siinä kävellessämme.

Menimme seuraavaksi kauppaan, missä oli ruokaa ja muutakin tavaraa. Sieltä äiti osti metsästäjänmakkaraa, mitä hän osti aina, kun kirkonkylän kaupoilla kävi. Samoin valkoisia, soikion muotoisia, suussa sulavia, mentholkarkkeja pussillisen, niitä äiti säilytti kotona astiakaapin laatikossa. Kyllä äiti niitä silloin tällöin tarjosikin meille, mutta sanoi, että ei kaikkia kerralla. Olimme kyllä joskus salaa napsineet muutaman karuskin suihimme. Äiti kierteli vielä hyllyjä, löytääkseen muistilistalle kirjoittamansa tarpeellisen tavaran. Vähän kotiin viemisiäkin saimme, naminälkään makeisia. Pitäähän sitä jotain, kun kerran olimme kirkonkylälle asti tultu yhdessä vaateostoksille, äiti sanoi.

Kun tarpeelliset asiat oli hoidettu, niin kiirehdimme linja-autoasemalle ja sopivasti olikin kotiin päin lähtevä linja-auto odottelemassa matkustajia. Kyytiläisiä auto olikin jo puolillaan noustessamme linjuriin. Auto nytkähteli liikkeelle ja kun olimme körötelleet jonkin aikaa, niin kuului kellon soitto ja joku matkustaja ilmoitti siten tulleensa määränpäähänsä ja tahtoi pois kyydistä. Auto pysähtyi jonkun matkan päästä sopivassa kohdassa ja niin matkustaja nousi ulos autosta. Melkein heti kun auto oli päässyt liikkeelle, näkyi tien poskessa joku viittilöimässä kyytiin pääsyä. Näin linja-autokyyti oli jatkuvaa liikkeelle lähtöä ja pysähtymistä. Vain harvalla oli käytettävissään oma auto, joten linja-autot tarjosivat hyvän mahdollisuuden päästä käymään asioilla ja vierailuilla kauempanakin. Puheen porina kuului taustalla, kun tutut ja vähän oudommatkin näkivät toisiaan.

Matka jatkui, namia taskussa vielä riitti. Iso maitolaituri siellä jo häämötti. Painakaa nappia, kehotti äiti. Epävarmoin ajatuksin, sormi soittokellon nappia tavoitteli, jos ei vaikka soikaan, ajettaisiin ohi. Kello kuitenkin soi ja kohta linja-auto pysähtyi ja laskeuduimme rappuset alas.

Monta narupakettia käsissämme, juoksuun jalat tahtoisivat mennä. Odottakaahan minua, äiti huuteli. Veli taas tahtoi seuraavalla kerralla soittokellon nappia painaa.

Kotiin päästyämme esittelimme innoissamme ostoksia isälle ja mummolle. Puimme uudet vaatteet päällemme, kävelimme tuvan lattiaa pitkin, kuin mannekiinit. Mummoa ja isää nauratti ja hymyilytti esityksemme. Taitavathan nuo nyt olla mieleiset ja onnistunut matka vaateostoksille, arvelivat kumpikin. Me vain innostuimme lisää kävelemään lattian poikki ja vielä ylimääräinen pyörähdys, kunnes nauraen juoksimme kammariin.

Kuppausta

Kesäinen päivä oli alkanut jo hiukan lämmetä, olimme jo syöneet aamupalan, leipää ja maitoa, olisiko ollut pullamössöäkin. Isä ja äiti olivat lähteneet omille töilleen ja olimme Unton kanssa kahdestaan tuvassa, mummo oli mennyt käymään saunalla. Leikittiin niitä näitä, olin polvillani penkillä ikkunan ääressä ja katselin pihalle, kun huomasin mummon tulevan saunalta päin.

Kohta tuvan ovi avautuikin ja mummo astui sisälle ja jutteli meille, siellä alkaakin saunassa olla kohta riittävästi löylyä, alkaisi tulla se Fiina, niin kuin sovimme, että tulee tänään tekemään kuppauksen minulle. Taidanpa laittaa kahvit jo tulelle, niin juodaan Fiinan kanssa kupilliset ennen, kuin aloitamme. Mummo jatkoi vielä, kun me mennään sitten tädin kanssa saunalle, niin jääkäähän lapset siksi aikaa leikkimään.

Mietin, mitä mummo oli juuri kertonut, mutta en oikein saanut ajatuksesta kiinni, mitä se mummo oikein tarkoitti, kun me jo mentiin kamarin puolelle leikkejä jatkamaan.

Ei paljon ehditty kamarissa olemaan, kun huomasimme Fiinatädin tutun hahmon tulevan aitan vieritse pihaan, jotain pussia toisessa kädessään kantaen. Samassa juoksimme tupaan ja kuorossa huusimme, mummo mummo, nyt se Fiina-täti tulee.

Melkein samassa kuuluikin kolkutus tuvan ovelta ja ovi aukesi. Fiina-täti iloisesti toivotteli, huomenta, täältä tullaan. Samassa olimme Unton kanssa tädin hameen helmoissa kiinni ja täti pörrötti meidän kummankin hiukset kädellään.

Täti asteli, meidän seuratessa tiukasti hänen mukanaan, tuvan poikki, istahti sitten penkille ja laittoi pussinsa lattialle jalkojensa juureen. Pussista kuului outo kaliseva ääni.

Mitä sinulla on tuossa pussissa, utelin.

Tätiä nauratti, avasi samalla pussin nyörejä ja nosti pussista käyrän luusarven esille ja samalla selitti että, näillä sarvilla tehdään kuppausta, no, minä laitan mummon selkään ja jalkoihin, ihon päälle, tämmöisiä sarvia ja sitten paha veri pääsisi pois. Se parantaa sairauksia ja puhdistaa mummon verisuonia ja muutenkin tekee hyvää.

En oikein ymmärtänyt, ja miten ne sarvet oikein pysyivät mummon iholla, enkä sitä miten sitä pahaa verta tulisi, ja mitä se paha veri oli.

Täti kyllä selitti minulle aina, mitä kysyin, oikein iloisella äänellä, eikä koskaan väsynyt tekemiini kysymyksiin. Täti selitti, että mummo lähtee kohta saunaan ottamaan löylyt, löylyttelee ihon lämpimäksi ja peseytyy sen jälkeen, sitten minä laitan tämmöiset sarvet kaikkiin tarpeellisiin paikkoihin iholle. Sitä ennen nippaisen niihin paikkoihin pienen haavan, mistä paha veri sitten tulee pois. Sarvet ovat niin kuin imukuppeja iholla.

Mutta mummoonhan sattuu kovasti, olin jo aivan hädissäni. Ei se satu kovaa, on vähän kuin itikan pisto, täti lohdutteli minua, ei mummo siitä kärsi.

Mummoa vähän hymyilytti ja sanoi meille että, antakaahan nyt kupparille edes kahvirauha. Kiehautin tuossa kahvit ja leikkasin vähän lettivehnästä, hörpätäänhän kahvit vielä ennen saunalle lähtöä, niin jaksetaan sitten paremmin.

Pöydälle jääneet aamukahvitarpeet mummo oli ehtinyt siistiä pöydältä ennen Fiina-tädin tuloa.

Kumpikin tarinoivat iloisella mielellä ja tuvassa oli jotenkin mukava ja hyvän mielen lämmin, kahvikuppien kilinä vain säesti tarinointia.

Mummo kertoi laittaneensa saunan lämpiämään jo aamulla ajoissa. Kyllä siellä nyt lämpöä riittää.

Kun kahvikupit oli juotu tyhjiksi, kehotti täti mummoa, menehän nyt sinä sinne löylyihin, minä tulen kohta perässä.

Sinne lähtivät saunalle, mummo ja kohta perässä pussukoineen Fiina-täti. Me jäimme Unton kanssa kahdestaan tupaan, kuten mummo oli meille sanonut.

Vielä äsken niin iloisesta jutustelusta täysi tupa tuntuikin oudon hiljaiselle ja autiolle. Keksimme jotain leikkimistä, mutta ei leikit oikein tahtoneet sujua, kun ajatukset tahtoivat mennä koko ajan saunalle ja siihen, mitä siellä oikein tapahtui.

Tuntui, että aikaa oli kulunut jo vaikka kuinka kauan, eivätkä mummo ja täti vieläkään olleet tulleet pois saunasta. Mielessä kävi vaikka minkälaisia ajatuksia ja viimein en jaksanut enää odottaa, vaan ehdotin, että hiivitään saunalle katsomaan. Yritin houkutella veljeäni, mutta hän katsoi minua epäuskoisena, eikä näyttänyt siltä, että olisi halunnut tulla mukaani.

Uteliaisuus voitti, ja niin menin ulos ja aloin kävellä saunaa kohti, hiivin hiljaa saunan eteiseen. Yllättäen huomasin, että Unto olikin seurannut minua aivan takanani.

Tartuin varovasti saunan oven ripaan ja raotin ovea, niin ettei vain kukaan kuulisi. Ihan ensiksi näin oven raosta tädin seisovan selin meihin päin, sitten näin mummon jalat, kun hän makasi lauteilla vatsallaan, raotin ovea lisää, silloin näin jo mummon selänkin, ja se oli täynnä sarvia. Samaan aikaan täti valutti kauhalla vettä mummon selän päälle ja punainen vesi valui mummon kylkiä pitkin lauteille ja sieltä lätisten lattialle.

Samassa täti kääntyi ja tuli ovelle päin, menkäähän lapset ulos leikkimään, tämä kun ei ole oikein lapsille tarkoitettu ja sulki oven edessämme kiinni.

Joskus innostuimme vähän liikaa

Joskus innostuimme Unton kanssa vähän liikaa. Aloimme leikkimään hippaa, leikki vaan yltyi ja yltyi, juoksimme ulkona peräkanaa, toisiamme kiinni tavoittaen. Kun se ei oikein tuntunut riittävän, vähän vaikeutimme hippaa. Menimme sisälle, aukaisimme ikkunan ja hyppäsimme sen kautta ulos. Taas sisälle, ikkunasta ulos, sitä ympyrää kiersimme peräkanaa, hurjaa vauhtia. Hipaksihan ei tahtonut kumpikaan jäädä. Ikkunaruudut helisivät uhkaavasti, jalkaankin vähän sattui siinä hypätessä. Olisihan siinä voinut mennä poikki käsi, jalka, tai jotain muuta, vaan kun ei hipaksikaan halunnut jäädä. Vauhti sen kun jatkui ja kiihtyi, kunnes äiti navetalle asti kuuli mekkalan ja tuli pysäyttämään meidän pelimme. Ei enää yhtäkään kierrosta, satutatte vielä itsenne, tuhisi äiti mennessään takaisin navetalle, mutta vielä siinä hippa mielessä pyöri, ei asettunut mitenkään. Sitten keksimme mennä talon kiveystä pitkin, kaksin käsin seinän rimoituksista pidettiin, siinä tulivat haavat, rakkulat, sormiin ja kämmeniin. Mutta mitäs sitten, jos hipaksi ei tahtonut jäädä ja se jää, joka ensiksi putoaa kiveyksen päältä. Vihdoin viimein se loppui, mutta sitten alkoi tappelu. Hiki virtasi, käsirysyä, nyrkkikin moksahti. Pitkin tannerta kumpikin pyörittiin, sitten taas pakoon ja kiinniotto. Sama tahti jatkui ja jatkui, kunnes uupumus vallan sai. Ei kumpikaan jaksettu enää, tahto loppui ja väsymys kai voitti. Ei lapsilla tainnut olla, kovin hyvä päivä. Joskus innostuimme vähän liikaa.

Söpö

Hevonen oli tärkeä myös kotitilan töissä, se veti polttopuukuormat metsästä pihaan, missä niistä sahattiin ja pilkottiin puita halkovajaan, uuni- ja saunapuiksi. Talvella polle veti heinäkuormat ladoista navetan heinäsuojaan. Hevosella käytiin kaupassa, kylässä, ihan kaikenlaisia asioita hoidettiin hevoskyydillä. Pellolle ajettiin lantakuormat, kynnettiin pellot, muokattiin, äestettiin ja joskus kun naapuri tarvitsi apua, niin autettiin. Kesällä heinätöissä hevonen oli hyvinkin tarpeellinen, se veti seiväskuormia, samoin niittokonetta ja haravakonetta. Hevonen valjastettiin myös kärrien eteen ja sillä ajettiin heinät latoon, kunhan olivat ensin seipäillä kuivuneet.

Aina se Loju vaan kuuliaisesti jaksoi, vaikka sille laitettiin aina uusi tehtävä eteen. Se oli oppinut pitkän ajan kuluessa, miten mikin asia toimii. Oli se vaan niin hieno hevonen ja ystävä. Monenlaista rekeä ja kärryä se veti perässään, koulukärrinkin. Oli pankkoreki, laitareki, jatkoreki, kirkkoreki ja monta muuta, kärrejäkin erilaisia.

Välillä isä tarkisti hevosen jalat, vuoli kaviot, puhdisti ne, naputteli sitten nauloilla rautaiset kengät kavioihin, ne suojasivat kavioita haavereilta ja pitivät paremmin jäisellä tiellä ajettaessa.

Talli tyhjennettiin keväällä lannasta, mikä ajettiin ja levitettiin pelloille, sitten lanta kynnettiin mullan sekaan. Kasvit kasvoivat hyvin lannoitetussa maassa ja antoivat hyvän sadon.

Hevonenkin pääsi talven jälkeen kesälaitumille, se sai vapaana juoksennella pitkin laidunniittyä ja -metsää, kunnes isä tarvitsi sitä taas työhommiin. Samalla laitumella käyskentelivät myös lehmät. Isä meni leivänpalan kanssa etsimään Lojua laitumelta tai metsästä ja niin ne sieltä kohta saapuivatkin, polle päitset päässä isän rinnalla kulkien. Välillä Loju sai olla lieassa pihamaalla, siellä se söi puhtaaksi pihan ympäryksen ruohoista ja heinistä, liekaa vaan siirrettiin aina uuteen paikkaan. Ei tarvinnut silloin viikatteella pihamaita niittää. Joskus menin juttelemaan hevoselle, se nuuhki ja puuskutti märällä turvallaan. Se oli selvästikin mielissään, kun silitin ja letitin sen pitkää, kaunista harjaa, tein siihen monta lettiä ja sanoin, oletpas sinä nyt kaunis. Sen pitkät silmäripset räpsyivät silmäluomien päällä, se oli niin kaunis, uljaan näköinen ja lempeä.

Sitten aikojen päästä, eräänä päivänä, oli ihme tapahtunut. Loju oli synnyttänyt pienen varsan ja se oli niin suloinen. Vähän väliä olimme katsomassa ihmettä, varsa imi emonsa nisistä maitoa ja välillä hamusi ruohoa maasta. Siinä lepäilivät nurmikolla vierekkäin, aurinko paahtoi taivaalta, täydessä terässään. Emä piti varsastaan hyvää huolta, nuoli sitä välillä puhtaaksi, osoittaen tykkäävänsä siitä, ja varsalla oli turvallinen olla.

Kun menimme aitauksen luo, niin ne molemmat tulivat hörhöttäen katsomaan meitä aidan raosta, olisiko meillä jotain herkkupalaa. Usein meillä olikin antaa niille maistiaisiksi leivänpalaa.

Varsa kasvoi ja yhtenä päivänä isä sanoi minulle ja Untolle, että te saatte nyt keksiä varsalle nimen. Meidän ei tarvinnut kauaa miettiä nimeä. Varsa sai sitten nimekseen Söpö, no kun se oli meidän mielestämme niin söpö. Se onkin sitten hyvä nimi, tuumasi isä hymyillen.

Loju oli jo tullut vanhaksi, sen oli vaikeaa tehdä raskaita töitä, sen voimat olivat alkaneet huveta. Savottarekeä sen oli jo liian raskasta vetää, vaikka muuten Loju virkeä vielä olikin. Söpövarsa kasvoi ja kasvoi, tuli jo aikuisen mittoihin. Pikkuhiljaa isä alkoi opettaa Söpöä työaskareisiin ja vähitellen se oppi tekemään samoja hommia, kuin emänsä Loju.

Tuli sitten aika, jolloin isä alkoi kyselemään naapureilta ja tutuilta, löytyisikö hevoselle mahdollista ostajaa. Eräänä päivänä sitten ilmestyikin tuntematon mies katsomaan ja arvioimaan hevosen kuntoa. Hän ei halunnutkaan mitään raskaan työn tekijää, vaan keveitä askareita olisi pollen tehtävänä. Niin siinä kaupat syntyivät, polle sai olla vielä vähän aikaa kotona, kunnes noutaja tulisi hakemaan sen uuteen kotiin.

Niin se päivä sitten tuli, hevosen ostaja saapui hakemaan Lojua. Mukanaan mies toi äidille tuliaisiksi tuohisen, seinällä pidettävän korin. Myöhemmin äiti laittoi siihen hiuskammat ja harjan, siinä päällä riippuivat kaulariipus, helmetkin. Peilin vierelle se sitten laitettiin koristukseksi ja tarpeellistakin käyttöä varten.

Lähtökahvit keitettiin, siinä pollesta vielä tarinoita kerrottiin. Eron hetki tuli ja Lojun uusi omistaja lähti kuljettamaan hevosta metsäpolkua pitkin, koska sitä kautta kotimatka lyhenisi paljon. Tietäähän sen, ikävä oli kaikilla, mutta ei sitä näytetty. Kyyneleet jokainen piti piilossaan, mutta arvata saattoi, miltä isästäkin tuntui, olivathan isä ja Loju kulkeneet pitkän matkan elämää yhdessä. Isä sanoi, että Loju pääsi hyvään kotiin ja helpommille hommille.

Isä ja Loju, kumpikin on ikuistettu filmille. Savottatöitä ovat siinä tekemässä, Loju vetää suurta puukuormaa, isä ohjastaa hevosta ja touhuaa ison puukasan kimpussa. Filmille parivaljakko pääsi, kun kirkonkylästä haluttiin tehdä elokuva. Vajaan tunnin mittainen katselmus kylän ympäristöstä, ihmisistä, töistä, harrastuksista, juhlista ym.

Kaivonkatsojat

Eräänä kauniina, kesäisenä sunnuntaipäivänä olimme koko perheen kanssa ulkona. Sunnuntai oli vapaapäivä ja isäkin puuhasteli omiaan ulkona, äiti ruopsutti ja kitki kukkapenkkiä, me lapset puuhailimme omiamme.

Kovasti alkoi sitten askarruttaa mieltä, kuinka ne kaivot on syntyneet, onko ne olleet jo olemassa vai oliko joku ne kaivanut, tehnyt. Mitenkä meidän kaivo on syntynyt. Kaivon seinäthän ovat tehty litteistä kivistä, mitkä on ladottu päällekkäin vähän samoin, kuin kiviaitakin on tehty. Ison pohdinnan jälkeen päätinkin kysyä vanhemmilta. Toki olimmehan me lapset sitä keskenään jo pohdittu.

Vanhemmat kertoivat, että on olemassa sellaisia ihmisiä, jotka osaavat hakea kaivon paikan, käyttämällä pajuvarpua apunaan. Kun joku tarvitsi vesikaivon, niin monesti kutsuttiin tällainen henkilö avuksi, etsimään kaivolle paras paikka.

Mitenkä se varpu oikein osaa näyttää, missä sitä vettä on, mitenkä se oikein toimii, kovasti me lapset utelimme.

Isä kertoi, että pajusta taitetaan sellainen haaraoksa, missä oksan haarat ovat kasvaneet vähän niin, kuin y-kirjaimen muotoon, sitten otetaan niistä yyn sakaroista käsillä, kämmenpuoli ylöspäin, kiinni siten, että oksan kolmas sakara osoittaa eteen päin. Tämä keskimmäinen oksa näyttää sitten kaivon paikan.

Isä selitti vielä että, sillä varvulla etsitään maan alla olevia vesipuroja eli vesisuonia. Kuljetaan vaikka ympäri pihamaata kävellen hiljakseen, pidellen varpua edessä ja siellä, missä on vettä oksa alkaa vetämään maata kohti hyvin voimakkaasti. Siitä sitä pitäisi vettä löytyä. Mutta ei se varpu taivu kellä vaan, se on sellainen lahja joillain ihmisillä.

Siinä kovasti ihmetellään moista touhua, kunnes isä tokaisee, että mahtaahan se hänelläkin varpu pysyä käsissä, taipuu kyllä niissä, isä myhäilee. Mehän aletaan heti savustaa isää käymään pajukossa ja johan tuo kaivonkatsonta äitiäkin alkoi hymyilyttää ja myönsi, isän sanat todeksi. Ei isä viitsisi, mutta mehän ei annettu periksi. Isä kävi hakemassa pajunoksan pihan lähellä olevasta pajupuskasta. Katkaisi oksat mieleisekseen, pyöräytti oksat käsiensä ympärille. Yksi oksa edessään lähti kulkemaan pihamaata pitkin. Oksa taipui kaivon kohdalla, oksan kärki osoitti aivan suoraan nurmikkoon, maahan. Sitten isä kävelee pihalla edes takaisin, sanoo, että tuollahan se on toinen kaivon paikka, tuolla karjahaan lähettyvillä, olen minä sen katsonut jo aiemmin. Isä lähtee kävelemään aiemmin katsomaansa paikkaa kohden ja kun lähestyy sitä, niin varpu taipuu voimakkaasti maata kohden. Siinä on iso voima kyseessä, sanoi isä, ja toisen kaivon paikka olisi sitten siinä.

No, mehän oikein innostuimmekin Unton kanssa ja pyysimme, että saisimme mekin kokeilla omissa käsissämme, taipuuko varpu, löytyykö kaivon paikka. Ei onnistunut kummaltakaan. Halusimme vielä, että äiti tulisi myös koettamaan vaan ei kuulemma hänen käsissään väänny varpu.

Aikansa kokeiltuamme jätimme varvun, katsotun kaivonpaikan luo ja riensimme jo uuteen touhuun.

Sähköt, telkkari ja radio

En muista, mikä aika vuodesta oli, kiirehtiessäni uteliaana serkkutytön luo, vanhempieni kerrottua, että naapuriin oli ostettu televisio. Olin kyllä kuullut puhuttavan televisiosta, mutta en ollut missään nähnyt sellaista laitetta, mikä oli niin kuin radio, mutta se näytti myös elävää kuvaa. Epätietoisuus ja uteliaisuus oikein kihisi sisälläni, kun astuin naapurin tupaan ja menin penkille istumaan. Huomasin, että tuvan nurkkaan oli ilmestynyt iso, ruskea, kaappi. Reetta hymyili iloisen näköisenä ja viittoi, katsohan mitä täällä on ja meni kaapin luo.

Kaapin etuosassa oli pariovet ja kun Reetta avasi ovet, niin ne aukesivat kaapin sivuille. Ovien takaa tuli näkyville ruutu, ihan kuin ikkuna, mutta kulmistaan pyöreä. Läpi siitä ei näkynyt, koska se näytti kuin harmaalta savulasilta. Tämäkö oli nyt se televisio.

Ruudun sivulla näkyi erilaisia nappuloita, joista Reetta painoi yhtä. Aluksi ei näyttänyt tapahtuvan mitään, mutta hetken päästä ruutu kirkastui ja alkoi kuulua suhinaa, ruudun täytti kuin sakea lumisade, sitten kuva selkeni, sieltä alkoi tulla näkyviin kuvia. Olipa se ihmeellistä ja kummallista, tuijotimme ruutua silmät pyöreinä. Mustavalkoiset kuvat vilistivät silmiemme edessä ja uutta kuvaa ilmestyi koko ajan. Katselin hämmästyneenä ja hiljaa tuota ennen näkemätöntä vekotinta ja ihmettelin, miten se kuva oikein siihen lasiruutuun ilmestyi.

Kun sitten menin kotiin, niin ihmettelin isälle ja äidille, mitä olin nähnyt. Täytyihän minun kertoa vanhemmillekin, millainen vekotin se oli.

Aiemmin kylällä oli touhuttu kyläläisten toiveista ja sähköyhtiön toimesta sähköverkkoa. Sähköpylväslinja johti melkein joka taloon ja mökkiin, ja niin meillekin saatiin kotiin sähköt. Suurin osa kyläläisistäkin halusi sähköt. Sähkölankoja vedettiin pylväitten välille ja meidänkin pihalle pystytettiin pylväs, josta sähkölangat tulivat meidän talon päätyyn ja siitä sisälle tupaan. Sähköyhtiön miehet kävivät laittamassa tuvan seinälle sähkömittarin ja siitä johdot tupaan, eteiseen ja kammariin. Tuvan kattoon laitettiin valkoinen sähköpolla eli laipioon kiinnitetty lasinen pallovalaisin. Kammarin laipiosta riippui kolmehaarainen valaisin, mikä oli mielestäni hieno ja valaisi kirkkaasti. Eteinen ja ruokakomerokin saivat omat lamppunsa, katkasijasta vain käännettiin auki ja kiinni, niin valo syttyi ja sammui. Tuntui se helpolle, ja valo valaisi huoneet ihan käsittämättömällä tavalla. Sauna ja navettakin sai sähköt, mutta kuinkahan olikaan tallin laita, en muista. Meille ostettiin myös uusi sähköllä toimiva radio, isä laittoi hyllyn seinälle sitä varten. Kuuluipa hyvin musiikki ja kaikki muukin, ja silloin kun sisällä oltiin, niin hyvin usein radio oli auki. Radiosta me kuunneltiin iltaisin myös kuunnelmia, koko perhe oli tuvassa hiljaa ja hyvin keskittyneenä kuuntelemaan, miten tapahtumat kuunnelmassa etenivät.

Aikojen päästä, eräänä päivänä, kun isä oli lähtenyt käymään kirkonkylällä asioilla ja tultuaan kotiin oli hyvin salaperäisen näköisenä. Olimme huomanneet, että kammariin oli ilmestynyt iso laatikko. Kyselimme uteliaina, kammarissa olevasta pahvilaatikosta, mutta isä ei ollut valmis kertomaan, sanoi vain, elekeehän nyt hättäillä. Illalla, kun tulimme leikeistä sisälle, äiti ja isä sanoivat yhteen ääneen, lähtekeepäs nyt kahtomaan, mittee kammarista löytyy. Menimme kammariin ja heti avattuamme oven, näimme ihan ihka uuden telkkarin. Kysyimme heti, että onko tuo meijän, johon vanhemmat nyökyttelivät päätään, että kyllä on. Voi sitä iloa ja riemua, mikä siitä syntyi.

No, eihän tuosta tule mitään, että istua nakotatta nuapurissa joka ilta töllöö tuijottamassa, pittää antoo heillekin ommoo rauhoo.

Telkkari oli laitettu omille jaloilleen "tikkakoskelaisen" paikalle. Ompelukone oli saanut väistää uuniin päin, mutta hyvin se vielä mahtui siinä välissä olemaan. Myöhemmin televisio vaihtoi paikkaa tuvan puolelle.

Olihan se isälle, niin kuin äidillekin telkkarikuumeen lykännyt ja kuulin, kun isä kertoi siitä, että yks jos toinenkin kyläläisistä halusi ostaa kotiinsa telkkarin. Nythän se oli mahdollista, kun oli saatu sähköt.

Televisiosta ei tullut siihen aikaan ohjelmaa ennen, kuin illalla. Iltapäivällä, jo aikanaan valmistauduimme television katseluun, olimme tavallista reippaampia tekemään meille annetut tehtävät. Istuuduimme telkkarin, miksi televisiota myöhemmin aina kutsuimme, ääreen ja kysyin isältä, olimmeko nyt rikkaita, kun meillä oli ollut rahaa ostaa telkkari.

Veikko Kankkonen hyppäsi mäkihyppyjä, sitä katsoimme koko perheen voimin ja pidimme peukkuja pystyssä. Onniklovni oli meidän lasten mieleen, se tuli aina sunnuntaisin. Musta ori seikkaili myös ruudussa, odotimme sitä aina innolla. Radiota telkkari ei kuitenkaan kokonaan syrjäyttänyt, sillä radiosta tuli myös monen moista, musiikkia, kuunnelmia, uutisia, säätiedotuksia ja paljon muuta ohjelmaa, ja radiota kuunnellessa pystyi tekemään kaikkea muuta, istumatta koko ajan tuijottamassa sitä. Mummo kuunteli aina sunnuntaisin Jumalanpalveluksen, joka aamu aamuhartauden, hengellistä musiikkia ja ihan kaikkea muutakin. Äidille oli mieleisiä kuunnelmat, toki muutkin ohjelmat, isä kuunteli metsäradiota ja iskelmämusiikkia, silloin harvoin, kun sitä tuli. Lauantai-iltaisin soi lauantain toivotut levyt, silloin oli radio aina auki. Isä oli saattanut tulla savotoilta kotiin, oli kiirehditty saunomaan, että jouduttiin saunasta pois kuudeksi ja radio vaan auki ja kohta musiikki täytti koko tuvan.

Isä tanssitti meitä lapsia vuoron perään, kädet ojolla odotimme vuoroamme päästä syliin. Isä pyöri ja pyöritti musiikin tahdissa, välillä askelsi tangoa, nyt on minun vuoroni, nyt minun, vielä yhdet kerrat, vielä, vielä.

Kotimiehinä

Eräänä iltana äiti ja isä läksivät naapuriin kyläilemään pitkästä aikaa ja halusivat mennä sinne ihan kahdestaan. He olivat tehneet jo hyvissä ajoin kaikki navettatyöt. Nyt lapset saatte olla sitten kotimiehinä, kyllä te pärjäätte, me tulemme sitten vähän myöhemmin, syökää iltapalaa ennen kuin menette nukkumaan, me tullaan kyllä yöksi kotiin, ohjeistivat vielä lähtiessään.

Me olimme nyt kotimiehiä, niin olivat sanoneet äiti ja isä, pidätte mökkiä pystyssä, eikä mihinkään vaaranpaikkoihin saa mennä. Kyllä me osasimme olla ja aloimme heti rakentelemaan omia leikkejämme, niitä mitä nyt usein leikittiin.

Sitten jossain vaiheessa minun mielessä alkoi laukata kaikenlaiset pelon ajatukset, mitä kaikkea mahdollista ikävää voisikaan tapahtua, kun vanhemmat eivät olleet kotona. Ajattelin kuitenkin mielessäni, entä jos veljeni ei pelkäisikään, mutta omilla puheillani voisin kuitenkin tartuttaa pelkoni häneenkin.

Ilta alkoi varmaankin pian hämärtyä ja mielikuvitukseni laukkasi yhä kiivaammin. Juttelin veljelleni, että pitäisiköhän meidän varalta hakea jotain lyömävälineitä halkoliiteristä, niillä me voisimme puolustaa kotia ja itseämme, jos joku yrittäisi tunkeutua sisälle.

En tiedä tarttuiko pelkoni pikkuveljeeni, ainakin hän innokkaana touhusi minun mukana, kun menimme hakemaan halkoliiteristä kirvestä ja isoa koivuhalkoa, jotka kannoimme sisälle eteisen nurkkaan.

Laitoimme pönkän oven eteen, kun ei ollut lukkoa ovessa, oli ainoastaan sopivan pituinen lankku, joka oli veistetty sopivaksi niin, että lankun toinen pää aseteltiin tuvan oven karmin väliin, mihin sille oli siihen tehtynä ihan oma syvennys ja lankun toinen pää vasten ulko-oven ranssilautaa, joka oli juuri sitä varten naulattu oveen, ja mihin lankku asettui topakasti paikoilleen, eikä ovea saanut ulkopuolelta auki. Sellainen oli meidän kodin ulkooven lukko.

En oikein muista millaisia lukkoja kylän muiden talojen ovissa oli vai oliko lukkoja ollenkaan. Ei silloin useinkaan lukittu ovia päivälläkään, ja milloin lähdettiin asioille, töihin tai muihin ulkoaskareisiin, laitettiin vain pitkävartinen harja tai luuta ovea vasten, siitä kävijät ja ohikulkijat näkivät jo kauemmas, ettei talossa oltu kotosalla. Oli meillä kuitenkin oven ulkopuolelle laitettava munalukko, mikä käännettiin avaimella kiinni silloin, jos pidemmäksi aikaa kotoa poistuttiin.

Ovi oli pönkässä, oven pielessä nojallaan kirves ja halko, niillä löisimme tulijaa, jos väkisin sisälle yrittäisi. Nyt olisimme turvassa ja koti myös, olimmehan jääneet kotimiehiksi.

Ulkona oli alkanut tulla jo hämärä, minua ainakin pelotti kovin, yksin olisin ollut ihan hukassa, mutta veljestä sain turvaa ja samalla tunsin suojelevani veljeäni. Kyllä me pärjäisimme. Pelkojen varjo oli kuitenkin läsnä, äidin ja isän odotus päällimmäisenä, mutta olimmehan kuitenkin hyvin varautuneet. Leikimme, söimme iltapalaa. Aikaa oli kulunut, kohta äiti ja isä varmaan tulisivat.

Päätimme kuitenkin käydä viemässä pelkoaseet takaisin halkoliiteriin, sillä emmehän voineet kertoa niistä vanhemmillemme, se oli meidän salaisuus. Pönkän kuitenkin laitoimme paikoilleen, niin kuin äiti ja isäkin yöksi laittoivat.

Sieltä he viimein saapuivat, koputtelivat eteisen ikkunaan ja oveen. Kurkkasimme ensin ikkunasta, tutut hahmot näkyivät ja juttelu kuului oven takaa. Tultiin nyt, avatkaahan ovi, huutelevat vanhemmat oven takaa.

Siinä vaihdoimme kuulumisia ja vanhemmat ihmettelivät, että, johan teidän pitäisi olla nukkumassa, mutta hyvinhän te olette täällä pärjänneet, nyökyttelemme päätä ja sanoimme, niin.

Seuraavana päivänä äiti huomaa eteisen nurkassa koivuhalon ja ihmettelee sitä kovin. Varsin hyvin tietää, että lasten jäljiltähän se siinä on, mutta miksi. Vilkaisemme veljeni kanssa toisiamme. Halko, se oli unohtunut meiltä viemättä takaisin liiteriin. Oli varmaan aika tunnustaa.

Kerroimme äidille edellisen illan pelkäämistarinan, tarkoitus oli viedä halkokin liiteriin samalla, kun veimme kirveen, mutta se olikin unohtunut eteisen nurkkaan. Kirves kyllä vietiin paikoilleen, lyötiin tutun pölkyn päähän, ettei isäkään huomaisi mitään. Äiti ihmetteli ja kummasteli, että niinkö paljon pelkäsitte, että tuollaiset aseet haitte sisälle tupaan. Isäkin sattui juuri tulemaan sisälle syömään ja siinä sitä kovin ihmeteltiin koko porukalla. Isä kysyi, mitä te sitten pelkäsitte. Selitin kovasti, että voi sieltä tulla pahoja ihmisiä, mörköjä, peikkoja, kummituksia tai mustalaisia ja ulkona oli niin pelottavan pimeää.

Mitäs olisitte tehneet noin järeillä aseilla, vanhemmat ihmetellen katsoivat meitä, vuoroin toisiaan ja odottivat vastausta.

Me siihen, että toinen olisi ottanut kirveen, toinen halon, niillä olisi kumautettu ja taisteltu vastaan.

Kerkesin vielä selittämään, että kerran kun katsottiin telkkarista Louvren kummitusta, niin siinä nähtiin kyllä ihan oikea kummitus, sillä oli pitkä ja musta kaapu päällä ja se oli pelottavan näköinen.

Ettehän te edes saa katsoa sellaisia ohjelmia, ne on aikuisille katsottavaksi tarkoitettuja, totesi äiti.

Kyllä me kerran katsottiin, kun ette olleet kotona, mutta ei katsota enää koskaan, niin me päätettiin veljen kanssa, se oli niin pelottavaa.

Hyvä niin, sanoivat vanhemmat ja pyörittelivät päätään. Sanoivat, että turvallistahan täällä on asua ja olla, eikä meidän tarvitsisi pelätä, möröt, peikot ja kummitukset, satuolentojahan ne kuulemma olivat.

Se televisiosta näkemämme kummitus varsinkin oli oikea, se tuntui hiippailevan meillä kotonakin ja joskus, kun menin nukkumaan, vedin peiton ihan pääni yli, sieltä se ei löytäisi minua. Isä selitti minulle, että se on vain televisiosarja, keksitty tarina ja näyttelijät esittävät sen.

Olin minä kuullut kaikenlaisia ihmeellisiä juttuja, mitä aikuiset puhuivat keskenään, sellaisiakin, mitä itsekkään eivät ymmärtäneet ja kyllä minä joskus mietinkin, kuinka osaisinkaan olla aikuinen, kuinka osaisinkaan hoitaa kaikki aikuisten asiat. Kyllä mustalaiset ainakin oikeita ovat, vielä väitin kovasti vastaan. Ajelevat talvella reellä ja hevosella, kesällä hevonen vetää kärriä. Usein saattaa olla koko perhe kyydissä, joskus vain miehiä.

Käyvät eri taloissa ja pyytävät ruokaa, tai jotain muuta itselleen tarpeellista. Kerrankin jostain perheestä oli annettu heille leipää, mutta mukaan oli lähtenyt muutakin, omin luvin otettua. Talon isäntä kertoi, että kulkiessaan ottivat ladosta luvatta hevoselle heinätkin.

Kyllä minä usein kuuntelin ihmisten juttuja ja minua alkoi pelottaa. Aloin nähdä mustalaisista painajaisia, kuinka ajavat minua takaa, yrittävät saada kiinni. Unet toistuivat, mutta ei aina ihan samanlaisina. Kyytinsä aina tahtovat, kerrankin juoksin halkoliiteriin piiloon, mutta olivat nähneet minut, pysäyttivät hevosensa ja mies tuli halkoliiteriä kohti, ja minä läksin juoksemaan karkuun kovalla vauhdilla pitkin kärritietä, läähätin kovaa ja heräsin juuri ennen, kuin saivat kiinni.

No voi hyvä lapsi kulta, onkos ne mustalaiset tehneet sinulle koskaan mitään pahaa, miksi heitä pelkäsit niin paljon, sanoi isä huolen rypyt kasvoillaan.

Kerroin että he saattavat tulla kotiin ja viedä kaikki, saattaisivat hyvinkin viedä meidätkin mukanaan, mistä sitten tietäisitte etsiä meitä.

Ja höpsistä kanssa, sanoi isä, ei he lapsia vie.

Vanhemmat kertoivat, että ruokaa he käyvät kerjäämässä, nälkähän se heilläkin on. Jos talosta löytyy muutakin annettavaa, niin tarpeeseen varmasti menee. Eivät kaikki kuitenkaan varasta, tai vie salaa, suurin osa on kunnon väkeä. Mutta kyllähän jokaiseen sakkiin sopii monenlaista. Sovittaisiinko lapsukaiset, että tästä lähtien ne kirveet ja halot pysyisivät halkoliiterissä, ne ovat liian vaaralliset teidän käyttöönne, voitte satuttaa itseänne.

Lupasimme, ja vähän vaisuina lähdimme uusien leikkien pariin, kunnes taas joskus, pelkotarina toistuu ja järeät aseet ovat eteisen nurkassa.

Isä melkoinen marjamies

Isä oli kyllä melkoinen marjamies, hän löysi kyllä aina hyvät marjapaikat, harvoin kävi niin, että kotiin tuomista ei olisi ollut. Joskus hän kävi, mopolla ajaen, katsastamassa jo edeltä käsin marjapaikat, vei sitten koko perheen marja-apajille, kuin valmiille.

Joskus samoilimme kyllä porukallakin, käveltiin kauaskin. Isällä oli tapana silloin tällöin katkaista puunoksa sieltä toinen täältä kulkiessamme metsässä eteenpäin. Ihmettelimme sitä kovasti, johon isä sanoi, että sillä lailla pysyi paremmin kartalla, missä kulkee. Eihän sitä tutuilla seuduilla niin tarvitse tehdä, mutta kun kävelee tuntemattomissa metsissä, niin sillä tavoin pystyi varmemmin palaamaan omia jälkiään takaisin päin, katsoi vain, missä näki katkaisemansa oksan, eikä silloin eksynyt.

Isällä oli marjareissuilla aina reppu selässään, sieltä löytyi eväät ja kahvitermari. Mistähän löytyisi hyvä paikka kahvitella, tuumaili isä ja kohta istummekin kannon tai sammalmättään päällä. Voileiville laitoimme marjakerroksen päälle ja sitten maitokahvia kuppiin. Kun tauko oli pidetty, niin taas jatkoimme matkaa tai keräsimme jo löydetystä marikosta.

Isä saattoi välillä lähteä samoilemaan metsään, katsastamaan löytyisikö uutta, parempaa, marjapaikkaa. Älkää lähtekö tästä minnekään edemmäs, tässä on kyllä teille kerättävää, opasti isä meitä ja sinne hävisi, suuren metsän uumeniin.

Kun meistä alkoi tuntua siltä, että isä oli viipynyt jo liiankin kauan, aloimme miettimään veljeni kanssa, entäpä jos isä ei palaakaan, on eksynyt, tai susi syönyt suihinsa, se ajatus vähän pelotti meitä molempia, välillä ehkä enemmänkin, sillä tuntui siltä, ettemmehän osaisi täältä pois, kotiin. Meidän piti vaan jotenkin voittaa pelkomme, luottaa siihen, että kyllä se isä tulee takaisin. Siinä kilpasilla täytimme poimureitamme ja aika silleen kului ja kohtahan sieltä, metsän keskeltä, kävelikin tuttu hahmo meitä kohti. Helpotuksen huokaus kuului meiltä molemmilta, kuin ahdas ja painava olisi päässyt rinnasta irti.

Hyvinhän te olette keränneet marjoja, isä sanoi, kun katsoi sankkojamme. Isä oli reissullaan kerännyt astiansa täyteen ja repussakin oli vielä lisää. Jokos lähdetään, kun näin hyvin saatiin marjoja, kysyi isä, eikä meitä kahdesti tarvinnut pyytää, olimme valmiit, koti jo mielissämme.

Astiat täysinäisinä marjoista painoivat käsissämme, kun selkä väränä kannoimme marjasaalistamme. Välillä meidän piti laskea astiat maahan ja lepuuttaa käsiämme. Vieläkö on pitkä matka, kysyimme jo väsyneinä.

Maasto oli huonoa kulkea, jalka upposi välillä pehmeään suohon, oksan käkkyrä tarttui jalkaan kiinni, oli kiveä, kuoppaa, nousua ja laskua, välillä liukas kallio jalkojen alla. Isä kannusti meitä, koittakaahan jaksaa, vielähän tästä on jonkin matkaa. Matka tuntuikin pitkältä, kun väsymys painoi ja marja-astiat tuntuivat entistäkin painavammilta kantaa.

Niin siltäkin reissulta saavuimme kotiin, uupuneina, mutta onnellisina. Kotiin oli aina hyvä tulla. Eikähän maasto marjareissuilla aina yhtä hankala ollut.

Kotona marjat puhdistettiin roskista ja säilöttiin, niitä sitten herkkuna talven mittaan yhdessä maisteltiin, joskus marjareissuja muistellen.

Oli syksyä ja istuin naapurin puisella penkillä, odottelin siinä leikkikaveriani. Serkun vanhemmat olivat tuvassa, omilla puuhillaan. Oli hiljaista ja aivan kuin jostain jutun juurta etsien,

serkun isä alkoi kysellä minulta. Jokos sitä työ ootta marjasta-
massa käyneet, johon minä vastailin, että, johan sitä vähän.
No, saittakos marjoja, utelu jatkui, ja missees päin työ kävittä
marjastamassa.
Kyllä myö monta täyttä sankollista saatiin, vastasin, en minä oi-
kein tiijä, joku kukkolampi tai semmonen se olj, missä myö käy-
tiin.
Kun sitten illalla isä kyseli minulta, mitä minä olin päivän aikaan
tehnyt, niin minä kerroin, mitä naapurissa oli kyselty. No, ker-
roitko sinä, isä kysyi, johon minä vastasin, että kerroin. Eihän sitä
passaa toisille mennä kertomaan, missä ne hyvät marikot ovat,
isä torui minua. En tiedä oliko isä ihan tosissaan, mutta sen
koommin en ole marjasalaisuuksia kellekään kertonut.

Mummon kanssa kaupunkiin

Mummon mukana kaupunkiin, ihan oikeaan kaupunkiin. Olimme pakanneet kassimme, suuntana iso maitolaituri. Nousimme linjaautoon ja mummo sanoi, että kaupunkiin. Kuljettaja löi kassakoneeseen maksun ja antoi matkalipun mummolle käteen. Auto oli täynnä matkustajia, mutta löytyi sieltä vielä vapaa paikka meillekin.

Siinä istuimme vierekkäin, puheen sorina soi. Moni tapasi linja-autossa tuttunsa, siinä oli hyvä seurustella matkan ajan verran. Katselin ikkunasta ohi kiitäviä maisemia, taloja, metsiä ja järviä, peltoja. Välillä auto pysähtyi, joku nousi kyytiin, toinen jäi pois. Jännitys kutitti mahan pohjaa, kohta nähtäisiin serkkujen kanssa. Oli se niin iso maailma, se koko kaupunki, ettei koko ajatus meinannut mahtua päähän. Auto pysähtyi linja-autoasemalle, otimme laukut ja mummo ojensi matkalipun takaisin kuskille.

Kävelimme asfalttikatua pitkin eteenpäin, ajattelin, että yksin eksyisin, en osaisi mennä minnekään. Kaupunki tuntui isolta, katuja meni ristiin ja rastiin. Autoja liikkui koko ajan, ainakin sata, tuhat, tai enemmänkin. Melu ja autojen hurina tuntui hautaavan ajatuksetkin allensa. Teki mieli laittaa kädet korville, mutta en minä vaan kehdannut.

Oli korkeita kerrostaloja, mietin miltähän tuntuisi asua siellä, uskaltaisinko katsoa ikkunasta ulos. Ei, en uskaltaisi asua noin korkeassa talossa, jos vaikka romahtaisi tai tipahtaisin ikkunasta. Mummo sanoi, tulehan sieltä, jäitkö haaveilemaan. Mummo otti kädestä kiinni, pysähdytäänpäs tähän. Autoja vilisti silmien ohi, nyt mennään, kehotti mummo. Kävelimme halki kaupungin, välillä pysähdyimme ja sitten taas mentiin.

Viimein saavuimme kyläpaikkaan, oikeastaan niitä oli kaksi. Mummon poika Simo, joka oli minun kummisetä ja mummon tytär Saara, asuivat perheineen aivan lähekkäin, kun vain pihan yli käveli, niin oli toisen luona.

Talot olivat puusta rakennettuja, yksikerroksisia ja joissa oli asunnot kahdelle tai kolmelle perheelle. Jokaiseen asuntoon oli oma sisäänkäynti ja omat rappuset.

Näkee taas pitkästä aikaa omia lapsiaan, sanoi mummo liikuttuneena, kun nousimme rappusia ylös ja pyöräytimme soittokelloa. Kellon ääni oli samanlainen, kuin polkupyörän kellossa. Kohta kuuluikin sisältä askelia ja kummisetä avasi oven. Kummisetä koppasi minua kainaloista ja heilautti minut iloisena syliinsä, nosti korkealle, laski alas ja taas nosti. Minua alkoi naurattaa, niin kummisetääkin, siinä me vaan yhdessä naurettiin. Joskus hän kiusoitteli minua ja kertoi, että kun olin pieni vauva, niin olin kuulema ollut aika huutavaista sorttia, eikä talossa kukaan saanut nukutuksi, niinpä minulle oli tehty lakanasta riippukeinu. Siinä minua sitten äiti tai isä heiluttivat, kun aloitin itkuni. Kummisetäkin oli käydessään heilutellut huutavaista, eikä sitä kukaan tiennyt, miksi minä itkin.

Täällä ne nyt sitten asuivat, kaupunkilaisserkut, Tarja ja Eila. En muista oliko nuorin tyttäristä, Aini, jo syntynyt. Viimeinkin näin heidät kotonaan ja samassa kuin lennämme ulos, aivan kuin meillä olisi siivet selässä ja ilo kuplii ihan joka paikassa, kun kannoimme lelulaatikon suurelle kalliolle ja aloimme keksiä leikkejä. Nostelin laatikosta muovisen kahviastiaston esille, laatikosta löytyy sokeriastia, kermanekka, kahvikupit ja -lautaset, lusikat, kahvipannu, kattila, paistinpannu ja vaikka mitä kaikkea muuta. Ihmettelin ja pidin niitä käsissäni, kuin kalliita arvoesineitä. Oli minullakin, muovinen sanko, lapio ja pallo myös. Laatikon kätköistä löytyi koko ajan uutta ja mielenkiintoista.

Keitimme kahvia, laitoimme ruokaa ja nautimme pöytämme antimista. Lopuksi tiskasimme astiat, kallion kielekkeellä olevaan syvennykseen kertyneellä vedellä. Aika kului, ehdimme tehdä vaikka mitä, mutta sitten oli mentävä sisälle syömään ihan oikeasti ja sitä ennen lelut piti kerätä laatikkoon ja viedä varastoon. Niitä ei voinut jättää ulos, niin kuin maalla pystyi jättämään.

Leila-täti oli valmistanut herkkuruokaa ja söimme pöydän ääressä iloisesti jutustellen. Syötyämme jatkoimme Tarja-serkun kanssa leikkejä sisällä, mummo jatkoi kummisedän ja tädin kanssa jutustelua.

Ruokailusta oli kulunut jo jonkin aikaa, kun mummo totesi, nyt on aika käydä tervehtimässä Saara-tytärtä ja hänen miestään, Liisa lähdetkös mukaan, niin käydään Saara-tädin luona. Tulkaahan sitten yöksi tänne, laitamme petit valmiiksi, muistutti Leila-täti.

Menimme pihan poikki ja nousimme korkeat rappuset ylös Saara-tädin ovelle ja soitimme ovikelloa. Täti avasi oven ja samassa kiepsahti mummon kaulaan,sillä oli kulunut pitkä aika, kun viimeksi olivat nähneet. Minä tervehdin käsipäivää.

Saara asui miehensä, Toivon, kanssa kahdestaan. Heille syntyi myöhemmin kolme lasta, Esko, Hanna ja Kalle.

Toivo ei ollut kotona, oliko töissä vai asioillaan. Täti alkoi heti puuhaamaan kahvipannua hellalle ja samalla kyseli kuulumisia, siinä tuntui juttua piisaavan. Minä menin katselemaan kadunpuoleisesta ikkunasta ulos, missä auto auton perään ajoi kadulla eteenpäin, kiire niillä näytti kaikilla olevan jonnekin.

Sitten menin seisoskelemaan ulos, pihan puollelle, rappusten ylätasanteelle ja katselin kun pihalla lapset pelasi jotain pallopeliä. Pihahiekalle oli piirretty iso rinki ja ringin sisäpuolelle oli asettuneet kaikki muut, paitsi yksi, jolla oli pallo kädessään. Samassa minä keksin, että nehän pelaa polttopalloa, niin kuin mekin olimme pelanneet serkkujenkin kanssa maalla. Ringin ulkopuolella oleva pelaaja yritti osua pallolla johon kuhun ringin sisällä olevista pelaajista eli yritti "polttaa" jonkun toisen pelaajan, ja se, johon osui, siirtyi polttajaksi. Kaikki ringin sisällä olevat pelaajat yrittivät parhaansa mukaan väistellä, ettei olisi joutunut poltetuksi. Heillä näkyi olevan hauskaa ja minun olisi tehnyt mieli mennä mukaan, mutta en uskaltanut mennä pihalle asti, ujostutti kovin, kun en tuntenut heistä ketään. Saattaisivathan ne mukaansa leikkiin ottaa, mutta ehkä toisen kerran.

Simo-Kummi oli meidän vierailumme aikaan sopivasti kesälomalla, ja heti seuraavana päivänä menimme torille kolmestaan, sedän ja hänen vanhimman lapsen, Tarjan, kanssa. Torilla oli paljon ihmisiä ostamassa tarpeita ruokapöytiin ja katselemassa muutenkin, olisiko mitään tarpeellista tarjolla. Toripöytiä oli paljon ja niiden takana myyjiä, jotka houkuttelivat ohikulkijoita ostoksille. Toripöydillä oli myytävänä vihanneksia, juureksia, marjoja, hedelmiä ja paljon muutakin ruokatarvetta. Hiukan erillään ruokatavaroiden myyntipöydistä oli tarjolla monenlaista muuta tavaraa, vaatteita, leluja ja paljon muuta. Kiertelimme ja katselimme aikamme torin touhuja ja kun mitään sen kummempaa ostettavaa meillä ei ollut, niin katselimme, löytyisikö jostain istumapaikkaa. Huomasimme, että joitain toripöytiä oli tyhjillään ja menimme istumaan vapaana olevan pöydän reunalle. Jalkamme eivät yltäneet torikiveykselle asti ja me heiluttelimme siinä jalkojamme serkun kanssa, katselin ja ihmettelin torin elämää ja ihmispaljoutta. Torilla oli jatkuva liike ja melu, kun ihmiset selvittivät asioitaan toisilleen ja tekivät kauppaa, jotkut tinkivätkin hinnoista äänekkäästi. Lokit kirkuivat torin yläpuolella ja yrittivät etsiä mahdollisuuksia napata jokin pudonnut herkkupala. Ihmettelyä minulle oli siinä, kun kyyhkysiä eli puluja oli torilla joka paikassa. Ne pyörivät toripöytien ympärillä ja nokkivat, mitä mukulakiville oli tippunut. Välillä ne saattoivat pyrähtää lentoon isommallakin joukolla, jos jokin pelästytti ne.

Kummisetä halusi käydä kauppahallissa torin laidalla, ostamassa kalaa, mikä oli hallissa kuulemma hyvää ja tuoretta, mutta ennen kuin setä meni kalaostoksille, niin hän kaiveli kukkarostaan kolikoita, ojensi ne meille ja sanoi, tässäpä, menkäähän tyttöset jäätelölle. Setä sanoi vielä, että hän menee sitten kauppahallilta suoraan kotiin, jotta Leila pääsee laittamaan ruoan valmiiksi, niin päästään sitten syömään, ja tulkaahan tekin kotiin aikanaan, kun olette syöneet jäätelöt ja tarpeeksenne katselleet kaupungin vilskettä.

Jäätelökioski oli torin kulmalla ja me jonotimme vuoroamme, samalla katsellen kioskin seinällä olevasta kuvastosta, mitä erilaisia jäätelöitä oli tarjolla, ja kun meidän vuoromme tuli, niin valitsimme kumpikin samanlaiset jäätelöt. Siinä maistellessamme mansikan makuisia jäätelöjämme ajattelin, kuinka erilaista täällä kaupungissa olikaan ja niin erinäköistä, kuin maalla. Ihmisiä käveli torilla koreineen ja kasseineen, he tekivät ostoksiaan ja seurustelivat tuttujensa kanssa. Olimme aiemmin käyneet myös jossain isossa kaupassa ja silläkin oli paljon ihmisiä, ja myytäviä tavaroita niin paljon, etten oikein voinut käsittää sitä.

Kun olimme syöneet jäätelömme, niin serkku sanoi, että hän haluaisi näyttää minulle uimarannan, minne pääsimme kävelemällä pitkin kadun reunoilla olevia jalkakäytäviä. Minusta tuntui, että sinne oli kyllä aika pitkä matka ja seurasin epävarmana serkkuani. Kysyin varovasti, että osattaisiinko varmasti mennä ja palata takaisin, eikä eksyttäisi. Serkku naurahti ja sanoi iloisesti, että vaikka silmät kiinni, niin paljon oli kuulema kulkenut katuja ristiin ja rastiin, enkä minä sitten enää epäröinyt kulkea mukana.

Katselin ihmeissäni, kuinka paljon isoja taloja saattoi ollakaan ja katuja, joille aivan varmasti yksin eksyisin.

Saavuimme viimein ison lammen rannalle, enkä ollut koskaan ennen nähnyt sellaista uimarantaa, valkoista hiekkaa oli vaikka kuinka pitkälle rantaa pitkin ja sitä tuntui ulottuvan ties kuinka kauas, ja monta, monta metriä leveälti veden rajasta maille päin. Riisuimme kengät jaloistamme, kahlasimme ja pompimme vedessä ilakoiden ja kyllähän siinä mekkokin kastui, vaikka yritimme nostella helmoja ylös. Meillä ei ollut uimapukuja mukana, mutta en tiedä, olisinko edes uskaltanut mennä syvemmälle uimaan, kun minusta vesi oli niin pelottavan näköistä kauempana. Minulle tuli samalla mieleen, kuinka vanhemmat olivat aina sanoneet, että olin hyvin arka lapsi. Kyllähän sitä joskus päästiin kotonakin uimarannalla käymään, tosin aina täytyi olla joku vanhempi mukana ja yleensä se oli äiti, rannalle kun oli pitkä matka, eikä lapsia voinut sinne yksin päästää. Äiti oli kyllä hyvä uimari, osasi kelluakin selällään. Minusta se oli kyllä ihan outoa, miten joku pysyikään veden pinnalla ilman mitään kellukkeita. Kyllähän äiti yritti opettaa minuakin uimaan, laittoi minut veteen selälleen, polskit vaan jaloilla, minä pidän kyllä selän alta kiinni. Mutta en minä osannut, se oli ihan liian vaikeaa. Pelotti koko ajan, että uppoan sinne veden alle. Äiti myös kannatteli minua vatsan alta pinnalla, minun polskiessa siinä jaloilla ja käsillä, mutta ei onnistunut uinti niinkään. Yksikseen kuitenkin uin sitten käsipohjaa ja se onnistuikin kaikkein parhaiten. Äiti sanoi aina, ettei pitäisi pelätä vettä, mutta kun minä pelkäsin.

Aikamme seikkailtiin serkun kanssa uimarannalla, kunnes jalat vei katuja pitkin tuttuun pihapiiriin. Siinä tulikin sitten huussitarve ja menimme pihan laidalla olevaan ulkorakennukseen. Nousimme ylös portaita, mitkä johtivatkin aika korkealle ulkorakennuksen sisällä. Huussin sisällä, yhdellä seinustalla oli istuintaso, mikä oli täynnä huussinreikiä, kannet päällä. Kurkkasimme reiästä, olipa pitkä matka kakalla ja pissillä matkata alas. Huussi oli yhteinen kaikille pihapiirissä olevien talojen asukkaille ja taloja oli monen monta. Yhdessä taloista oli myös asukkaille yhteinen pesutupa, mikä sijaitsi rakennuksen alakerrassa, ja se, joka halusi siellä pyykätä, niin hänen täytyi laittaa nimensä varauslistaan. Pesutuvassa tuli vesikin hanasta, pyöritti vain hanan auki, kun otti vettä ja sitten taas sulki hanan. Olihan helppo pyykkivettä ottaa, pitkä muoviletkukin, jolla voi mattojakin huuhtoa. Kävimme montakin kertaa siellä samalla, kun olimme ulkona leikkimässä. Saman talon, missä oli pesutupakin, toisessa päädyssä oli pieni kauppa, kävimme ostamassa sieltä namia. Jäin vielä toviksi katselemaan, mitä kaikkea siellä oli, mutta serkku veti jo kädestä, alahan tulla sieltä.

Setä tulikin juuri rappusille huutelemaan meitä syömään ja ihmetteli, että kuinkas kauan teillä jäätelön syönti oikein kestikään, taisitte unohtua katselemaan näyteikkunoita. Kerroimme kuitenkin, että kävimme katsomassa uimarannan.

Leila-täti oli ehtinyt laittaa ruoan ja kattaa pöydän, eikä meitä tarvinnut kahta kertaa käskeä, sillä emme olleet huomanneetkaan, kuinka kova nälkä meille oli tullutkaan.

Minua ihmetytti, miten pöydässä tarjolla oleva maito oli ruskeassa pullossa, eikä kannussa niin kuin kotona. Täti selitti, että maitolähetti käy tuomassa aikaisin aamulla rappusille täydet maitopullot ja ottaa samalla mukaansa tyhjät pullot, jotka hän on illalla huuhtonut ja laittanut rappusille odottamaan lähettiä. Olisi kuulemma ollut mahdollista myös hakea maito kaupasta, olisi ottanut mukaansa oman astian, johon kaupassa olisi sitten mitattu haluttu määrä maitoa, mutta kotiin valmiiksi kannettu maito oli helpompi keino.

Niin vietin ensimmäistä kaupunkireissuani, siitä jäi mieleen monta hauskaa ja iloista muistoa. Jäi siitä myös monta kysymystä pyörimään mielen päälle, kun ei oikein osannut kaikkea selittää itselleen, että mitenkäs kaupungissa toimii se asia tai jokin muu. Eikä niitä oikein osannut tai kehdannut kyselläkään, paljon jäi kysymyksiä. Aika siellä kuitenkin kului niin, ettei oikein huomannutkaan.

Mummokin oli käynyt kaupungilla, omilla ostoksillaan ja saanut toimiteltua muitakin asioitaan. Mummo haasteli minulle yhtenä päivänä ruokailun jälkeen, että kyllähän meidän pitäisi jo kotia kohti lähteä, olimmehan me oltukin monta päivää ja yötä vieraisilla, ja pitäähän isäntäväenkin päästä omiin oloihinsa.
Aamuautolla lähdettiin, kassit olivat ja pakattu illalla valmiiksi. Mummon silmänurkassa oli kyyneleitä, mutta minä en sanonut mitään. Halattiin ja hyvää matkaa siinä kaupungin sukulaiset toivottelivat, ja kotiin terveisiä lähettivät, luvattiin nähdä pian. Me serkukset vilkuteltiin, miten sen ikävän muutenkaan osaisi kertoa. Pian matkasimme linja-autossa, kaupungista maalle. Mukava reissu, sanoin mummolle. Niin oli, ja näin hänen kasvoillaan eron haikeuden. Painauduin mummon kylkeen kiinni, oli ikävä, mutta siinä oli niin turvallista olla. Tuntui, kuin suuri maailma olisi jäänyt taakse. Arki palasi, tutut leikit ja jutut. Ehkä huomenna mennään marja- tai sienimetsään, tai postilla käydään.

Sienimetsässä

Sienimetsässä, siellä samoilimme mummon kanssa usein. Haapa-, karva-, ja kangasrouskuja usein miten vain kerättiin. Taas kerran vedimme kumikengät jalkoihin ja puettiin takit päälle. Sieniastiat mukaan ja läksimme astelemaan metsään. Eipä menty sillä kertaa edes kauaksikaan, lähimetsä kutsui meitä. Mummo sanoi, katsopas tuonne, ja siellähän niitä sieniä kasvoi, tiheän, nuoren kuusikon, oksiston alla. Polvistuin ihan kyyrylleni, oi, niitä oli paljon, ihan hirveän paljon. Mummo sanoi, ettei pääsisi polvillaan ryömimään kuusikon alla, ei tuo selkä, eikä polvet kestäneet. Minä halusin mennä, otin astian mukaan. Lapoin sieni, sienen jälkeen astiaan, ryömin ja könysin polvillani eteenpäin ja keräsin sieniä, kunnes astia oli täynnä. Tulin näyttämään sienisaalista mummolle. Hyvä hyvä, tuolla olisi kyllä toinenkin sankko täytettäväksi. Kiersin kuusikkoa ja kuljin sen toiselta puolen kontaten alaoksien alla, ja kyllä, sain kerättyä aivan yhtä paljon sieniä, kuin edelliseltäkin puolen. Kuusien alustat olivat osittain vihreän sammaleen peitossa, pehmeää se oli, eikä polvet menneet edes naarmuille, ja taas ämpäri oli täynnä. Mummo, mummo, missä olet huutelin. Mummoa ei näkynyt, ei kuulunut missään, hätäännyin ja kuljin vähän matkaa eteenpäin ja huutelin vieläkin kovemmalla äänellä, niin että metsä raikui, sieltähän mummo vihdoin vastasikin, että täällä. Kiirehdin katsomaan, mitä mummo siellä oikein puuhasteli ja näin, että myös hänellä oli sangollinen sieniä, olihan niitä löytynyt muualtakin kuin kuusikon alta. Mummo arveli, että onpa meillä nyt kotiin kantamista ja puhdistamista, kyllä meidän täytyy nyt jo lähteä kotiin. Olisin halunnut vielä ryömiä kuusien alta sieniä, niitä jäi sinne vielä, vaikka miten paljon, mutta mummo oli sitä mieltä, että tulisimme uudelleen, sitten toisen kerran.

Meillä ei ollut minkäänlaista veistä mukana, jolla olisimme voineet siivota sienet jo metsässä, joten meille kertyi turhaakin kannnettavaa kotiin.

Sienimetsässä oli kyllä mukavaa olla, kävimme siellä joskus myös isän ja veljeni kanssa. Kun saavuimme kotiin, niin siellä odotti päiväkahvit, ja sitten kahvin jälkeen sieniveitset vain käteen ja töihin, mummo kyllä opasti, miten toimittaisiin.

Ensimmäinen koulupäivä

Miltäs se tuntuu nyt, kun sinäkin kohta kouluun lähdet, sitä kyselivät toiset ja itsekin sitä välillä mietin. En minä oikein tiennyt, miltä se tuntui, ajatuskin vähän jo jännitti, kuvitelmat pyörivät päässä. Kouluunlähdön aika lähestyi aina vaan lähemmäksi, koulureppukin oli jo hankittu valmiiksi, enää yksi yö.

Aamulla äiti kävi herättämässä aamupalalle, syöhän hyvin, että sitten jaksat. Voileivät äiti oli tehnyt jo valmiiksi, maitopullokin reppuun laitettuna, koulusta sai sitten lämpimän ruoan. Äiti kiirehti lypsämään lehmät ennen lähtöä, saattaisi minut sitten kouluun, kun en halunnut yksin mennä.

Kello on noin paljon, meidän pitäisi jo joutua lähtemään, hoputti äiti.

Viimein lähdettiin matkaan, reppu vain selkään ja tuttua tietä pitkin lähdettiin yhdessä kävelemään. Tie, mitä pitkin olin kulkenut, usein miten mummon kanssa, postille taikka kauppa-autolle, olikin muuttunut minulle koulutieksi.

Vanhan harmaan hirsitalon pihalle tultiin, talosta oli annettu yksi huone alakoululaisille. Tuletko sitten hakemaan minut täältä, kysyin äidiltä arkana, itku kurkussa. Kävisikö niin, että tulisit yhtä matkaa naapurin tyttöjen kanssa, kun kotona on ne pienemmät perään katsottavat, kyllä sinä pärjäät, äiti rohkaisi minua. En minä oikein tiennyt pärjäänkö ja jäi niin kova ikävä ja paha mieli.

No tulehan, mennään sisälle kouluun, äiti ohjaili minua koulun ulko-ovella. Äiti koputti luokkahuoneen ovelle ja astuimme sisään. Anteeksi, ollaan vähän myöhässä.

Opettaja tuli tervehtimään, ei se mitään, kyllä tänne ehtii.

Siinä sitten sanottiin heipat, äiti painoi oven kiinni ja oli poissa.

Opettaja osoitti minulle tyhjää pulpettia, minne minun piti mennä

istumaan. Opettajatar oli hyvin ystävällinen meitä kaikkia oppi-
laita kohtaan.

No niin, nythän kaikki oppilaat ovatkin tulleet, joten voidaankin
aloittaa, sanoi opettaja kuuluvalla äänellä. Ihan ensin jokainen
vuorollaan nousee pulpettinsa viereen seisomaan ja sanoo kuu-
luvasti oma nimensä.

Katselin oppilaita, melkein kaikki olivat tuntemattomia, niin
kuin myös luokkahuone ja opettajakin. Kova ikävä valtasi minut,
kyyneleet pyrkivät esiin, mutta enhän voinut itkeä kaikkien näh-
den. Lähtisin täältä, vaikka juoksemaan karkuun, mutta en kui-
tenkaan uskaltanut, mitä siitäkin seuraisi. Olin vihainen äidille-
kin siitä, että oli jättänyt minut yksin tänne, eikä sitten tule
hakemaan pois. Oli se kyllä puhuttu jo edeltä käsin, ettei äidit voi
jäädä kouluun, vaikka nyt tuntui kyllä siltä, että olisi pitänyt.

Olin kuin sumussa, istuin pulpetissani, enkä oikein muista, mitä
kaikkea sinä päivänä tehtiin tai mitä muuta kysyttiin, kuin nimi.
Se jäi mieleen, että oman pulpetin ääressä välillä ruokailtiinkin.
Välitunnilla me tytöt vain ujoina ja uteliaina pälyiltiin toisiamme,
olimme kuin jähmettyneinä paikoilleen. Pojilla lähti leikit pa-
remmin käyntiin, heillä oli puhe ja äänikin käytössä. Kun kellon
kilkatus kuului, tiesimme, että välitunti oli loppunut. Sen muis-
tan, että saimme jokainen aapisen, vihkon, kynän ja kumin, mit-
kä me sitten laitoimme pulpetin kannen alle säilöön. Ensim-
mäisenä päivänä vain tutustuimme ja harjoittelisimme koulussa
oloa.

Sitten opettaja ilmoittikin, että ensimmäinen koulupäivä on
päättynyt, nyt voitte lähteä kotiin, huomenna taas nähdään. Ilon
tunne valtasi mielen ja kohta jo oltiinkin kotimatkalla naapurin
tyttöjen kanssa. Oli ihana aukaista kotiovi, ja paha mielikin oli jo
laantunut.

Kuinka ensimmäinen koulupäivä sujui, vanhemmat utelivat. Saatoinhan vastata siihen, että ihan hyvin. Totuushan oli se, etten muistanut siitä paljoakaan. Olin istunut pulpetissa arkana, kuin pelottavassa sumussa, ikävöiden kotiin, mutta ensimmäinen koulupäivä oli nyt takana päin ja olin selvinnyt siitä. Olisikohan huomenna jo vähän helpompi lähteä kouluun.

Toinen koulupäivä

No nyt sitä koulunkäyntiä riittää tästä eteenpäin, tuumasi isä ja hymyili veitikkamaisesti. Hymyilin minäkin takaisin, vaikka edellisenä päivänä ei naurattanut.

Aamuherätys, samat aamutoimet ja eväät valmiiksi reppuun.

Äiti, tänään sinun ei tarvitsekaan saattaa minua kouluun, sovittiin naapurin tyttöjen kanssa, että isolla maitolaiturilla tavataan ja mennään siitä sitten yhdessä. Hyvä, hyvä, äiti oli mielissään, niin saan jatkaa navettatöitäni rauhassa.

Neljä kilometriä oli koululle matkaa. Reput selässämme kävelimme, uusien koulukavereiden kanssa hiekkatietä pitkin, jutellen ja pohtien, mitähän siellä koulussa tänään. Minulle selvisi sekin, että ensimmäinen koulupäivä oli jännittänyt toisiakin. Minusta tuntui kuitenkin, että ei ehkä niin paljon, kuin minua.

Huomenta, opettaja sanoi hymyssä suin, tervetuloa aloittamaan toista koulupäivää. Silloin minusta alkoi tuntua, ettei häntäkään tarvinnut ujostella, niin kuin eilen.

Löysimme kaikki omat istumapaikkamme, laitoimme reput pulpetin sivussa olevaan koukkuun.

Tänään otamme sitten aapiset esiin ja alamme opettelemaan kirjaimia, aloitti opettaja oppitunnin. Kuinkas moni teistä osaa lukea, viitatkaa, no entäs kirjaimia ja opettaja jatkoi, nytpä me aloitetaankin ihan aakkosten ensimmäisestä kirjaimesta, mikähän se mahtaa olla, kukas tietää. Kun teiltä kysytään jotain ja jos tiedätte vastauksen, niin viitatkaa. Hyvä, niin, sehän on A.

Oli paljon keveämpi mieli, opettajakin tuntui jo tutummalle. Välitunnilla kävi jo sipinä ja supina tyttöjenkin kesken, ja koulupäivä kiirehti joutuin ohi. Mietin mielessäni ja ajattelin, että kyllä minustakin vielä koululainen tulee.

Syksyinen koulumatka

Koulun syyslukukausi alkoi syyskuun ensimmäisenä arkipäivänä. Kouluviikot olivat kuusipäiväisiä, vain sunnuntai oli vapaa koulusta. Lauantaina koulupäivä loppui aikaisemmin, kuin muina päivinä ja se tuntui kivalta. Koulunkäynnistä alkoi tulla, ensimmäisten viikkojen jälkeen, normaali olotila ja se hallitsi elämää. Syksy eteni ja aamut ja illat pimenivät. Kun aamulla olin lähdössä kouluun olikin pimeää ja kun koulupäivä päättyi, niin kotiin päästyäni ulkoleikeille ei jäänyt paljon aikaa, koska pimeä tuli aikaisin.

Koulumatkaan piti varata tunti ja kotimatkaan saattoi mennä hiukan kauemmin, riippuen, mitä milloinkin keksittiin naapurin tyttöjen kanssa. Meille kyllä sanottiin, niin koulussa, kuin kotonakin, että koulumatkalla ei saa jäädä virottelemaan mihinkään, vaan on kuljettava suorinta tietä kotiin.

Aamuisin olisi kyllä nukuttanut, joskus ei olisi jaksanut herätä niin aikaisin pukemaan ja syömään aamupalaa. Sunnuntaina sain kuitenkin nukkua niin pitkään, kuin nukutti, mutta kyllä aikaiseen heräämiseenkin vähitellen tottui, ulkovaatteet päälle, reppu selkään ja menoksi. Toisinaan minua piti hoputtaa, että alahan joutua, ettet myöhästy koulusta.

Kilometrin verran oli matkaa naapuriin, mistä oli myös kouluun lähtijöitä. Joskus olin jo niin ajoissa, että menin naapuriin sisälle, tuvan penkille odottamaan toisia kouluun lähtijöitä. Yleensä me kuitenkin tavattiin tyttöjen kodin tienristeyksessä.

Naapurista kylän yhteiselle maitolaiturille oli enää vain pieni matka, siitä jatkoimme isompaa tietä pitkin, mikä johti koululle. Matkalla nähtiin toisiakin kouluun menijöitä, joskus meitä oli isokin porukka kulkemassa yhtä aikaa.

Kyllähän minua välillä pelottikin kulkea koulumatkaa yksin, kun syksyn ja talven aikaan oli aamuisin pimeää. Saatoin juostakin, että nopeammin jouduin yksinäisen matkan.

Eräänä aamuna läksin taas kouluun, matkalla hämärästä metsästä alkoi kuulua ääniä, rasahtelua ja rapinaa, metsässä liikkui jokin ja minua alkoi pelottaa ja itkettää, enkä minä uskaltanut jatkaa matkaa, vaan käännyin ja juoksin takaisin kotiin. Mummo oli kotona sisällä ja äiti navettatöillään, isä oli lähtenyt jo savotoille. Itkin ääneen pärskyen ja juoksin mummon syliin. Mikä oikein on hätänä, miksi sinä et ole mennyt kouluun, kyseli mummo ja yritti saada selvää itkunsekaisesta puheestani, mutta minä vain itkin ja itkin, viimein sain sanottua, en uskalla mennä kouluun, metsässä on jokin, mikä liikkuu ja pitää ääntä. Pelottaa.

Vaikka kuinka mummo yritti rauhoitella, kävi sitten äidinkin hakemassa navetalta sisälle. En suostunut lähtemään kouluun, vaikka he sanoivat, ettei minun tarvitsisi pelätä ja että minä saatoin vain kuvitella kaiken. Pitkien suostuttelujenkaan jälkeen en suostunut lähtemään yksin. Äiti sanoi, että kun on lehmien lypsykin kesken, eikä maidot joudu meijeriin, eikä millään ehtisi nyt saattamaan minua.

Viimein mummo sanoi lähtevänsä, vähäksi matkaa, kaveriksi. Niin kuljimme käsikädessä ja juttelimme niitä näitä, mummo sanoi, ettei pimeää tarvitse pelätä, silloin vain kaikki näyttää toisenlaiselle ja mielikuvitus tekee tepposiaan.

Olimme kulkeneet jo jonkun matkaa, kun mummo kysyi, kerroppa missä kohtaa sinua alkoi pelottamaan, katsotaanhan sitten yhdessä, mitä siellä voisi olla.

Kohta se on, tuolla, osoittelin mummolle. Mummo pyysi näyttämään paikan tarkemmin. Näytin tien lähellä olevaa tummaa möykkyä ja sanoin, tuo se on. Se näytti liikkuvan, ihan varmasti, ja siellä oli jokin, koska kuului ääniäkin. Mummo rauhoitteli minua ja selitti, kuulepa, se kun on vain tuollainen iso kanto, ja kun on pimeää ja vähän pelottaa, niin se vain laittaa mielikuvituksen liikkeelle ja kaikki näyttää ihan toisenlaiselta, kuin päivänvalossa. Mummon selitykset olivat kyllä varmaan ihan hyviä, mutta kun minä pelkäsin ja minua alkoi siltikin vielä itkettämään. Mummo sanoi vielä tovin kävelevänsä seuranani ja niin pääsimme maitolaiturille saakka. Koulukaverit olivat ehtineet jo mennä kouluun.

Mummo ehdotti, että tästä sinä varmaan jo uskallat jatkaa matkaa itseksesi.

Sanoin mummolle, että haluaisin kyllä sinun saattavan minut koululle asti, mutta mummo kuitenkin vain taputti olkapäälle kehottaen, jatkahan tästä reippaasti ihan itseksesi. Vilkutimme toisillemme, niin kauan kuin vain näimme toisemme.

Jatkoin kävelyä ja mietin, että vielä tästä matkaa riittää. Kunhan pääsen tuon metsän ohi, tulee puro, kuljen sitten vielä jonkun matkaa, niin tulee toinen puro, sitten on talo ja sen jälkeen toinen talo. Välillä mieleen hiipi ajatus, entäs jos metsästä tulee susi, ahma, tai puusta hyppää ilves ja syö minut. Tulin ensimmäisen talon kohdalle, eikä enää pelottanutkaan niin paljon, voisinhan juosta taloon suojaan, jos. Vielä oli matkaa, koulu jo kohta näkyi, viimeinkin. Olin myöhässä, toiset olivat jo aloittaneet. Koputin oveen ja pyysin anteeksi, kun olin myöhästynyt, mutta en kertonut miksi, ajattelin, että sitä minä en kerro.

Myöhästymisiä minulle sattui joskus myöhemminkin, ja kävi minulle vielä joskus niin, että olin kulkenut pienen matkaa kotoa ja pelko oli pakottanut minut palaamaan takaisin. Pyysin mummoa, voisiko hän käydä saattamassa minua. Ei mummo aina lähtenyt saattamaan, rohkaisi menemään yksin. Saattoi mummo joskus sanoa pyytämättä, että hänpä lähtee tänä aamuna saattamaan sinua kouluun, alkumatkan.

Kävelymatka kapeaa tietä melkein kilometri, keskellä metsää, ennen kuin pääsin naapurin tyttöjen kodin kohdalle. Aina ei koulumatkalla ollut kavereita ja jouduin kulkemaan koko matkan yksin. Pelottavin osa koulumatkasta oli kuitenkin tuo isolta maitolaiturilta alkava, synkän metsän halki kulkeva, tie. Toisinaan etsin tien varresta kepin, jolla voisin hätistellä sudet, ahmat ja muut kummitukset, jotka yrittäisivät minun kimppuuni. Joskus minulla oli pelkokepit molemmissa käsissä.

Monesti pimeinä syys- ja talviaamuina, kun olin lähdössä kouluun, seisoin kuistilla ja katselin pimeään, ajatellen, minun täytyy uskaltaa mennä, en saa ajatella mitään pelottavaa, vaikka pelottikin. Oli pakko mennä. Ja niin minä läksin koulutielle.

Tähystelin ympärilleni metsään, näkyikö siellä vaaraa ja katselin puiden oksille, ettei siellä ole vaikka ilves. Käännyin katsomaan välillä taakseni ja joskus sieltä saattoikin olla kävelemässä joku toinen kouluun menijä. Silloin lennätin kepit rivakasti tienpenkalle, toivottavasti ei ehtinyt näkemään. Vähän nolona kävelin eteenpäin ja ajattelin, että nythän minulla onkin turvallista. Joskus kuorma-auto, Sisu, ajoi ohitse, heitin kepit käsistäni siksi aikaa, kunnes auto oli ajanut ohitseni.

Liikennettä oli vähän, kun niin harvalla oli oma auto. Meijeriauto ajoi aamuisin, ja linja-auto aamuin ja iltapäivisin, mopomiehiä ja polkupyöräilijöitä, sekä hevospelillä kulkevia näki harvakseltaan tiellä. Keväällä, kun oli valoisaa, koulumatkakaan ei tuntunut pelottavalle. Saatoin tehdä koulumatkan polkupyörällä, kun ensin olin opetellut ajamaan, ja välillä taas kuljin kävellen. Onneksi oli kavereita, ei aina tarvinnut yksin taivaltaa.

Joskus olin niin väsynyt koulupäivän ja -matkan jälkeen, että kotiin tultuani menin sängyn päälle ja olin saattanut nukahtaa siihen heti, eikä äitikään ollut raaskinut herättää nukkuvaa.

Kerran sattui niin, että olin koulupäivän jälkeen nukahtanut mummon sängylle päällysvaatteet päällä. Havahduin saunalla, kun äiti puisteli minua takin hihasta ja kysyi, mitä varten sinä yks' kaks juoksit saunalle. Voi hyvä lapsi, unissasikos juoksit, ei tänään ole lämmitetty saunaa, katohan nyt, sauna on ihan kylmä, lähetäänhän yhessä sisälle tupaan.

Naapurin vihainen lehmä

Jos talvella minun piti pelätä koulumatkan kulkemista yksin pimeässä, jolloin mielikuvitus pääsi monesti valloilleen, niin kesäaikaan minulla oli ihan oikea pelon kohde. Naapurin vihainen lehmä.

Keväällä, kun aurinko alkoi toden teolla lämmittää ja lumet sulivat, koivuihin kasvoi hiirenkorvat, ruoho kasvoi ja muutti laitumet vihreiksi, niin silloin naapuri laski lehmät ulos, koulumatkani varrella sijaitsevaan aitaukseen. Toki lehmät laidunsivat aidatulla alueella, käyskentelivät suuntaan jos toiseen ja olivat välillä näkymättömissä metsälaitumen kätköissä.

Laidunalue ulottui tien molemmille puolin, tien toisella puolen, heti ojan takana oli tien suuntainen kiviaita, joten lehmät laidunsivat vain tien toisella puolen, mutta ne pääsivät kuitenkin vapaasti tielle. Kiviaita toimi siten myös laitumen aitana, muilta osin aita oli piikkilanka-aitaa. Kahteen kohtaan tien poikki oli tehty saranoilla toimivat portit, mitkä oli avattava ja suljettava mikäli autolla tai hevospelillä aikoi ajaa tietä pitkin. Kouluun päin mennessä naapurin talo jäi tien vasemmalle puolelle ja näkyi kiviaidan takana. Talon puolella, ennen talon pihatien risteystä, oli laitumesta aidalla eristetty lehmien lypsypaikka. Lypsyn jälkeen lehmät päästettiin aitauksesta takaisin laitumelle ja monesti lehmät jäivät vielä käyskentelemään ja märehtimään aivan tien varteen. Minä jouduin ohittamaan tuon lypsypaikan koulumatkalla ja muulloinkin kun olin menossa naapuriin koulukavereiden luo tai postitalolle. Monesti olin katsellut, ohittaessani lypsypaikan, että siellä ne lehmät makoilevat kaikessa rauhassa, aamulypsyn jälkeen.

Eräänä aamuna kävi sitten niin, että yksi lehmistä huomasi minut tiellä kulkemassa ja lähti perääni juoksemaan. Pelästyin ja juoksin niin kovaa minkä jaloista irti lähti, onneksi aita tuli vastaan ja portti, minkä aukaisin kiireellä, ja kun olin juuri päässyt portista, niin lehmä oli ehtinyt portin toiselle puolen ja seisoi siinä sieraimet laajenneina puhisten. Sydän jyskyttäen katselin vihaista lehmää ja se minua. Onneksi se ei saanut minua kiinni, kuinkahan siinä olisi käynytkään. Reppu selässä läksin jatkamaan matkaa kouluun ja mietin, kuinka uskallan mennä lehmien ohi kotiin. Ainako pitää pelätä jotain, ajattelen surullisena. Useamman kerran sama lehmä oli lähtenyt perääni, muut lehmät jatkoivat omaa olemistaan, eivät ne välittäneet minusta. Pelkäsin kovasti ohittaa lehmiä, joskus koitin kiertää niitä, kulkien omia reittejäni metsän kautta. Kotimatkalla saatoin viivytellä pitkäänkin portin takana, kunnes uskaltauduin kulkea porttien välisen tiematkan. Kun äiti sitten kotona kysyi, miten koulumatka olikin kestänyt niin pitkään, niin kerroin vihaisesta lehmästä. En tiedä, ymmärsikö äiti sitä koko juttua vai ajatteliko, että kerroin vain satuja.

Aikaa oli kulunut, ja olin taas joutunut vihaisen lehmän takaa-ajamaksi. Lehmä puhisi ja huokui ihan omituisesti aivan selkäni takana, kun olin ehtinyt juuri ja juuri kiipeämään kiviaidan päälle, portille asti en olisi kerennyt juosta. Katselin sieltä korkealta, kivien päällä, kuinka lehmä vihoissaan kuopi sorkillaan maata. Se puhkui uhkaavasti ja äänteli, puski päällään maata. Seisoin kiviaidan päällä hievahtamatta ja vaikka pelotti, siellä tunsin kuitenkin olevani turvassa. Jonkun ajan päästä lehmä rauhoittui ja kääntyi pois päin, kääntäen vielä kerran päätään ja katsoi minua, palasi sitten toisten lehmien luo. Viimein uskalsin tulla kiviaidalta alas ja jatkoin matkaa, vilkuillen välillä taakseni.

Eräänä toisena päivänä huomasin, että lehmien kaveriksi laitumelle oli laskettu hevonen. Säikähdin kamalasti, kun se laukkasi hurjaa kyytiä tannerta pitkin. Ei se varmaan välittänyt minusta, vaan siellä se oli lehmät seuranaan, kesälaitumella. Katselin hevosta etäämmältä ja ajattelin, että on se vaan niin iso ja uljaan näköinen, hamutessaan turvallaan heinää syötäväksi. Hevonen ei ollut kulkuani mitenkään häirinnyt, mutta kun se juoksi, ravasi vauhdilla eteenpäin, minua pelotti, jäänkö vaikka sen jalkoihin, en tiennyt. Kesävapauttaan se vain juoksee, on iloinen, ja minä taas pelkäsin sitä. Vihainen lehmä oli saanut minut pelkäämään hevostakin, mutta en minä oman kodin eläimiä pelännyt, ne eivät olleet vihaisia.

Kerroin koulukaverilleni heidän vihaisesta lehmästään ja hän kertoi, että varsinkin punainen vaate tekee sen levottomaksi, silloin se saattaa lähteä juoksemaan perään, ja tehdä kaikkea sitä, mistä kerroin.

Olin alkanut nähdä painajaisia yöllä, mummo herätteli, kerta toisensa jälkeen. Kun jälleen kerran itkin unissani, herätteli mummo minut ja kysyi, näitkö pahaa unta. Kerroin, kuinka lehmät ja hevonen ajavat minua takaa ja minä vain juoksen ja juoksen pakoon. Aina ne olivat vähällä saada minut kiinni. Siinä itkin, istuin sängyllä, yöpaita hiestä märkänä. Mummo silitteli märkiä hiuksiani ja sanoi lohduttaen, tulehan Liisa, tänne mummon kainaloon. Siihen olin sitten nukkunut ja aamulla yöpaitakin oli jo ihan kuiva.

Oli toukokuinen koulupäivän aamu, enkä halunnut pukea punaista paitaa päälleni ja äiti ihmetteli miksi en. En vaan halua, sanoin ja kuitenkin lisäsin siihen, että vihaisen lehmän takia. Ei ole nyt muuta paitaa puhtaana, en ole ehtinyt pestä pyykkiä. Minä pidin pääni, enkä pukenut punaista paitaa, vaan menin ja kaivelin likapyykistä toisenvärisen paidan.

Meille tulee vauva

Meille tulee vauva, sanoivat äiti ja isä melkeinpä yhteen ääneen, samalla katsoen toisiaan, hymyillen ja odottaen uteliaina, miten vastaisin heidän ilmoitukseensa. Alkuun olin epäuskoinen, enhän ollut huomannut mitään vauvan tuloon viittaavaa, enkä oikein uskonutkaan ja epäilin, että narraavat. Äiti silitteli iloisen näköisenä vatsaansa, mikä oli ihan pyöreän näköinen ja isä lisäsi vielä, että siellä se vauva on, äidin vatsassa.

Siitäkös minä mieleni pahoitin, ensimmäisenä tuli tunne, että vauva tulee vain sotkemaan kokonaan meidän perheen elämän. Minä en halunnut enää lisää lapsia kotiimme, kun meitähän oli nyt jo kolme, ihan riittävän monta. Sittenhän meitä olisi jo aivan liikaa. Tämän totesin ääneen, johon äiti vastasi kysymällä, että kenetkä sinä sitten antaisit pois. Kysymys oli sellainen, etten minä osannut sanoa siihen mitään. Äiti ja isä vaan jatkoivat keskustelua naureskellen keskenään ja tuumivat, että kyllä se vauva nyt vaan syntyy. Silloin minä suutahdin tosissani ja sanoin heittäväni vauvan pois.

Vanhemmat juttelivat siinä vielä kaikenlaista, mistä minulle ei ole jäänyt mitään mieleen, mutta sen muistan, kun he sanoivat minun vielä tottuvan ajatukseen, että vauva on tulossa.

Kesä alkoi kääntyä lopuilleen ja samalla ensimmäinen kesälomanikin. Aloittaisin syyskuun alussa toisen kouluvuoteni.

Kesä meni ja äidin vatsa oli kasvanut valtavan isoksi, ja sitten eräänä päivänä äiti sanoi, että vauvan syntymän aika alkaa olla käsillä ja olisi aika lähteä laitokselle. Me kaikki muut sisarukset olimme syntyneet kotona, mutta tämä lapsi syntyisi kaupungin isossa sairaalassa.

Vanhemmat olivat valmistelleet kaupunkireissua etukäteen siten, että he menisivät vierailemaan isän veljen luo, joka asui perheineen kaupungissa, ja kun aika tulisi, niin äiti menisi sieltä laitokselle. Meille oli tullut jo päivällä minun, jo monta vuotta vanhempi, Helvi-serkku hoitamaan kotitöitä mummon avuksi, siksi aikaa kun vanhemmat olisivat kaupungissa. Lähdön piti tapahtua seuraavana aamuna, mutta illalla äiti jutteli isälle, että taitaa vauvan syntymä alkaakin jo ennen aamua.

Isä läksi niiltä sijoilta naapuriin soittamaan kyydin, pirssin eli taksin. Ei kauaa, kun pirssi sitten tuli pihaan, niin alkoi äidin ja isän matka yötä vasten kaupunkia kohden.

Isä palasi parin päivän päästä linja-autolla kotiin. Hymyissä suin isä kertoi meille ilouutista, että nyt teillä on sitten pikkuveli. Isä kertoi myös, miten matka oli mennyt. Menomatkalla äiti oli viety suoraan laitokselle ja isä oli jatkanut sieltä, samalla pirssillä, veljensä luo. Seuraavana päivänä isä ja setä olivat käyneet laitoksella katsomassa äitiä ja meidän uutta velipoikaa.

Minusta tuntui, että äiti oli ollut vaikka kuinka kauan poissa kotoa ja minulle oli tullut jo ikävä äitiä. Siihen aikaan vastasyntynyttä ja äitiä pidettiin yli viikko laitoksella ennen kuin pääsivät kotiin. Pikkuveljeä en osannut ikävöidä, koska minulla ei ollut minkäänlaista mielikuvaa hänestä, enhän ollut edes vielä nähnyt pikkuveljeä, en ollut tottunut ollenkaan koko moiseen ajatukseen. Sitten tuli päivä, jolloin isä kertoi äidin tulevan vauvan kanssa kotiin. Isä meni taas naapuriin soittamaan pirssikuskille, että nyt olisi sitten aika lähteä hakemaan kaupungista äiti ja vauva kotiin. Minua alkoi jännittää koko touhu, enkä oikein tiennyt mitä ajatella, tai tehdä.

Aikanaan pirssi ajoi kotipihaan, kuljettaja nousi avaamaan ovia. Isä ja äiti nousivat auton kyydistä. Äiti kantoi pientä nyyttiä sylissään sisälle tupaan ja laski sen tuvan sängyn päälle. Ihan ensimmäiseksi äiti alkoi purkaa nyyttiä, avaten päällimmäisinä olevat, lämpimät, peitteet päältä ja sieltä peitteiden sisältä ilmestyi esiin pieni vauva.

Äiti meni riisumaan päällysvaatteitaan ja minä menin istumaan sängyn reunalle, katsomaan pientä ihmetystä. Kertaheitolla ihastuin vauvaan, enkä osannut sanoa yhtään mitään, tuijotin vaan sanattomana vauvaa. Illalla isä alkoi kyselemään, vieläkö minä olisin sitä mieltä, että heittäisin vauvan pois. Pyöritin vain päätäni ja olin ihan hiljaa. Isää vähän hymyilytti.

Äiti uteli, haluaisinko pitää veljeä sylissäni, ja halusinhan minä. Istuin sängyn päällä, äiti nosti varovasti vauvan syliini ja sanoi, että niskaa on tuettava, ettei pää pääse retkahtamaan.

Siinä minä katselin vauvan pientä naamaa, kahvikupin kokoista. Kuului tuhinaa ja siinä se nukkui silmät kiinni ja tuoksui ihan kummalliselle. Sanoivat sen olevan vauvan tuoksua, kuulemma. Olisin kyllä halunnut pitää vauvaa sylissäni vielä kauemminkin, mutta sitten huomenna lisää, oli nukkumaanmenon aika ja vauva piti vielä syöttää ja hoitaa muutkin iltatoimet ja olihan minullakin aamulla kouluun lähtö.

Minä kävin koulua ja pikkuveli kasvoi. Ristiäisetkin pidettiin syksyn mittaan, ja pikkuveljemme sai nimekseen Rauno. Halusin ja jouduinkin olemaan paljon pienen veljeni kanssa. Hänestä oli minulle paljon iloa, kun syötin ja hoidin häntä. Oli mukava seurata, miten hän kasvoi ja ei kauaakaan, kun Rauno alkoikin jo kontata latialla ja seurata mukana.

Pitihän Untonkin osallistua hoitamiseen omalta osaltaan, olihan meillä nyt kaksi nuorempaa sisarusta.

Vuosi alkoi olla Raunon syntymästä ja oli aika harjoitella ensi askeleita, ensin seisomaan jotain tukea vasten, sitten ensim-

mäisiä haparoivia askelia. Äiti alkoi ihmetellä, miksi pojan toinen jalka taipui niin oudosti. Äiti ei aikaillut, vaan käytti Raunoa kirkonkylällä neuvolassa. Olihan neuvolassa käyty useammankin kerran vuoden aikana, mutta ongelmaa ei oltu silloin vielä huomattu, koska seisomaan nousu vasta odotutti itseään.
 Neuvolasta heidät oli ohjattu menemään lääkärin vastaanotolle. Kirkonkylän lääkäri ei pystynyt määräämään hoitotoimenpiteitä ja niin alkoi käynnit keskussairaalassa. Jalkaa tutkittiin ja todettiin lopulta, että se vaati leikkaushoitoa, mutta leikkausta ei voitu tehdä ennen, kuin lapsi olisi kolmevuotias.

 Minä pakersin käydä koulua, hoidin pikkuveljeä ja samalla myös pikkusiskoa, jonka perässä joutuikin joskus pitämään kiirettä, olihan Annikki aika vauhdikas ja seurasi meitä vanhempia sisaruksia joka paikkaan.
 Aika kulki omaa tahtiaan ja koitti se päivä, kun sairaalasta tuli kutsu, jossa kerrottiin, että Raunon piti tulla määrättynä päivänä, sille ja sille osastolle, toimenpiteitä varten.
 Niin äiti läksi viemään Raunoa sairaalaan ja oli meillä kaikilla kova ikävä. Oli se ollut myös äidille raskas paikka jättää poika sinne yksin, kertoi äiti tultuaan kotiin, ja kuinka kauheasti Rauno oli huutanut, kun joutui jäämään sinne, aivan vieraaseen paikkaan. Sairaalan käytävillä oli kuulunut ja kaikunut huuto, kun poika ei olisi halunnut jäädä.
 Äiti teki askareitaan allapäin ja surullisena, hätä ja huoli, kuinka poika selviää, onnistuuko leikkaus. Koko perhe oli huolissaan ja ajatukset kääntyivät aina sairaalassa olevaan pieneen poikaan. Jalka leikattiin, ja leikkaus onnistui, mutta kuinka paraneminen. Jalkaan laitettiin kipsi, joka ylettyi pitkälle reiteen. Kipsiä oli pidettävä monta viikkoa.

Meni pitkä aika ennen kuin äiti pääsi käymään katsomassa, ei sieltä maalta silloin, noin vain lähdetty kaupunkiin, perhe ja eläimet hoidettavana ja kyydit kulkivat aika harvakseltaan, eikä pirssikyydillä kannattanut aina kulkea.

Äiti palasi kotiin ja kertoi, kuinka innoissaan oli mennyt sairaalaan poikaa katsomaan, mutta eihän poika edes tuntenut enää, omaa äitiään. Oli yrittänyt ottaa syliin, niin poika halusi vain hoitajien syliin.

Oli se raskas paikka äidille, oma lapsi oli vieroittunut perheestään ja kodistaan, sairaala ja hoitajat korvasivat sen nyt.

Pitkän ajan päästä veli pääsi kotiin, kipsi oli yhä jalassa. Sairaalasta saatiin hoito-ohjeet, ruokailusta lähtien. Pitäisi syödä terveellisesti, jotta parantuminen lähtisi hyvin käyntiin. Minäkin olin ollut kovin huolissani pikkuveljestäni ja nyt otin asian hyvin tunnollisesti hoitaessani häntä. Raastoin porkkanoita salaatiksi muun ruoan sekaan, niin kuin ohjeissa sanottiin, syötin veljeä, silloin kun äiti oli omilla töillään. Kipsi oli vielä pitkään jalassa, se vaan kopsahteli lattiaan, kun veli juoksenteli leikeissään ja yritti aina päästä isompien mukaan.

Aikanaan kipsi otettiin pois, jalka oli parantunut, se jäi vain hieman toista jalkaa lyhyemmäksi. Iloinen veli touhuili seurassamme taas, elämä oli asettunut arkisiin uomiinsa. Ikävä ja huoli hälvennyt.

Tarkastuksissa piti vielä käydä useammankin kerran. Yhdellä käynnillä äiti oli keskustellut Raunoa hoitaneen sairaanhoitajan kanssa ja kysynyt, miten poika oli pärjännyt sairaalassa ollessaan. Hoitaja oli hymyillyt ja kertonut, että kerrassaan hyvin. Hoitaja arveli vielä nauraen, että olisiko pojalle jäänyt, jostain syystä, hampaankoloon jotain lääkäreitä kohtaan, kun kerran lääkäri oli tullut huoneeseen, niin Rauno oli uhannut heittää piimää lääkärin niskaan.

Äiti oli kertonut lääkärille, että Rauno oli ihan väkisin mennyt vanhempien lasten leikkeihin mukaan ja juossut, minkä ehtinyt, tekeekö se jalan paranemiselle haittaa. Lääkäri oli todennut siihen, että ei lapsi juokse, jos se tuottaa kipua, anna pojan juosta, se tekee vain hyvää paranemiselle.

Äiti sairastui

Äitiä alkoi vaivaamaan käsiin ilmestynyt ihottuma, mikä ei helpottanut ahkerasta rasvauksesta huolimatta. Äiti muisteli, että hänellä oli ollut jo lapsuudesta lähtien, aina silloin tällöin, ihottumalaikkuja käsissään, mutta varsinaista selitystä ihottumalle ei ollut löytynyt. Vaiva oli ollut pitkään poissa, muitta nyt se oli alkanut haittaamaan kaikkea tekemistä. Äiti oli käynyt aamulla lypsämässä lehmät, vaikka se olikin tuskallista, käsien rikkonaisen ihon vuoksi, meillä kun äiti oli ainoa, joka lypsi lehmät. Isä teki kyllä kaikki muut lehmien hoitoon liittyvät aamu- ja iltatyöt, lypsää hän ei kuitenkaan osannut. Olinhan minä joskus kokeillut äidin opastamana, miten niitä lehmiä lypsetään, mutta onhan se kymmenvuotiaalle aika rankkaa työtä.

Olin lähdössä kouluun, napitin takkiani kiinni, kun äiti muistutti vielä minua, että hän lähtee käymään kirkonkylällä lääkärissä näyttämässä käsiensä ihottumia, josko niihin saisi jotain apua. Kun sitten iltapäivällä palasin koulusta, isä kertoi, että puhelintalosta oli käyty tuomassa viestiä, että äiti oli pyytänyt sairaanhoitajaa ilmoittamaan, ettei hän pääsekään samana päivänä kotiin, vaan joutuu jäämään sairaalaan, eikä tiennyt milloin pääsee kotiin.

Isä kertoi vielä käyneensä naapurissa kysymässä apua lehmien lypsämiseen. Naapurin emäntä oli vastannut pyyntöön sanomalla hiukan pohtien, kun heillä itsellään on vielä enemmän lehmiä, kuin meillä, mutta tulen, jos ketään muuta ei löydy lypsämään.

Isä oli hetken hiljaa ja kysyi sitten varovasti, jaksaisitkohan sinä lypsää, olethan ollut joskus äidin kaverina.

Lupasin yrittää.

Lehmiä oli, en tarkalleen muista, neljä tai viisi. Otin lypsyjakkaran ja sankon, menin ensimmäisen lehmän luo, asettelin jakkaran sopivasti, istuin jakkaralle ja asettelin sankon jalkojeni väliin niin, kuin äitikin aina teki. Olinhan minä jo lypsänyt äidin kaverina, mutta en kahta lehmää enempää perätysten. Aloin vetelemään vetimistä ja niin ensimmäiset maitosuihkut suhahtivat sankkoon. Isä oli navetalla tekemässä muita navettatöitä sillä välin, kun minä hoidin lypsämisen. Kun olin saanut lypsyn lopuilleen, sanoin isälle, etten enää jaksa, ja viimeinen lehmä jäi huonommalle lypsylle, yksinkertaisesti en enää jaksa puristaa viimeisiä maitotilkkoja. Isä sanoi, ettei sillä ollut niin suurta väliä, kehui ja kiitteli minua hyvin tehdystä työstä.

Seuraavana aamuna minun piti nousta jo tavallista aikaisemmin, että ehtisin lypsää lehmät ennen kouluun lähtöä. Väsytti ja mielessä pyöri äidin jääminen sairaalaan. Viimein sain lehmät lypsettyä ja kävin vain vaihtamassa kouluvaatteet päälle ja otin vähän voileipää samalla. Sitten takki päälle ja reppu selkään ja koulua kohti.

Koulupäivä meni väsyneenä ja välillä oli vaikea seurata opetusta. Kotimatkalla mietin, että jokohan äiti olisi päässyt sairaalasta, mutta kun astuin tupaan, niin ei äitiä näkynyt. Unto oli tullut jo aiemmin koulusta, oli ollut lyhyempi päivä kuin minulla. Kysyin, oliko äidistä kuulunut mitään, niin sain vastaukseksi vain päänpyörityksen.

Oli kulunut jo monta päivää, olin hoitanut aamu- ja iltalypsyt, käynyt välissä koulua. Äiti vain joutui edelleen olemaan sairaalassa, eikä varmaa kotiintulopäivää vielä tiedetty. Valitin isälle olevani hyvin peloissani ja surullinen äidin sairaudesta, mutta isä lohdutteli ja sanoi äidin kyllä paranevan, kun lääkärit löytävät ihottuman aiheuttajan.

Yhtenä päivänä isä sanoi, ettei meillä ollut enää leipää, kuin yhdeksi päiväksi, mistähän me saataisiin leivän tekijä. Kaupassa ei ollut siihen aikaan leipää myytävänä ja kaikissa kylän taloissa tehtiin leipä kotona. Mietin, että nyt meiltä loppuu sitten leipä. Tuntui surulliselta. Vähän aikaa pohdittuani sanoin isälle päättäväisesti, meiltähän ei leipä lopu, minä voin yrittää leipoa, koska olinhan niin monet kerrat nähnyt äidin tekevän leipää, osasi isä myös opastaa, miten leivänjuuri laitetaan happanemaan, paljonko vettä, hiivaa, jauhoja ja suolaa.

Leipäkorvo hierimineen oli noudettu aitalta, taikinan juuri oli valmistettu ja siinä se sai odottaa seuraavaan päivään. Kun tulin seuraavana päivänä koulusta, niin ensimmäiseksi lisäsin taikinaan sopivan määrän jauhoja ja alustin taikinan käsin sopivaksi. Taikinan vaivaaminen kävi kyllä käsivoimille, mutta jaksoinhan minä. Isä osasi laittaa leivinuunin oikeaan aikaan lämpiämään.

Tuvan pöydän kansi oli myös käännetty leivontapuoli ylöspäin ja minä levitin sen pinnalle jauhoja, ettei taikina tarttuisi siihen, ja sitten kaadoin taikinan pöydälle. Jaoin taikinan kahdeksaan yhtä suureen osaan, jokaisesta tulisi yksi leipä. Pyörittelin ja muokkasin taikinapaloja samoin, kuin olin äidin nähnyt tekevän ja niin minulla oli kohta kahdeksan leipää pöydällä, painelin leipiä vielä hiukan keskeltä matalammaksi, siinä saisivat kohota sen aikaa, kunnes uuni olisi valmis.

Isä veti hiilet uunista ja totesi, että kohta leivät voisikin laittaa uuniin paistumaan. Minä voitelin leivät piimällä, aivan kuten olin äidin nähnyt tekevän. Sisälleni tuli lämmin tyytyväisyyden tunne, olin minäkin kuin mikäkin pikkuemäntä. Ajattelin hymyillen, että meiltähän ei leipä lopu.

Isä otti uuninpankolta leipälapion ja taitavasti koukkasi leivän toisensa jälkeen lapiolle ja vei ne yksitellen uunin arinalle paistumaan. Niin ne köllöttelivät kaikki kahdeksan leipää uunin kuumuudessa paistumassa. Luukku kiinni ja tunnin päästä leivät olisivat kypsiä otettavaksi uunista pois. Isä hoiti senkin homman. Tupa oli täynnä ihanaa leivän tuoksua, leivät olivat myös kauniin värisiä, eivätkä olleet pahasti palaneita saati halkeilleita, tuumi isä hymy suupielessä, olimmehan onnistuneet hyvin. Tyytyväisyyden näki isän kasvoilta, ja kuuli hänen äänestä kun kehui minua. Eihän ne olleet yhtä kauniita, kuin äidin tekemät ja taisi tulla hiukan liian vähän jauhoja, kun olivat vähän levinneet ja tarttuneet toisiinsa kiinni. Leipien hiukan jäähdyttyä isä otti yhden leivän ja puolitti sen, leikkasi puolikkaasta siivuja. Silitimme voita lämpimän leivän päälle, voi miten se maistui hyvälle. Perheen pienimmätkin olivat mukana maistelemassa minun tekemääni ihka ensimmäistä leipää.

Sitten odottikin taas navetta. Taisi jäädä sinä iltana kotitehtävät tekemättä, eikä untakaan tarvinnut odotella.

Viikon päivät äiti joutui olemaan sairaalassa, ja palattuaan kotiin olimme iloisia, niin kuin äitikin. Olin kyllä huojentunut, sillä olihan minulla ollut paljon vastuuta sisaruksista vanhimpana, niin pienemmistä sisaruksista, kuin kodin monesta muusta tehtävästä.

Heinäpellolla

Siellä apulaiset hellepaitoinensa isän ja äidin
Tekemisessä työn on tahto heillä aito
haravoin ja hangoin karttuu lapsille tekemisen taito
Yltyy jano käy silloin lähteelle lasten jono
Vesi lähteen makeaa on kuin linnun maito
Tikunvarsi tuohilipin siihen istuu hyvin käsi
Sillä koukkaa kylmän veden paitakin kastuu
Maito piimä kotikalja lähteen syleilyssä
Hyvä sieltä noutaa ruoka-aika kun kellon kertomassa
Nokipannu musta vedestä myös täysi
Nuotiolle oksan nokkaan pian kiehumaan jo käypi
Kohta tuoksu kahvin ruokapaikan luokse leijuu
Perhe heinälatoon käy suojaan auringolta
Nälkäisinä sisältöä tutkimaan repun mukana tuodun
Eväsleivät esille nostaa äiti myös herkkupullat
Maistuu leivät pullat kera pannukahvin makoisalle
Itikat paarmat kärpäsetkin välipalaa tahtoo
Sankoin joukoin lentelevät hamuavat ihmislihaa
Koti täällä suomaisemissa niityn kuusikossa koivikossa
suojaisessa metsikössä on niiden
Kesäpäivä parhaimmillaan iloinen on tunnelmiltaan
Ympärillään suuri luonnon rauha
Kohta isä oikoo pitkällensä hatun vetää silmillensä
Takin tyynyksi vielä alle pään taittaa
Aika ruokalepojen makealle maittaa

Veljen kanssa metsään mennään
Kautta pehmeän sammalpeitteen

Isot kuuset kujaa tekee lauluin visertävät pikkulinnut
Hiljaisuutta metsä kuiskii häiritä sitä ei mieli
Kuin satua vai tottako olomme lie
Hiljaa siinä supatellaan kunnes kiirii ilmaan kutsu isän
Silloin kipin kapin juostaan äidin isän luo
Pajukosta tappitarpeet puukoansa isä käyttää
Vihulaissäkki suuri täyttyvän jo näyttää
Pajupillit soreat vielä vuolee
Laspsillensa suihin soimaan
Sormet pienet pillin huulille vievät
Sävelet pillin oman tunnelmansa tuovat
Seiväsrivi toinen kolmas on ryhti niiden ylväs
Heiluu hangot haravat helteessä vielä hetken
On saatu loppuun heinätyöt päivän pitkän
Laskee äiti seipätä pyöreitä ja pulleita vielä hetken
Tietää mikä on tulos päivän retken
Siinä reput pakataan ja selkään nakataan
on kotiinlähdön aika
Karja odottaa ilta-askareet ja sauna
lapset vielä pieneen leikkiin ryhtyy
viimein tullut on yö aika unien
Nuku nuku nurmilintu väsy väsy västäräkki
lauloi mummo päivän päätteeksi
Kädet ristiin laittaa huulet rukouksihin
Käärii peiton ympärille
laulaa nukkuvalle
nuku nuku nurmilintu väsy väsy västäräkki

Heinätöitä

Kesän keskeisimpiä tapahtumia oli heinänteko, raskas parin viikon kestoinen rupeama, mikä ratkaisi paljon, miten tulevan talven yli päästiin omillaan vai pitikö mennä ostamaan lehmille ja hevoselle lisäheinää. Oliko kesä sateinen, ja saatiinko heinä kuivaksi, jotta se säilyisi ladoissa seuraavaan kevääseen kelvollisena. Kuiva kevät ja alkukesä taas vaikuttivat kasvuun, eikä silloin saatu heinää riittävästi omilta pelloilta, ja se ei ollut hyvä se.

Säätiedotuksia ja -ennusteita kuunneltiin radiosta ahkeraan, myös sanomalehdestä niitä luettiin tarkasti. Kytättiin, milloin olisi mahdollisesti pidempi yhtäjaksoinen pouta heinätöiden aloittamiselle. Ilmaa haisteltiin, katseltiin aamu- ja iltaruskoa, niin kuin isovanhemmat olivat aikoinaan tehneet, kun sääennusteita ei radiosta tai harvoista lehdistä kuulunut, ei näkynyt. Heinäntekoon päästiin yleensä heti juhannuksen jälkeisillä viikoilla, mikäli heinä oli kasvanut ja kehittynyt määrättyyn vaiheeseensa. Jos heinä ehti kasvaa liian pitkälle, siitä tuli korsimaista, eikä se ollut eläimille enää mieluista saati ravinteikasta.

Heinänteko aloitettiin niitolla, isä oli niittänyt joskus pienempiä aloja viikatteella, mutta kun karjan määrä vähän kasvoi, niin peltoalaa piti myös lisätä, ja silloin viikatteella niittäminen ei enää tullut kysymykseen. Hevonen sai silloin vedettäväkseen niittokoneen, millä heinää sai luokoon leikiten käsipeliin verrattuna. Luokoa tehtiin kerrallaan sen verran, mitä arveltiin päivän mittaan saatavan luoduksi seipäille, koska yökaste aiheutti sen, että märkä heinä alkoi ottamaan hometta melkein heti.

Isä oli kysellyt vanhastaan tuttuja henkilöitä kaveriksi tekemään heinää, yksistään oman perheen voimat ei olisi siihen riittäneet.

Lomalaisilla oli tässä iso merkitys, kun he tulivat lomailemaan ja samalla auttoivat talkoilla heinänteossa. Usein he satuttivatkin lomailunsa heinäntekoaikaan, koska se toi myös kaivattua vaihtelua kaupunkilaiselämään. Kaupungista tulivat usein isän sisko ja veli perheineen, niin hekin osallistuivat heinäntekoon.

 Kun heinä oli ajettu luolle niittokoneella, niin isä ajoi heinäseipäitä pellolle, pudotteli niitä hevoskärristä sopivien välimatkojen päähän toisistaan arvioiden, miltä matkalta saisi luotua seipäällisen. Joskus meillä, Unton kanssa, oli tehtävänä jakaa tapit seipäiden kohdalle, niin heinäntekijän ei tarvinnut kuljetella niitä taskuissaan tai muutoin.

Isä pystytti seipäät kangin kanssa tekemällä kangilla sopivan reiän peltoon ja junttasi sitten seipään reikään. Joskus suopellolla ei kankia tarvinnut, riitti kun löi seipäällä reiän peltoon, polkaisi seipään juureen kengän kannalla, ja siinä pysyi pystyssä, seiväs. Katsoi vielä, ettei seipään kärki ollut katkennut, ja jos oli, niin otti puukon vyöltään, tupesta, ja vuoli seipään kärjen teräväksi.

Isä oli se, joka hoiti niittämisen, seipäiden ajon ja pystytyksen. Kun muu heinäväki oli vielä aamiaisella, niin isä oli jo monta tuntia aiemmin valjastanut hevosen niittokoneen eteen, sitten kärrien eteen, niittääkseen heinää ja ajaakseen seipäät pellolle. Oli ehtinyt pystyttää seipäitäkin, ennen kuin pellolle saapuivat heinäntekijät, joille jäi heinien luonti, haravointi ja juttujen kertominen, mikä olikin heinänteon suola. Heinäpellolta kuului koko ajan rupattelun ääniä, välistä naurun remakka ja taustalla heinänteosta kuuluivat hankojen ja haravoiden äänet.

Heinäseipäät olivat tehty kuusi- eli närepuusta, mitkä oli kaadettu ja karsittu tiheästä kuusitaimikosta talvella, sitten ne oli ajettu hevosen vetämällä reellä pihaan, missä ne oli sitten keväällä kuorittu. Seipään tyvi, eli paksumpi pää, teroitettiin, jotta se olisi helpompi upottaa maahan pystyyn kangilla tehtyyn reikään. Pystyssä pysyminen varmistettiin vielä polkemalla seipään juuresta maa tiukkaan seivästä vasten. Isä oli käyttänyt seipäiden tyvipäät nuotion hiilloksessa ja siten saanut tyven suojattua sellaiseksi, ettei se imisi vettä itseensä märässä maassa, eikä siten lahoaisi niin herkästi. Seipään latva oli teroitettu pidemmälti kuin tyvi siten, että heinät luistavasti menisivät seipäälle. Lisäksi seipääseen oli käsiporalla kairattu reikiä tappeja varten. Alin reikä oli pystytetyssä seipäässä puolisen metriä maan pinnan yläpuolella ja seuraava tapin reikä oli kuusi- seitsemänkymmentä senttiä ylempänä, poikkisuuntaisesti edelliseen nähden. Tapinreikiä oli seipäässä yleensä kolme, saattoipa olla joskus pitkässä seipäässä jopa neljä.

 Kun seiväs oli pystytetty niitetyn luon viereen, niin seipään alimpaan reikään laitettiin tappi, mikä esti seipäälle luotujen heinien valumisen maata vasten. Tapit olivat pari- kolmekymmentä senttiä pitkiä, usein miten sopivan paksuisesta pajusta pätkittyjä, pyöreitä ja juuri seipäässä olevaan reikään sopivia tappeja.

 Heinien luonti tehtiin hangoilla, joilla nostettiin heinäleppeitä seipäälle. Ensin lepe tehtiin hangolla haravoimalla sopiva määrä heinää kasaan ja sekoittamalla se niin, että heinänkorret menivät ristiin rastiin ja sekaisin toisiinsa nähden, sitten lepe nostettiin hangolla seipään kärjen kautta alas ensimmäistä tappia vasten. Kun näin oli saatu luotua heiniä seuraavan tapinreiän tasalle, niin sitten laitettiin tappi reikään ja jatkettiin heinien luontia. Näin jatkettiin ja kun seiväs oli terävää kärkeä myöten täynnä heinää, siirryttiin seuraavan seipään luo, ja sama homma jatkui ja jatkui. Haravoijat haravoivat heinänrippeet seipään ympäriltä ja rippeet luotiin seipäille.

Jossain vaiheessa meille hankittiin hevosvetoinen haravakone ja sillä sai haravoitua niitetyn heinän sopivan kokoisiin kasoihin, jolloin pystytettävien seipäiden määrän arviointi helpottui. Heinän rippeet piti kuitenkin haravoida edelleen käsiharavalla.

Seipäitähän tarvittiin joskus uusia tai lisää, niitä isä teki naapurilta lainaamallaan seivässorvilla, ja sillä seipäistä tuli hyvin sileitä ja tasalaatuisia. Tappejakin tarvittiin välillä lisää, ja silloin isä meni pellon reunoilla kasvavien pajupensaiden luo ja alkoi katkoa pajunoksista puukolla sopivan mittaisia ja paksuisia pätkiä, ja ei kauankaan kun tappisäkki oli taas täynnä.

Minun kummisetä oli melkein jokaisena kesänä auttamassa heinänteossa, hän ajoi meille mopolla naapurikylältä. Kummitätikin oli toisinaan heinänteossa mukana. Renkipoikakin oli heinätöissä, kunnes armeija kutsui ja sen jälkeen toisenlainen työelämä, ja sitä myöten muutto pois kotiseudulta kaupunkiin. Apuna kävi myös savotoilta tuttu isän savottakaveri, joka oli muutenkin meidän perhetuttuja.

Seipäät pystytettiin suoriin jonoihin perätysten, niistä puhuttiin kuitenkin, että seipäät olivat rivissä. Jos emme olleet etukäteen jakaneet tappeja seipäitten kohdille, niin alkoi kuulua huutelua sieltä täältä, tappityttö tappi, tai tappipoika tänne tappi, ja niin me pienimmät juostiin tappien kanssa missä niitä milloinkin tarvittiin, ja sujautettiin tappi reikään, ja menimme takaisin jatkamaan haravointia.
 Hiki virtasi, kirveli välillä silmissä, pilvi liikkui auringon eteen ja helpotti poltetta. Moni poltti nahkansa, kun puseroa ja paitaa piti riisua pois kuumuuden vuoksi ja heinistä tippuvat roskat kutittivat paidan alla. Vaalea arka iho oli auringolle altis, olkapäät ja käsivarret alkoivatkin nopeasti punertaa. Illalla, kun työpäivän päätteeksi oltiin löylyissä saunan lauteilla, niin kuuma löyly

poltteli auringon polttamaa ihoa, mutta jo seuraavina päivinä polte vähitellen helpotti. Saattoi käydä niinkin, että iho paloi pahemminkin ja se hilseili laikkuina pois, mutta kun iho päivettyi ja sai kauniin ruskean värin, ei aurinkokaan enää polttanut sitä.

Kahvi- ja ruokatauot antoivat hetken huokaista ja kerätä voimia. Täyteen luotujen seipäiden varjot olivat haluttuja taukopaikkoja. Kotikalja, maito ja piimä olivat janonsammuttajina, ja ne virkistivät, olivathan ne olleet läheisessä lähteessä odottamassa juojiaan. Jos olimme kauimmaisilla pelloilla, niin meillä oli mukana makkaralla päällystettyjä eväsleipiä. Pannukahvit keitettiin nuotiolla.

Ruokailun päätteeksi pidettiin lyhyt lepohetki, ja saattoipa joku ehtiä pienet torkutkin ottamaan, jostain aina jokunen kuorsaus ilmoille pääsi. Miehet polttelivat ruokasavuja ja rupattelivat vaimeasti, pohtivat minkä aikaa heinäpoutia kesti, kuivuivatko heinät hyvin, ja riittikö poutaa, että saisi ajettua heinät latoon heti kun ne oli kuivuneet.

Ruokatauon jälkeen työ jatkui. Meni jonkin aikaa ennen, kuin jäsenet vertyivät takaisin työn rytmiin, samalla tauon ajaksi vaimentunut jutustelu alkoi viritä uudestaan.

Iltapäivällä pidettiin lyhyt kahvitauko, juotiin janoon kotikaljaa tai tai muuta, ja päälle pullakahvit. Sitten takaisin hangon varteen, alkoi päivän viimeinen rupeama, ehditäänkö saada seipäälle kaikki niitetty heinä, vai jääkö huomiselle. Usein miten ei jäänyt. Heinien seivästys kesti suunnilleen viikon päivät, joskus alle, mutta harvemmin yli, riippuen tekijöiden määrästä, heinän laadusta, säistä ja monesta muusta syystä. Kun viimeiset seipäälliset oli saatu luotua, niin vanhemmat huokasivat taas kerran helpotuksesta, että olipa se urakka, kun nyt riittäisi vielä poutapäiviä, että kuivuisivat kunnolla ja saisi ajettua latoon.

Seuraavan viikon aikana isä kävi välillä kokeilemassa, josko heinät olisivat kuivia, työnsi kätensä seipäällä olevien heinien sekaan ja tunnusteli, tuntuiko vielä kosteutta. Kuivia ovat, totesi isä, nyt pitää aloittaa heinien ajo latoon.

Hevonen oli valjastettu heinäkärrien eteen ja ajettu pellolle heinäseiväsrivin alkuun, ensimmäisen seipään viereen. Siitä se alkoi, isä nosteli hangolla kuivia heiniä kärriin, ja kun seiväs oli tyhjä, niin ajoi kärrin seuraavan seipään viereen ja loi heinät kuormaan. Me oltiin Unton kanssa kuorman päällä polkemassa heiniä tiukempaan, saadaksemme kuormaan mahtumaan mahdollisimman paljon heiniä. Välillä kuorman päälle oli äitikin ehtinyt omilta töiltään, meidän kaveriksi polkemaan heiniä. Kun kuorma oli valmis, ajettiin se ladon vierelle ja silloin me vaihdettiin isän kanssa paikkaa, isä nousi kuorman päälle, nosteli isoja heinätulloja hangolla ladon ovesta sisään ja me otimme ne vastaan ladossa ja levitimme tasaisesti ladon lattialle. Kun kuorma oli saatu tyhjennettyä, niin heinien päälle heiteltiin kourallisia karkeaa suolaa. Suola piti kosteuden poissa heinistä, ja olihan se myös eläimille tarpeellista.

Kun oli ajettu useita kuormia ja ladossa alkoi olla paksummalti heiniä, niin polkemisen välissä touhu meni välillä leikiksi. Me hypittiin heinissä, kaatuiltiin pehmeälle alustalle ja kaivauduttiin heinien sekaan, piiloon toisilta. Sitten tuli väsy ja tuntui, ettei jaksaisi, mutta onneksi äiti tuli välillä apuun.

Kun lato alkoi olla niin täysi, ettei oviaukosta enää saanut työnnetyksi heinätulloja sisälle, niin heinien luontia jatkettiin oviaukon yläpuolella olevan, pienemmän aukon kautta.

Useaksi päiväksi heinänajoa riitti, mutta kyllähän se viimeinen kuorma aikanaan tyhjeni ja sai tyytyväisenä todeta, nyt ne ovat sitten suojassa.

Vielä oli kerättävä seipäät kärriin ja tapit säkkeihin, ajettava kuorma ladon luo ja laittaa seipäät suojaan sateilta, odottamaan seuraavaa kesää. Sen työn teki isä.

Peltoja oli useampi eri puolilla tilan maita, latojakin oli peltojen laitamilla monta.

Elontekoa ja korjuuta

Elon teko alkoi, oli kevät, isä oli levitellyt talvella ajamansa lannat pelloille, sitten muokannut pellot muhevalle mullalle. Oli kylvön aika.

Siemenviljaa säilytettiin vilja-aitan puuhinkaloissa. Siemenet olivat edellisvuoden satoa. Yleisimmin kylvettiin ohraa ja kauraa, mutta joskus saatettiin ostaa vehnän tai rukiin siemeniä. Isä kävi hakemassa aitalta viljansiemeniä astialla tai säkillä pellon reunaan, kaatoi sitten siemeniä sankkoon. Isä piteli sankkoa toisella kädellä kainalossa ja kylvi toisella kädellä siemenet tasaiseksi matoksi, muokattuun peltoon.

Kun kylvö oli saatu tehtyä, niin vuorossa oli hevosen valjastaminen puujyrän eteen, siemenet jyrättiin peltoon, jotta ne olisivat kiinni mullassa, jotteivat lähtisi tuulen mukaan tai sateessa kasautuisi veden mukana. Sitten odotettiin, miten vilja alkaisi itämään ja vihreä oras alkaisi värjätä pellon vihreäksi. Siihen meni yleensä viikko, vähän toista, riippuen miten kostea pelto oli ja miten satoi. Vihreä oras paljasti sitten, miten kylväjä oli onnistunut, oliko tasaisen vihreää vai oliko jäänyt tummina näkyviä, kylvämättömiä laikkuja.

Kevät meni, vilja kasvoi ja teki kortta, tähkäpää kasvoi samaa tahtia. Käännyttiin elokuulle ja osa viljasta alkoi jo kellastua. Kohta olisi puinnin aika, kunhan vilja vielä tuuleentuisi, silloin sanottiin, että vilja on kypsää.

Isä niitti viikatteella kypsyneen viljan nurin, myöhemmin niitto tapahtui samalla hevosvetoisella niittokoneella, niin kuin heinienkin niitto. Vilja luotiin seipäille kuivumaan, mutta joskus isä saattoi tehdä myös viljakuhilaitakin, omaksi ja meidän iloksi, olihan ennen vanhaan kaikki vilja kuivattu kuhilailla.

Viljan kuivumista odoteltaessa puintikelpoiseksi, tarkastettiin puimakone ja siivottiin puimalasta edellisvuoden olkien rippeet. Kun isä oli käynyt tutkimassa pellolla, ovatko viljat kuivuneet, kuunnellut radiosta millaista säätä oli odotettavissa, sitten todennut, että nyt on hyvä hetki aloittaa puinti. Seuraavana aamuna kaikki olivat valmiina, me menimme Unton kanssa valmiiksi puimalalle odottamaan ensimmäistä viljakuormaa.

Vilja ajettiin hevoskärryillä pelloilta puimalalle, käynnistettiin puimakone, ja niin alkoi perheen yhteinen puintisavotta. Puimakoneen moottorina toimi niin sanottu maamoottori, josta voima siirtyi puimakoneeseen valtaremmillä. Moottorin säkätys oli sen verran kovaa, ettei tavallinen puhe kuulunut sen yli, ja silloin kun oli tarve saada itsensä kuuluville, niin piti korottaa ääntään.

Puinnissa kuivasta viljasta erotellaan tähkät viljankorsista ja jyvät tähkistä. Pellolta ajettua viljaa luotiin puimakoneen syöttöpöydälle, ja siitä vilja ohjataan korsineen päivineen koneen kuljettimelle. Kuljetin vie viljat koneen sisälle ja erottelee jyvät, ja sen jälkeen puimakoneen yhdestä aukosta tippuvat jyvät aukon suulle ripustettuun säkkiin, toisesta ruumenet ja kolmannesta oljet. Puimakone oli aivan puimalan oviaukon suulla niin, että viljasäkit olivat sisäpuolella suojassa, mikäli olisi tullut vesisade. Samoin oljet eli pehkut tulivat sisäpuolelle.

Monesti äiti oli luomassa viljoja syöttöpöydälle ja isä ohjasi ne kuljettimelle. Syöttöpöytä ja kuljetin olivat niin korkealla, että yltääkseen ohjata viljoja koneeseen, isän piti tehdä koroke itselleen, minkä päällä seisten ylsi hoitamaan tehtävänsä. Meillä oli Unton kanssa tehtävänä vahtia, milloin säkki alkoi tulla täyteen jyviä ja ilmoittaa siitä isälle, jolloin isä hyppäsi korokkeena pitämiensä perunalaatikoiden päältä ja kävi vaihtamassa tyhjän säkin täyden tilalle. Toisena tehtävänä meillä lapsilla oli eli pehkujen kasaaminen ja polkeminen puimalan lattialle, isä kylläkin joutui välillä auttamaan meitä.

Pehkuja säilöttiin puimalalla talvea varten, niitä haettiin tarvittaessa eläimille alusiksi ja joskus jopa syötäväksi. Säkki toisensa jälkeen tuli siemeniä, ja kun viimeisetkin seipäälliset ja kuhilaat oli puitu, oljet kasattu säilöön, alkoi viljan kuivaaminen. Isä lämmitti saunan sopivan lämpimäksi, teki lauteille laudoista ja muista tarpeista sopivat, laidalliset aluset, mihin levitti tasaisen kerroksen jyviä. Välillä kävi sekoittamassa jyviä, että ne kuivuisivat tasaisesti ja nopeammin.

Saunan lämpötilaa oli jatkuvasti vahdittava, ettei sauna jäähtynyt tai lämmennyt liikaa. Kun ensimmäinen erä oli kuivunut isän mielestä sopivaksi, niin se säkitettiin ja tilalle leviteltiin uusi erä jyviä.

Kuivatut viljat isä kantoi säkeissä aitalle ja tyhjensi säkit vilja-
hinkaloihin odottamaan talven tarpeita.
Viljan kuivauksen jälkeen saunakin oli taas kylpijöiden käytet-
tävissä.

Perunapellolla

Syksyisin saatiin koulusta perunannostolomaa, jolloin lapset
auttoivat vanhempia perunapellolla. Perunannoston valmistelut
oli aloitettu jo aiemmin, isä oli käynyt niittämässä ja haravoi-
massa perunanvarret, kasannut ne läjiksi perunapellon laidalle.
Kun sitten koitti varsinaisen perunannoston aika, niin isä valjasti
hevosemme, Lojun, perunannostokoneen eteen. Koneessa oli isot
rautapyörät, niiden takana nostoaura, mikä nosti perunat pen-
kistä, takimmaisena pyöri heittosiipi, mikä pyöriessään heitteli
penkistä nousseet perunat hajalleen penkin viereen, mistä ne oli
helppo poimia. Isä ohjasti hevosta koko ajan eteenpäin ja me
tultiin sitten perästä, äiti ja me lapset, keräten perunat sankoihin.
Kun sankot täyttyivät, niin ne käytiin tyhjentämässä laatikoihin,
mitkä isä oli jakanut, tasaisin välimatkoin perunapellolle. Yksi
penkki kerrallaan kerättiin ja sitten isä ajoi taas uuden.
Iso oli pelto ja penkit pitkät, niin kuin tuntui olevan koko peru-
nannostopäiväkin, aamusta iltaan oltiin perunamaalla, ja jos ei
päivässä ehditty nostaa kaikkea, niin seuraavana päivänä

jatkettiin. Välillä pidettiin toki ruoka- ja kahvitauko, silloin saatettiin veljen kanssa innostua leikkimään tyhjillä perunalaatikoilla, hypittiin laatikolta laatikolle tai sitten sellaista, kumpi laatikon päältä hyppää pidemmälle. Perunalaatikot olivat isän tekemiä, hän oli sahannut laudat ja naulannut laatikot itse.

 Ei kaikki ollut vain pitkäveteistä puurtamista vaan joskus, kun pidettiin pientä taukoa perunannostossa, niin minä saatoin kääntää tyhjän laatikon ylösalaisin ja nousta sen päälle laulamaan, kuin estradille. Olin vuollut turnipsista tai lantusta mikrofonin, pidin sitä suuni edessä ja lauloin sen aikaisia iskelmiä, mitä olin radiosta tai grammarista kuunnellut. Laulu saattoi loppua lyhyeen ja vaihtua toiseen, koska en muistanut kaikkia esittämieni laulujen sanoja, mutta ei se haitannut, sillä keksin loput sanat omasta päästäni. Taivaan rannoille asti raikui laulu ja varmaan kuului naapuriin asti. Silloin ajattelin, että kyllä minusta sitten isona iskelmälaulaja tulee. Yleisöä esityksilleni ei ollut, kuin korkeintaan velipoikani.

 Kun perunalaatikot täyttyivät perunoista, isä valjasti välillä hevosen kärryjen eteen, millä sitten ajoi perunat kuoppamäellä oleviin maakuoppiin. Laatikot tyhjennettiin kaatamalla niistä perunat kuopan suuaukolta tyhjään maakuoppaan. Maakuopat isä oli kaivanut rinteeseen, rakentanut niille katot päälle parruista ja laudoista, ja sitten ajanut hevoskärryllä kattojen päälle paksulti multaa. Kattojen päälle oli sitten vuosien myötä kasvanut heinää ja muita nurmikasveja. Kuoppien suuaukkojen sulkemiseen käytettiin lautoja, latomalla ne vieri viereen, päälle suojapeite, ja sitten peiteltiin kuivilla oljilla tai heinillä, lopuksi vielä lautoja päälle, pitämään ne paikoillaan. Talvella vielä kasattiin lunta päälle. Siellä perunat köllöttelivät talvellakin sopivassa lämpötilassa, eikä pakkanen päässyt palelluttamaan niitä.

Niin nostettiin syksyn sadonkorjuun aikaan muutkin juurekset maasta ylös, lantut, nauriit, porkkanat ja punajuuret, mutta ennen kuoppaan viemistä niiltä katkaistiin veitsellä vihreät lehtivarret eli naatit pois. Perunat ja juurekset säilyivät maakuopissa hyvinä ja mehevinä ja niitä haettiin sieltä tarvittaessa ruokatarpeiksi ja myös eläimille rehuksi.

Kun talviaikaan leivinuunia lämmitettiin useammin, niin sinne laitettiin monesti paistumaan myös kokonaisia, kuorimattomia, nauriita. Uunissa, kuumalla arinalla, nauriit hautuivat pehmeiksi ja imeltyivät. Niitä sanottiin naurishauvikkaiksi, ja ne olivat suurta herkkua, niitä syötiin sitten vaikka iltapalaksi. Hauvikkaasta leikattiin veitsellä auki päällyskuori, kuin kansi, ja sitten lusikalla kaivettiin pehmyttä ja makeaa naurista, kunnes jäljelle jäi vain tyhjä kuori. Sikapossu sai kuoret syödäkseen, kai sekin oli ihan mielissään.

Kaikki kolme maakuoppaa olivat perunaa ja juureksia täynnä talven varalle. Luminietokset olivat kasautuneet kuoppien päälle, mutta sieltä vaan haettiin juureksia, kun syötävää tarvitsivat niin ihmiset, kuin kotieläimet. Juureksia haettiin kuopilta isompi määrä kerrallaan ja niiden kuljetukseen käytettiin talvella kelkkaa, minkä päälle pinottiin useita laatikoita. Lumi oli ensin luotava lapioilla pois kuopan suuaukon päältä, otettava laudat, oljet ja heinät pois, että pääsi laskeutumaan kuoppaan ja keräämään sangon täyteen juureksia, sitten kaatamaan sanko tyhjäksi laatikkoon ja taas sanko täyteen ja laatikkoon. Kun tarvittava määrä oli otettu, niin kuopan suuaukko peiteltiin nopeasti, ettei kylmä päässyt kuopan sisälle. Sitten laatikot vedettiin kelkalla navetalle, nostettiin navetan sisälle ja pinottiin seinustalle päällekkäin. Siellä säilyvät hyvin navetan lämmössä, kunnes loppuivat ja oli taas aika käydä maakuopalla.

Eräänä syksynä tunnelma perunapellolla oli apea, kukaan ei tohtinut sanoa ajatuksiaan ääneen, vaikka jokainen tiesi, mitä toinen ajatteli. Keräsimme hiljaisina perunoita sankkoihin, ja kun sankko oli täysi kävimme tyhjentämässä sen perunalaatikkoon. Hiljaisuus johtui siitä, että isä oli sairastunut. En muista miten tai mistä kaikki oli alkanut, mutta isä oli sairastunut johonkin ja saanut hoidoksi penisilliinikuurin. Lääke ei auttanut ja isän kunto vain heikkeni lopulta niin paljon, että hänet oli vietävä kirkonkylän sairaalaan, missä syitä sairastamiseen ei saatu selville. Isän kunto vain heikkeni ja hänet siirrettiin keskussairaalaan tutkimuksiin.

Äiti kävi välillä puhelintalossa soittamassa keskussairaalaan kyselemässä isän kuntoa. Sairaalasta oli kerrottu, että nyt isän tila on hengenvaarallinen, hän ulostaa verta ja heikkenee koko ajan. Syytä ei ollut löydetty.

Äiti tuli kotiin ja sanoi, että nyt meidän täytyy nostaa peruna maasta niillä joukoilla, mitä meillä on saatavilla, muuten me jäädään talveksi ilman omia perunoita. Äiti kävi naapurissa kyselemässä apua ja naapurin setä oli luvannut tulla ajamaan perunannostokonetta ja hevoshommiin muutenkin. Fiina-täti tuli myös auttamaan, niin kuin monesti muulloinkin. Joku muukin henkilö siellä oli, mutta en jaksa muistaa kuka.

Poimimme perunoita Unton kanssa vierekkän, sanoin ääneen ajatuksiani, entäpäs jos isä nyt kuolee, sitten meillä ei ole enää isää. Oli aivan mahdotonta ajatella tai ymmärtää, että yks'kaks isä ei enää tulisikaan kotiin. Hätä, paha mieli ja ikävä puristivat rintaa niin, että tuntui kuin pakahtuisi.

Äiti, Unto ja minä nostimme perunaa hiljaisina, eikä pellolta kuulunut kenenkään muunkaan iloista jutuskelua, kuten tavallisesti olisi kuulunut. Sanat olivat vähissä ja tunsimme vain, että nyt meidän täytyy ahertaa, jotta saamme sadon kuoppaan ilman isää. Meidän on nyt vain pärjättävä.

Perunat olivat kuopassa, siltä osalta kaikki oli kunnossa, mutta kun näimme äidin kasvoilta huolen ja hädän, niin se tarttui meihin lapsiinkin, oli kannettavana monta surua yhtä aikaa.
 Yhtenä päivänä, taas kerran, äiti kiirehti soittamaan ja kyselemään isän vointia. Tultuaan takaisin kotiin äiti olikin jo iloisemman oloinen, kertoi syyn isän sairauteen löytyneen, penisilliinimyrkytys. Syy oli selvinnyt kun lääkekuuri oli lopetettu ja isän kunto oli heti alkanut korjaantua.
 Muutaman päivän päästä isä tulikin jo kotiin, ilo ja helpotus olivat päällimmäiset tunteet, kaikilta oli pudonnut valtava taakka harteilta. Meillä on vielä isä ja oli jo kotona, voisiko enää olla kiitollisempi olo.
Isä kertoi, ettei hän voi enää koskaan syödä penisilliiniä, koska on sille allerginen.
Lääkäri oli vielä, isän lähtiessä sairaalasta, sanonut, että siinä oli miehellä hengen lähtö lähellä.

Kävin koulua

Kävin koulua, kirjaimia jo osasinkin ennen kouluun menoa, olinhan opetellut niitä kotona sanomalehtien sivuilta. Koulussa opin tavut ja sitten lukemaankin aapisesta. Jotkut oppiaineet olivat mieluisia ja toiset ei niinkään mukavia. Ensimmäinen kouluvuosi meni, luokka vaihtui ja alkoi uusi kouluvuosi. Oli ihan kivaa käydä koulua, koko ajan oppi jotain uutta. Luokkakavereista oli tullut muutenkin kavereita, tyttöjen kanssa käytiin toistemme luona yökylässä, se oli hauskaa ja jännittävääkin. Monesti sunnuntaisin saatoimme käydä toistemme luona päiväkylässä, vaihdoimme kiiltokuvia, teimme kivoja asioita yhdessä. Kävimme myös pyhäkoulussa, mitä pidettiin parin kilometrin päässä olevassa talossa. Siellä asui myös minun koulukavereita, joiden isä toimi pyhäkoulunopettajana. Pyhäkoulu kesti kerrallaan noin tunnin, siellä kuunneltiin uskonnollisia tarinoita ja siellä laulettiin yhdessä. Saimme jokaisella käyntikerralla pienen kuvan lampaasta, mikä sitten kotona liimattiin tauluun, mikä oli myös saatu pyhäkoulusta. Taulun yläosassa oli Jeesuksen kuva, alaosassa oli tilaa lampaille. Liimattujen lampaiden määrästä pystyi laskemaan, kuinka monta kertaa oli käynyt pyhäkoulussa. Pyhäkoulun lopuksi tarjolla oli usein mehua ja pullaa.

Koulunkäyntiin liittyi oleellisena osana kotitehtävät. Aapinen ja kouluvihko kulkivat repussa mukana kotiin. Alakoulussa kotitehtäviä ei alkuun ollut hyvin paljon, mutta jos niitä sattui olemaan, niin tein niitä tuvan lattialla istuen tai sängyn päällä. Kirjoitustehtävät tein kuitenkin pöydän ääressä. Unto oli usein innokkaana seuraamassa, kun tein tehtäviä. Siinä samalla hän oppi kirjaimet ja saattoipa oppia myös lukemaan.

Minulle äiti kyllä kertoi myöhemmin, että joskus illalla, kun oli
iltapalan ja nukkumaan menon aika, niin minulla olikin kotiteh-
tävät tekemättä, ja jos äiti niitä alkoi sitten neuvomaan, kun en
aina itse tuntunut osaavan, niin olin väittänyt, ettei se ole niin.
Olin joskus onnistuin olemaan oikeassa, toisen kerran taas en.
Välillä, äidin sanaan, hän kuulemma luovutti vänkääjän kanssa,
tee sitten itse, kun kerran osaat paremmin.

 Näin äiti on kertonut minulle, muistan itsekin, että muutamia
kertoja vänkäämistä tapahtui ja senkin, kuinka väsynyt saatoin
olla illalla, kun olisi pitänyt tehdä läksyjä. Olisihan minun pitänyt
koulutehtävät tehdä heti koulun jälkeen, mutta kun oli niin pal-
jon kaikkea muuta tekemistä, ja koko päivän oli jo koulussa ollut.
No, saatoinhan olla itsepäinenkin, olinkin.

Kesälomaa odotimme innoissamme, niin oppilaat, kuin opet-
tajat. Loman aikana opettaja saattoi vierailla oppilaiden kotona
vuoron perään, tutustui sillä lailla oppilaidensa perheisiin, niin
hän sanoi. Kun opettaja tuli vierailulle, niin silloin juotiin kahvia
kammarin pöydälle katettuna, kahvileipääkin oli useaa eri sorttia.
Puheen sorina kävi, kahvi tuoksui, ja opettajan vierailun aikana
istuimme paikoillaan me lapsetkin, emme nujaltaneet, tai muu-
tenkaan käyttäytyneet huonosti. Olihan äitikin maininnut asiasta
ennen opettajan tuloa, että olkaahan sitten ihmisiksi ja kyllä me
tiedettiin, mitä se tarkoitti. En muista, kertoiko äiti opettajalle,
kuinka minulta jäi kotiläksyt joskus viimetinkaan.

Talvileikkejä

Hiihtäminen ja mäenlasku, suuret talven ilot ja riemut. Ei niin kovaa pakkasta, etteikö edes vähäksi aikaa menty ulos leikkimään ja hiihtämään. Laskimme mäkeä alas kuoppamäeltä pihaan, maakuoppien viereltä. Teimme liukumäen itse, laskemalla ja taas laskemalla niin usein, että lumeen syntyi sopiva, pulkalla laskettava ura, mikä kovettui sitä mukaa, mitä enemmän sitä pitkin laskimme, ja pakkanen kovetti loput, niin liukumäestä tuli hyvin luistava.

Joskus isä innostui ja jäädytti mäen veden kanssa, jolloin siitä tuli todella liukas ja liukumäki antoi sellaiset vauhdit, että meidän piti jarrutella, ettemme olisi törmänneet aitan seinään.

Pulkan lisäksi laskimme pyllymäkeä pahvilaatikoista leikatuilla pahvinpaloilla tai sitten tyhjillä, muovisilla apulantasäkeillä. Valmiita muovipulkkia tai liukureita meillä ei silloin ollut.

Mäenlasku oli kaikkien meidän yhteistä hauskanpitoa, pienimmätkin, Annikki ja Rauno, olivat välillä pulkan kyydissä, kun vuoron perään Unton kanssa ohjastimme pulkkaa. Osasi Annikki jo laskea itsekseenkin mäkeä pulkalla ja pahvinpalalla. Voi sitä riemua ja iloa, hauskaa meillä oli.

Hiihdimme Unton kanssa, teimme latuja peltojen ympäri, ja kun lumisade tai tuisku peitti ladut, niin me hiihdettiin ne auki. Joskus katkaisimme oksia ja merkkasimme niillä ladun pahimmilta tuiskupaikoilta, jotta löytäisimme latu-uran, sillä monesti tuisku peitti ladun täysin näkymättömiin.

Navetan ja tallin takana olevaan mäkeen me tehtiin hyvä mäenlaskupaikka, laskettiin ja kilpailtiin siitä, kuka pisimmälle pääsee. Mäki laskettiin alas, kiivettiin takaisin mäelle ja taas laskettiin. Sitä me jaksettiin tehdä, vaikka kuinka pitkään, sillä niin mukavaa se oli.

Saman mäen puoliväliin tehtiin joskus myös hyppyri. Unto olikin innokas hyppyrin rakentaja, ja myös hyppääjä. Untolla oli monesti koulukavereitakin mukana hyppäämässä. Lapiot ja muut lumityökalut olivat käytössä, kun hyppyrinokkaa piti saada lumesta rakennettua. Kun hyppyri oli valmis, niin sitten vain vauhtimäkeen ja kohta ilmojen halki lentämään. Hyppyrin alunen tampattiin poikkiteloin suksilla ja siihen jäi hypystä suksien jäljet sinne, mihin asti hyppääjä oli lentänyt. Sitten mitattiin metrimitalla hypyn pituus. Ainahan meillä ei mittaa ollut, laitettiin ensimmäisen hypyn jälkeen katkaistu oksa tai varpu sille kohdalle, mihin suksen kanta oli jättänyt jäljen, ja sitten yritettiin hypätä pidemmälle, kuin merkki näytti. Minä olin hyppäämisessä vähän arka, enkä minä yleensäkään voittanut hyppyjen pituudessa. Naapurin lapset, Reetan veli ja joskus siskokin, tulivat kaveriksi mäkeen. Mäkeä pystyi laskemaan heidän kotinsa pihamaalle asti, ja niin meni sukset sukkelaan aivan heidän kotinsa rappusten eteen. Naurua ja ilakointia riitti, ja ei kun takaisin mäen päälle. Reettakin saattoi tulla ulos, mutta hän ei jostain syystä liittynyt mäenlaskijoiden kisallukseen, ja kun viitoin hänelle että, tule mukaan, niin hän pyöritti vain päätään, ettei halua tulla.

Vaikka kaikenlaista puuhattiin Reetan kanssa, niin koskaan ei hiihdetty, mutta kun tuli hankiaiset, niin silloin Reettakin oli mukana, silloin menimme porukalla naapurin kauimmaisille pelloille, missä oli melkoinen mäki laskettavaksi. Mäki loiveni alaosastaan ja rajautui sitten metsänreunaan. Laskimme mäkeä naapurin kelkalla, koska se oli isompi, lisäksi siinä oli raudoitetut jalakset, ja siksi se luistikin paremmin, kuin meidän kelkkamme. Meillä oli mukana myös potkukelkatkin. Siinä kirmasimme, kuin villivarsat, iloiten suunnatessamme hankia pitkin pellolla, ison mäen päälle. Reetta, Unto ja minä asettauduimme kelkan kyytiin istumaan, Reetan veli oli takana ja työnsi juosten alkuvauhtia kelkan tangosta kiinni pitäen, hyppäsi sitten kelkan jalaksille ja potki vielä lisävauhtia ja ohjasi kelkkaa. Vauhti kiihtyi ja kiihtyi, pidimme toisistamme kiinni ja huusimme vauhdinilosta ja riemusta niin, että mäenlaskumme äänet raikui ilmojen halki. Vauhti oli kovaa ja se vei kelkkamme pieniä nyppylöitä pitkin lähes metsän reunaan. Juoksujalkaa vedimme porukalla kelkan takaisin mäen päälle ja taas uudelleen mäki alas, ja äänestä saattoi varmaan kuulla kauaskin, milloin oltiin alamäessä. Välillä laskimme Reetan kanssa potkureilla valkoisia hankia pitkin, samaan aikaan pojat laskivat kelkalla omia reittejään.

Talven leikkeihin kuului myös karuselli. Naapurin pihapiirissä oli pieni lampi ja talvellahan sen pinta tietysti jäätyi. Reetan isä oli rakentanut jäälle karusellin, mitä napakelkaksikin kutsuttiin. Se oli rakennettu siten, että lammen pohjaan oli juntattu pystyyn paksu paalu, minkä yläpää ylsi metrin verran jään pinnan yläpuolelle. Paalun päähän oli lyöty pystyyn rautatappi, mihin kiinnitettiin pitkä puuriuku, minkä tyven halkaisija oli reilusti kymmensenttinen. Riukuun tehtiin, metrin puolentoista päähän tyvestä reikä ja sitten riuku nostettiin reiästään paalussa olevaan rautatappiin, ja näin saatiin kuin kellon pitkä viisari, jota pystyi pyörittämään paalun, eli navan ympäri. Enää ei tarvinnut, kuin pienen kelkan, mikä kiinnitettiin naruilla riu'un toiseen päähän. Kelkkaa saatiin pyöritettyä navan ympäri työntämällä riu'usta kelkan ja navan väliltä ja näin piirsi kelkka ympyränmuotoisen uran, mikä taas oli pidettävä lumesta puhtaana, sillä paljaan jään pinnalla kelkka luisti hyvin. Kelkan kyytiin haluavista ei ollut pulaa, sillä karusellissa sai todella kovat vauhdit. Jos pyörittäjällä riitti voimaa, niin hän saattoi pyörittää viisarin lyhyestä päästä, jolloin vauhtia sai vieläkin enemmän.

Toisinaan, kelin ollessa sopiva, luistelimme lammen jäällä kengillä, luistimia meillä kun ei ollut, mutta ei se menoa haitannut. Luistellessamme leikimme hippasta, niin pystyssä pysyminen vaati tasapainoa ja taitoa, mutta pystyssä ei aina pysynytkään, vaan kaatuilimmekin. Monesti polvet olivat mustelmilla, kylki tai käsi kipeänä, mutta naurussa suin menimme eteenpäin.

Koulumatkoja kuljimme talviaikaan hyvin monesti suksilla, kun syksy sai maan routaan ja pysyvät lumet satoi maahan. Silloin kun lunta oli satanut riittävän kerroksen, olimme isän kaverina tekemässä meille hiihtolatua, isä oli mukana jo ihan sen vuoksi, että latu-ura tulisi oikeaan suuntaan metsän halki. Me hiihdettiin Unton kanssa isän mukana tekemässä latua ja niin reitistä tuli samalla tuttu. Latu oikaisi koulumatkaa jonkin verran ja olihan se nopeampaa hiihtää, kuin kävellä tietä pitkin. Suksia tarvittiin myös koulussa, sillä hyvin usein talven liikuntatunnit käytettiin hiihtämiseen.

Eihän meillä, Unton kanssa, sattunut aina koulun alkamiset samaan aikaan ja pimeinä aamuina minua monesti pelotti lähteä hiihtämään yksin metsän halki. Eikä kelitkään aina olleet suotuisat, joskus kun oli oikein märkä nuoskakeli, silloin suksi ei luistanut ollenkaan ja lumi paakkuuntui suksenpohjiin.

Silloin kun hiihdimme yhtä matkaa Unton kanssa, niin minulla oli niin kiva ja turvallinen olo, silloin ei pimeyskään haitannut.

Tulipalo suolla

Loju oli postitädin pihapellolla laitumella, oli vähän ennen kuusikymmentäluvun puoliväliä, heinäkuinen lauantai-iltapäivä, ja isä sanoi äidille käyvänsä, ennen saunaan menoa katsomassa, onko hevosella kaikki hyvin, ja jos on tarve, niin samalla siirtää hevosen liekaa paremmalle ruokapaikalle.

Sauna oli ollut jo kotvan kylpylämmin, mutta isää ei kuulunut kotiin. Äiti alkoi jo hiukan huolestua, mihinkähän se isä nyt oikein jäi, onkohan sille sattunut jotain. Samassa kuului kuistilta tutut askeleet, isä palasi kotiin. Isällä oli jotenkin muikea ilme kasvoilla kun tuumasi äidille, teinpä tuossa juuri äsken maakaupat. Äläpäs nyt narraa meitä, äiti vastasi, mitä kauppoja sinä nyt. Postitäti tuli seuraavana päivänä käymään kylässä ja kun astui tupaan, katsoi isää ja uteli, vieläkös se sopimus on voimassa. Isä siihen, tottakai on, jokos me huomenna lähdetään tekemään kaupat.

Niin se isän viipyminen sai selityksen, olivat postitädin kanssa hieroneet kauppoja, ja niin vaihtoi omistajaa naapurin, muutamien hehtaarien kokoinen suopeltoalue.

Suokapale oli ollut jonkin aikaa kesannolla ja se vaati kunnostusta. Isä kasasi pellosta löytyviä juurakoita ja muita kannonpalasia kasoihin, odotti sopivan sateisen ajankohdan ja pisti kantokasat palamaan. Työ vaati aikaa ja tuli vahtimista. Kun kantokasat olivat palaneet loppuun, niin isä kasteli tulipaikkojen pohjat vieressä virtaavasta purosta kantamallaan vedellä.

Meni joku päivä ja postitäti tuli käymään ja heti sanoi, että suopellolta nousee savua, pitää mennä varmaan katsomaan. Isä oli aivan hämmentyneen näköinen ja kävi ihmettelemään, että kyllä minä sammutin huolellisesti kaikki tulipaikat, mutta minäpä lähden käymään heti pellolla.Isä läksi sen siliän tien ovesta ja me Unton kanssa sanoimme äidille, että me lähdemme myös. Äiti kiellotteli meitä, mutta suostui kuitenkin, kun oli itsekin lähdössä isän perään.

Annikki muisteli, että oli juossut kuoppamäen päälle katsomaan näkyykö sinne savua, Rauno oli varmaankin juossu isomman siskonsa perässä. Onneksi oli mummo, joka katsoi pienempien perään.

Me mentiin kolmestaan puolijuoksua isän perään ja kun saavuimme pellon laitaan, niin näimme, että koko suopellon alue oli savun peitossa, ja palopesäkkeitä näkyi siellä täällä. Sen verran näin savun seasta, kun isä hakkasi katkaisemallaan, nuorella kuusella sammuksiin palopesäkkeitä, välillä kastellen sammutusvälinettään purossa.

Minä aloin huutaa ja itkeä, että isä palaa, ja Unto huusi perässä, isä, sinun on tultava pois.

Äiti meni isän kaveriksi ja kohta savu nielaisi heidät molemmat. Me itkimme, että nyt ne molemmat palaa ja kuolevat sinne. Hätä oli hirveä. Huusimme savun läpi äitiä ja isää. Meitä pelotti, kun savu peitti isän ja äidin näkyvistä. Huusimme heitä, sitten kuulimme, kun isä huusi meille, että nyt juoskaa puhelintalolle ja hälyttäkää palokunta ja sitten käytte hälyttämässä naapureita, että tulevat sankkojen kanssa kaveriksi sammuttamaan tulipaloa, nyt me ei pärjätä kahdestaan.

Juoksimme Unton kanssa koko matkan hälyttämään palokuntaa. Minulla oli itku koko ajan kurkussa, mielessä ahdisti ajatus, etteivät isä ja äiti selviä hengissä tulipalosta, ja sitten meillä ei olisi enää vanhempia.

Viimein kun pääsimme perille ja selitimme hätäisesti asian, niin puhelintalon setä soitti heti paloauton ja sanoi, että hän lähtee palopaikalle ja hälyttää lähinaapurit mennessään, käykää te kauempana olevissa taloissa tekemässä hälytys.

Kiersimme taloissa ja niistä läksi heti väkeä, kuka kynnelle kykeni, sankkojen ja muiden sammutusvälineiden kanssa. Juoksujalkaa saavuimme viimein takaisin suopellon laitaan ja kauhuissamme katsoimme, kun savu peitti edelleen koko peltoalueen. Savun seasta kuului nyt useammankinlaisia ääniä eli sinne oli siis saapunut jo kyläläisiä sammutustöihin. Huusimme yhdessä, tuskan tunne rinnassa isää ja äitiä. Helpotukseksi kuulimme, kun isä vastasi, että ollaan kunnossa, tänne ette saa tulla. Viimein paloauto saapui ja kuului monesta suusta helpottuneita huutoja, nyt se paloauto tuli, hyvä, saadaan tämä tulipalo sammumaan.

Paloautolla ei päässyt ajamaan pelloille, koska sinne ei ollut tietä, ainoastaan hevoskärryillä ajettava peltotie. Palokalusto piti siirtää muilla konsteilla palopaikalle, niistä minulle ei ole jäänyt kunnollista mielikuvaa. Onneksi peltosalueen halki virtasi puro, mistä sai sammutusvettä.

Palo saatiinkin lopulta sammumaan, oli ollut erittäin lähellä, että se olisi päässyt leviämään naapuritilan metsään.

Vanhemmat tulivat viimein savun seasta vaatteet nokisina ja sotkuisina, kasvot nokimustina, silmät vain näkyivät kasvoilla valkoisina. Savun katku vaatteissa oli kauhea.

Se tuskan tunne sisälläni, pelko vanhempien menettämisestä, ei varmaan koskaan poistu kokonaan.

Suopalo oli päässyt alkamaan poltettujen kantokasojen alle jääneestä, kytevästä turpeesta tai juurakosta. Isä joutui olemaan vielä monta päivää ja yötä vartioimassa, ettei tuli pääsisi irti uudestaan.

Isä kertoili tarinaa

Minun lapsuuden kotini oli myös isäni lapsuuden koti. Ennen minun syntymääni asuinrakennuksessa oli ollut vain tupa, eteinen ja eteisessä ruokakomero.

Joskus isäni muisteli omaa nuoruuttaan ja kertoili, kuinka pienessä tuvassa yöpyi joskus isokin porukka. Isän äiti eli minun rakas mummoni oli nukkunut nuorimman Saara-tyttärensä kanssa aukivedettävässä puusängyssä. Saara asui meillä aina siihen saakka, kun oli saanut käytyä koulunsa loppuun, silloin minä olin jotain kolme- tai neljävuotias. Keskilattialle oli laitettu olkipatjoista vieri viereen, tuvan pituudelta peti, missä nukkuivat muu talon väki, samoin kuin kyläilemässä käyneet vieraatkin, ja silloinkin, kun isän vanhemman siskon sulhanen oli ollut kyläilemässä ja jäänyt yöksi, niin hänkin nukkui siskonpetillä, siinä lattialla. Isää hymyilytti, kun muisteli niitä aikoja, hyvinhän sitä sovittiin, totesi vielä siihen perään.

Kun erään kerran lattia oli ollut taas täynnä nukkujista, illalla myöhään oli kuulunut koputus ovelta. Isä oli noussut sijoiltaan ja mennyt ovelle katsomaan, että kukahan siellä vielä tähän aikaan koputtelee, niin ovella oli ollut, jo vanhempi, mies kyselemässä yösijaa. Isä oli sanonut tuvan olevan jo täysi nukkujista, mutta jos tuo oven eduspaikka käy, niin ei vierasta yöksi ulos jätetä, ei ole kylläkään patjaa, eikä tyynyä antaa. Vieras oli kiitollisin mielin tullut sisälle, käärinyt takkinsa pään alle ja asettunut oven eteen lattialle nukkumaan, sanonut vielä, tässä on hyvä olla. Aamulla ennen kuin toiset olivat heränneet, oli vieras lähtenyt tuvasta hiljaa ja jatkanut matkaansa.

Isä jatkoi muisteluaan kertoen, kuinka siihen aikaan usein tuli ohikulkumatkalla olevia ihmisiä tiedustelemaan yöpaikkaa, joskus työpaikkaakin. Ruoka-apukin saattoi joskus olla tarpeen. Oli hyvinkin yleistä, että taloissa yöpyi vieraita ihmisiä. Kun ei ollut autoja, matkaa tehtiin jalkaisin, polkupyörällä, talvisin potkukelkalla tai hevosella ja matkanteko kesti usein pitkäänkin, joten monesti väsymys tai yö saattoi joutua ennen kuin matkantekijä oli päässyt matkansa perille, niin silloin yösija oli hyvin tervetullut. Siihen aikaan ihmiset auttoivat toisiaan pyyteettömästi ja antoivat vähästäänkin, niin kuulinkin monta kertaa sanottavan.

Tuli sitten aika, että tupa alkoi tuntua ahtaalle ja tuvan lisäksi pitäisi kammari saada. Asia etenikin joutuisasti, kun isä oli käynyt tuumasta toimeen, oli hankkinut hirret seiniin, päreet katolle ja kaikkea muuta mitä tarvittiin, oli pyytänyt kaksi työmiestä kaverikseen rakentamaan. Niin kammari valmistui, lisätila oli tullut kuulemma hyvään tarpeeseen.

Isä oli käynyt armeijan heti sodan jälkeen. Armeija-ajalle sijoittui ikävä tapahtuma, hänen isänsä menehtyi. Kotiuduttuaan isän vastuulle siirtyi perheenpään tehtävät, mummo tietysti säilyi päättäjänä, mutta isä vastasi toimeentulosta ja tilan ylläpidosta. Isä sanoikin, että hän vei kahta perhettä eteenpäin, samaan aikaan. Isän nuorin sisko, Saara, oli isänsä kuoleman aikoihin vielä niin nuori, että oli juuri aloittelemassa koulua. Saara asuikin kotona siihen saakka, kunnes koulut oli käyty, ja muutti sitten työn perässä pois. Saara auttoi kotitöissä, oli mummolle ja myöhemmin myös äidilleni apuna. Minuakin oli hoitanut ensimmäisten vuosieni aikana. Minä olin ollut kahden kolmen vuoden ikäinen Saaran muuttaessa pois kotoaan.

Sitten myöhemmin isä tapasi äidin tanssireissullaan, he rakastuivat, menivät naimisiin ja äiti muutti isän luo asumaan. Sitten minä eräänä aamupäivänä synnyin. Lentokone oli kuulemma lennellyt taivaalla, ihan kotimme päällä. Äiti ja isä olivat levittäneet ison viltin ja kumpikin ottaneet sen reunoista kiinni. Siihen olin sitten pudonnut, viltin keskelle, lentokoneesta.

Niin minä uskoin pitkän aikaa syntyneeni, kunnes selvisi, se toisenlainen tarina. Vanhempien oli varmaankin vaikeaa kertoa, mistä oikeasti vauvat tulevat. Olinkin syntynyt äidin vatsasta, siinä uudessa kammarissa. Mummo oli toiminut kätilönä, pessyt ja laittanut minut kapaloon.

Minä olin syntynyt tämän perheen ensimmäiseksi lapseksi. Minun lisäkseni meidän perheeseen syntyi minulle vielä neljä sisarusta, kaikkiaan lapsia syntyi siis viisi, kolme tyttöä ja kaksi poikaa.

Minulla on niin kovin vähän muistoja nuoremmista siskoista ja nuoremmasta veljestä. Vaikka kuinka yritän muistella, niin en oikein saa mieleeni montakaan tapahtumaa heihin liittyen. Elämä perheessä kun oli täynnä arkisia tapahtumia, mitkä toistuivat päivästä toiseen, eikä mitään sen suurempia mullistuksia tapahtunut. Nuorimpien sisarusten syntymät olivat kyllä niitä tapahtumia, mitkä vaikuttivat ja muuttivat perheen elämää, ne minä kyllä muistan. Velipoika, joka syntyi minua kaksi vuotta myöhemmin, ja jonka kanssaan leikimme paljon ja puuhastelimme jatkuvasti yhdessä, niin meistä minulle muistoja on kertynyt enemmän, mutta hänen syntymästä minulla ei ole mustikuvaa. Jokaiselle perheen lapsista on varmasti syntynyt ihan omat kokemukset, kasvutarinat ja muistot.

Äiti muisteli

Äiti muisteli lapsuudenkotiaan, omaa äitiään, isäänsä, veljeänsä ja ystäviään. Äiti kertoi, että olin usein kaivanut esiin vanhoja valokuvia ja tentannut äitiä, kuka tämä on, entä tämä. Äiti selosti aina kuvien tapahtumia ja paikkoja, missä kuvat oli otettu ja ketä kuvissa oli.

Lapsuudenkotiin hän muisteli muuttaneensa noin kolmevuotiaana, jotain hyvin hämärää muistikuvaa oli jäänyt, kun olivat kävelleet synnyinkodista uuteen kotiin. Synnyin- ja lapsuudenkodeilla ei ole välimatkaa suoraan kuin puolisen kilometriä. Syynä muuttoon oli, kun hänen isänsä vanhemmat olivat kuolleet ja perinnönjaossa tila oli jaettu niin, että äidin setä oli jäänyt vanhalle tilalle ja heille oli rakennettu ihan uusi talo.

Veljestään äiti kertoi, siis minun enosta, joka oli useita vuosia äitiä vanhempi, ettei heillä juuri ikäerosta johtuen ollut lapsuudessa paljoakaan yhteisiä tekemisiä saati leikkejä. Eno oli sitä ikäluokkaa miehistä, jotka joutuivat sota-aikana lähtemään niin sanottuun Lapin-sotaan. Eno ei itse niistä asioista jutellut ollenkaan, mutta äiti, totta kai tiesi, että eno oli haavoittunut sodassa ollessaan kranaatin sirpaleesta. Sirpale oli saatu pois, eikä siitä ollut sen jälkeen vaivaa.

Sota-ajasta äiti kertoi myös siitä, miten se vaikutti hänenkin elämäänsä. Lentokoneita lensi kotikylän ylitse ja niitä piti varoa. Osa koneista oli omia ja ihmiset oppivat tunnistamaan, mikä oli oma ja mikä oli viholliskone. Vihollinen teki pommituslentoja enimmäkseen öisin, niiden varalta oli talojen ikkunat pitänyt peittää, ettei sisällä olevat valot näkyisi lentokoneisiin.

Monesti ikkunoiden peittämiseen oli käytetty sanomalehtiä, kun verhoja ei ollut. Myöhemmin oli ollut saatavana ruskeaa voimapaperia, mikä ei laskenut valoa läpi. Äiti kertoi myös, että joskus he olivat joutuneet juoksemaan metsään piiloon pommikoneita, eno ja ukki eivät lähteneet metsään.

Synnyinkodillakin oli oma roolinsa sodan aikana. Vihollisen lentotoiminnan seuraamiseen oli lähistölle rakennettu ilmavalvontatorni. Tornissa oli päivystys, mitä lotat hoitivat pareittain. Valvontatornista oli puhelinyhteys äidin synnyinkotiin, mistä tehtiin lentohavainnoista ilmoitukset, puhelimitse, eteenpäin. Lotat myös asuivat sodan aikana äidin synnyinkodissa.

Sota vaikutti elämään myös puutteen muodossa, vielä kymmenen vuotta sodan päättymisestä elintarvikkeet olivat kortilla, mikä tarkoitti sitä, että kansalaiset saivat, valtiovallan ohjaamana, ostokortteja, mitä vastaan sai ostaa määrätyn määrän kyseisiä elintarvikeita. Oli leipä-, sokeri-, voi- ja kaikkia mahdollisia ostokortteja. Kaikki oli oikeastaan kortilla. Säännöstelyä kesti aina viisikymmentäluvun puoleenväliin, minkä jälkeen ostokortteja ei enää tarvittu.

Sisaruksia ja nimenomaan siskoja äiti olisi, omien sanojensa mukaan, kaivannut. Naapurin tytöt ja muut ystävät olivat kuitenkin ajaneet sen asian. Minulla oli paljon ystäviä ja kavereita, äiti kertoi hymyillen.
Oli äiti ajatellut silloin nuorena, että joskus, kun hänellä olisi oma perhe, niin lapsia olisi monta.

Äiti kertoi, kuinka he kesäisin, tyttökavereiden kanssa, kävivät läheisellä järvellä, uiden pitkin järven selkää, uivat ja välillä kelluivat levätäkseen. Joskus he uivat kauaksikin, järvellä sijaitsevalle saarelle asti.

Kuvissa äidillä oli yllään kauniita mekkoja, niin oli ystävättärilläkin. Omat mekkonsa äiti oli ommellut itselleen ja joskus jotain ystävilleenkin, leikannut kankaat mallien mukaisesti ja sitten ommellut ne. Äidin nuoruudessa ei kaupoissa ollut mekkoja myytävänä ja harvoin sai kuulemma kankaankin ostettua. Useimmat ihmiset valmistivat ja ompelivat vaatteensa itse, tai sitten teetättivät jollain kyläläisellä, joka ompelemisen taitoi, ja äiti taitoi ompelemisen. Osasipa äiti myös tehdä kampauksia ja toisinaan ystävyksien kanssa he tekivät toisilleen kiharoita ja laineita hiuksiin ja niin olivat kuvissa kauniina, kuin filmitähdet.

Ystävykset kävivät myös iltamissa tanssimassa, ja siellä äiti oli isänkin kerran tavannut. Äiti muisteli suu hymyssä, kuinka istui pyörän tarakalla, kun isä oli lähtenyt tansseista saattamaan häntä kotiin. Ei ollut muita tanssikyytejä, kuin polkupyörät tai jalkaisin oli taivallettava välimatkat.

Äiti kertoili, kuinka nuoret halusivat mennä lähialueella sijaitsevalle tanssipaikalle. Tanssipaikkana oli vanha, asumaton, rakennus, mitä tanssien pitäjä kävi talviaikana lämmittämässä ennen tanssien alkua.

Äidin äiti, eli minun toinen mummo, ei ollut mielellään päästänyt äitiä tanssimaan, oli varmaankin halunnut suojella tytärtään joutumasta huonoille teille. Äiti oli pyytänyt aina isältään rahaa tanssilippuun, kun omassa kukkarossa harvemmin kolikoita oli ollut, ja siihen aikaan rahat olivat yleensä olleet talon isännän takana. Joskus äiti oli lähtenyt tansseihin ilman kotoa saatua lupaa ja kerran, kun hän oli tyttöjen kanssa mennyt tansseihin, niin kesken illan hän oli nähnyt tanssipaikan ikkunasta, että hänen äitinsä oli tulossa tanssipaikkaa kohti. Oli varmaankin tulossa hakemaan hänet kotiin kesken illan. Äiti oli mennyt ulkoovelle, missä järjestysmiehet, jotka tunsivat kyllä kaikki kyläläiset, olivat havainneet saman kuin äiti. Olivat neuvoneet äitiä kiireesti juoksemaan talon nurkan taakse piiloon. Mummo oli tiedustellut sitten järjestysmiehiltä, että olikos sitä meidän tyttöä näkynyt tansseissa, niin siihen olivat vastanneet kieltävästi. Niin äiti oli saanut jatkaa sinä iltana tanssimista. Kertoessaan tanssireissusta äitiä hiukan hymyilytti. Tansseissa oli sitten tullutkin käytyä aika ahkeraan ja yhä useammin tanssi-illat olivat vierähtäneet samaisen tanssikaverin kanssa ja niin he olivat isäni kanssa alkaneet viihtyä toistensa seurassa paremmin ja paremmin. Tapaamisia alkoi olla jo muulloinkin kuin vain tanssi-iltoina, ja niin heistä oli alkanut syntyä pari.

Äidillä oli ollut tapana nukkua kesäisin aitassa ja saattoipa isä jäädä joskus saattomatkan jälkeen yövieraaksikin, kun he kuulemma riiustelivat. Eikä siinä kauankaan aikaa mennyt, kun äiti ja isä olivat lupautuneet toisilleen ja sitten myös kihlautuneet. Kuulutukset oli sitten haettu ja käyty kuulemassa sunnuntaikirkossa.

Muistan minäkin sen, kuinka olin taas kerran kaivellut valokuvia esille ja katsellut vanhempieni hääkuvaa, niin äiti kertoi, että hääpukunsakin hän oli ommellut itse. Puvun kangas oli hopeanhohtavaa ja kiiltävää, ja puku oli pitkähelmainen ja -hihainen. Katselin ja silittelin kuvaa pitkään ja hartaasti, kuinka kaunis puku olikaan. Kuvassa äiti ja isä rinta rinnan katsoivat minua ja mietin, kuinka olivatkin niin hienon ja kauniin näköisiä. Hääpuvun äiti kertoi sittemmin ripustaneensa henkariin ja laittanut aitan orrelle, riippumaan muiden vaatteiden seuraksi.

Oli äiti kyllä kieltänyt meitä jatkuvasti ravaamasta valokuvalaatikolla, valokuvat kun olivat kuulemma kallisarvoisia muistoja ja olisivat vaarassa mennä pilalle meidän käsissämme. No, olihan äiti kyllä oikeassa, mutta kun meitä aina kovin kiinnosti katsella ja tutkiskella valokuvia, ja joskus tappelimmekin niistä, kun juuri samaa kuvaa olisi pitänyt kumpaisenkin saada samalla hetkellä omissa käsissään katsoa. Saatoimme juosta peräkanaa valokuva kädessä yrittäen pitää sitä toisen ulottumattomissa ja joskus siinä rytäkässä saattoi kuvan kulma vääntyä, tai muuten vaan vähän ruttaantua.

Paljon myöhemmin, muistan, kuinka koulun kevätjuhliin harjoiteltiin näytelmää, roolit oli opettaja jakanut meille ja kotiläksyinä piti opetella vuorosanat. Koulussa pidettiin sitten harjoitustunteja, jotta näytelmän esittäminen sujuisi kevätjuhlassa ja jokainen osaisi roolinsa. Minä olin saanut kuningattaren osan. Kuinkahan minä siitä selviydyn, mietin ja minua vähän jännitti. Opettaja kysyi, löytyisikö kenenkään kotoa pitkää mekkoa, mikä kävisi puvuksi näytelmän kuningattarelle. Silloin minä muistin äidin häämekon, mikä roikkui henkarissa aitan orressa.

Kun menin illalla koulupäivän jälkeen kotiin, niin saman tien kerroin äidille, mitä opettaja oli kysellyt. Äiti sanoi, että en minä nyt oikein tiedä, kun se on hänen häämekkonsa. En antanut periksi, vaan yhä kinusin saadakseni sen näytelmään. Viimein äiti suostui, mutta vannotti ja muistutti minua tuomaan mekon myös takaisin, ehyenä.

Koulussa opettaja sanoi, että sinäpä se oletkin löytänyt oikein kauniin puvun. Juhlissa äidin hääpuku puettiin minun päälleni ja päähäni asetettiin vielä kultainen kruunu. Sillä hetkellä tunsin olevani ihan oikea kuningatar.

Vierailimme silloin tällöin äidin kanssa kahdestaan hänen vanhempiensa luona. Matkaa äidin kotipaikalle maantietä pitkin oli monta kilometriä ja se me taitettiin polkupyörällä. Minut äiti laittoi pyörän tarakkaan kiinnitettyyn, ohuista rautatangoista tehtyyn, istuimeen.

Tie oli sorapintainen, liikennettä ei hyvin paljon ollut, mutta joskus, jos tie sattui olemaan kuiva ja joku auto tuli vastaan tai meni ohi meistä, niin tien pinnasta nousi sankka pölypilvi, mikä tuntui nenässä ja hampaiden välissä narskahteli hiekka.

Pyörämatkoilla näin tien varrella uusiakin asioita ja äiti opetti minulle niihin liittyviä sanoja ja kirjaimia. Alkumatka olikin minulle tutumpi, koska olinhan ollut mukana käymässä isolla maitolaiturilla ja postinhaussa. Maitolaiturilta jatkoimme matkaa isompaa tietä pitkin.

Isomman tien vierelle, raviojan taakse, oli pystytetty tasaisin välein pylväitä, pylväiden välille oli vedetty rautaisia lankoja, mitkä oli sitten kiinnitetty valkoisiin eristeisiin. Äiti kertoi, että ne pylväissä olevat langat olivat puhelinlankoja ja niitä valkoisia posliinieristeitä äiti kutsui rulliksi. Sano rulla, äiti sanoi aina pylvään kohdalla ja siten minä aloin oppia kuinka ärrä sanotaan.

Erään kerran, kun olimme vieraisilla mummolassa, niin sattui olemaan saunapäivä, mikä ei ollut kovinkaan poikkeuksellista, sillä kesäaikana sauna lämmitettiin useampana päivänä viikossa, koska maatilalla tehtiin paljon pölyisiä ja hikisiä töitä. Saunojiakin oli paljon, koska töissä oli mukana vierasta väkeä ja työt tehtiin paljolti ihmisvoimin, kun koneita ei ollut silloin monessakaan talossa käytettävissä. Saunassa oli hyvä käydä työpäivän päätteeksi löylyissä ja peseytymässä.

Mummolassa oli savusauna, enkä ollut koskaan ennen saunonut sellaisessa ja minua semmoinen hiukan jännitti etukäteen, jotta millainen se oikein oli, se savusauna.

Illalla, kun sitten menimme saunomaan, mummo, äiti ja minä kolmestaan, minua jo oikeastaan pelotti kovin astuessamme saunaan sisälle. Sauna oli sisältä ihan musta, eikä siellä alkuun meinannut nähdä mitään, kun seinät olivat ihan mustat, samoin lauteet ja iso kiuas vesipatoineen olivat myös ihan hiilenmustat. Saunassa oli pimeää ja savu haisi pahalle. En ollut koskaan ennen käynyt mustassa saunassa ja kysyin voiko penkille istua, kun pylly likaantuu. Mummoa ja äitiä nauratti, istu lapsi hyvä vain siihen, ei se sinun pylly likaannu, lauteet on pesty ennen kylpemistä.

Valoa saunaan antoi kynttilä ja hitaasti silmät alkoivat tottua sen vähäiseen valoon ja aloin nähdä millainen sauna oli sisältä. Sauna oli melkein samanlainen kuin kotisaunakin, mutta se mustuus. Mummo löi löylyä mustille kiville, vesihöyry levisi ympäri saunaa. Silmiä kirvelsi, hankasin niitä koko ajan. Ei täällä pitäisi olla enää kitkua, pidin räppänää kauan auki, mummo tuumaili, koitahan vielä hetki istua löylyssä. Niin istuin pitkän hetken, kunnes sain luvan peseytyä ja lähteä saunasta pois. Onneksi meillä kotona ei ollut savusaunaa.

Muutto uuteen kotiin

Eräänä alkusyksyn päivänä naapuri kertoi, että olivat muuttoaikeissa, ja kaupitteli kotiaan äidille ja isälle. Teillehän se parhaiten sopisi, kun rajanaapureita ollaan ja tilat sulautuisivat yhteen täydellisesti, sanoi naapurin isäntä hymyillen, kun kahvipöydässä kauppoja hieroi. Tulisi lisää peltomaata, metsääkin ja vähän enemmän myös lisää asuintilaa.

Karsikkorinne, se oli paikan nimi. Vanhemmat miettivät asiaa kuumeisesti ja viimein läksivät kysymään pankista lainaa. Niin saivat lainan ja kauppakirjat tekivät lokakuun puolivälissä. Naapurin vierailusta ei mennyt montaa viikkoa, ja uudet suunnitelmat astuivat elämään.

Muutto ei tapahtunut heti kaupanteon jälkeen, vaan vasta seuraavana syksynä. Naapuri oli halunnut, että he saisivat asua talossa vielä niin kauan, että saisivat järjesteltyä asiansa ja rauhassa tehdä oman muuttonsa.

Karja pääsi kuitenkin muuttamaan uuteen asuinympäristöön ennen meitä. Keväällä, kun oli aika laskea lehmät laitumille, ne vietiinkin jo uudelle paikalle. Siellä olivat valmiit laidunaitaukset ja navettakin oli isompi, kuin meidän navetta tai siis syntymäkotini navetta. Äidille tuli sinä kesänä pidempi työmatka, kun piti mennä lypsämään lehmät uudelle paikalle. No, eihän matka hirveän pitkä ollut, käveli vain saunan ja kasvimaan välistä, peltojen välissä olevalle kiviaidalle, niin Karsikkorinteen talo näkyi viidenkymmenen metrin päässä.

Kesän mittaan isä remontoi meidän uutta kotia, Unto oli kymmenvuotiaan pojan tarmolla kaverina. Seinät olivat edellisten asukkaiden aikana olleet hirsipinnalla ja olivat hyvin tummanpuhuvat, olisivatko olleet jonkun vanhan savutuvan hirsiä. Siihen aikaan ei taloja rakennettu aina uusista tarveaineista vaan hyödynnettiin kaikkea käyttökelpoista vanhaa tavaraa, niin hirretkin olivat usein purkutaloista, ja usein tuotu kaukaakin. Syynä siihen oli se, että hirsien veistäminen oli käsityötä ja se vei paljon työaikaa, eikä hirret yleensä käytössä menneet miksikään. Uuden kodin seinät, laipiot ja lattiat saivat uuden valoisan ilmeen. Mummo sanoi, ettei hän aio lähteä uuteen paikkaan asumaan, jää entiseen kotiinsa, niin kuin minäkin olisin tahtonut jäädä. Vaan kävi kuitenkin niin, että mummon näkö oli jo ajan kuluessa huonontunut, eikä hän sitten tohtinut jäädä yksin asumaan vanhalle paikalle, niinpä hän teki ratkaisunsa ja päätti muuttaa tyttärensä luokse kaupunkiin. Mummo pakkasi kimpsut ja kampsut ja muutti ensin, sitten myöhemmin muutti muu perhe uuteen kotiin.

Kyllä äiti ja isä oli revetä liitoksistaan, kun suunnittelivat iloiten kaikkea uutta, mitä muutto toisi tullessaan. Viimein muuttopäivä sitten koitti, kaikilla oli mieli korkealla, äiti leipoi piirakoita entisessä kodissa ja minä siivosin uudessa, ja kun olin luutunnut lattiat ja pyyhkinyt pölyt, oli aika alkaa siirtää tavaroita ja huonekaluja uuteen kotiin.

Olin lopettelemassa siivousta ja katselin huoneissa ympärilleni, kun yllättäen mieleeni nousi muistikuvia. Olimme olleet Annikin kanssa täällä kylässä, tutustumassa ensin naapurin uuteen tyttövauvaan ja olimmehan käyneet sitten kyläilemässä muulloinkin. Mutta nyt täällä näytti ihan erilaiselta, olihan täällä tutut huonekalut ja tavarat.

Oli lokakuun loppua 1960-luvun puolivälissä, kun kuljetimme muuttokuormia uuteen kotiin. Maassa oli lunta. Äiti muisteli muuttopäivää ja sitä, kuinka oli pöydän ääressä leiponut karjalanpiirakoita, viimeistä kertaa vanhassa tuvassa, ja oli katsonut tuvan ikkunasta ulos, niin oli nähnyt meidät työntämässä maitokärrissä jotain huonekalua.

Isä oli valjastanut hevosen kärrin eteen ja ajoi sillä suurimmat ja painavimmat tavarat. Kannoimme sylissä ja kainaloissa tavaroita, mitä jaksoimme. Ei ollut pitkä muuttomatka, pienimmätkin kulkivat mukana juoksujalkaa, välillä liukastellen lumisilla kohdilla ja saattoivat pyllähdellä tantereeseen, mutta ei se menoa haitannut.

Me oltiin saatu joskus mäenlaskua varten vaneripulkka, se oli Simo-sedän tekemä. Nyt siitä oli myös muunkinlaista iloa, saatiin vietyä sillä muuttokuormia. Unto oli isän kaverina nostanut telkkarin pulkan kyytiin ja veti kuormaa pulkan narusta. Isä piteli kuormaa pystyssä ja komenteli välillä Untoa, ei niin lujaa, vedä hiljemmin ja tasaisemmin, menee muuten nurin. Rauno oli isän kaverina pitelemässä telkkaria pystyssä, ja viisivuotiaan päättäväisyydellä ja osaamisella oli mukana tärkeän laitteen siirrossa uuteen kotiin. Jokainen hoiti oman osuutensa muutosta, ketään ei tarvinnut houkutella, sillä riemu uuteen kotiin muutosta kosketti jokaista. Voi sitä ilonpäivää, illalla huonekalut, tavarat ja vaatteet olivat asettuneet melkein oikeille paikoilleen, toki järjestämistä riitti vielä seuraavillekin päiville.

Täällähän on jo matotkin lattialla, iloitsi äiti, kun piirakkakorin kanssa saapui uuteen kotiin. Sinne jäi uuninkylki lämpimäksi ja talo tyhjäksi, hän mietiskeli vielä ääneen. Ehkäpä kaikilla oli mieli haikeana, mutta ilo sitä suurempi uudesta kodista.

Pääseehän siellä käymään, kun on niin lyhyt matka, tuumaili isä.

Mennäänkö jo huomenna, me lapset innostuimme.

Äiti ja isä tekivät lähtöä navettatöille, kyllähän se karja on hoidettava täälläkin ja hymyillen kävivät kulkemaan uutta navettapolkua pitkin. Isä kertoi laittaneensa saunan lämpiämään, jotta pääsemme kylpemään, kunhan karja olisi hoidettu.

Me lapset jäimme sisälle valmistelemaan nukkumapaikkoja ja tutustumaan uuden kodin tunnelmaan. Karjalanpiirakat maistuivat, niitä mutustelimme yhden toisensa jälkeen, entisen kodin uunissa paistettuja.

Olin saanut oman pienen huoneen, siellä minun kanssani nukkui Annikki-sisko. Illalla nukkumaan mennessä juttelimme Annikin kanssa muuttopäivän tapahtumista ja kaikesta muustakin. Muistelimme yhdessä, kuinka olimme käyneet Karsikkorinteellä kylässä, emmepä olisi millään voineet uskoa silloin, käydessämme katsomassa Eevan ja Arvin vauvaa, että olimmekin vierailulla tulevassa kodissamme.

Usein kävin ja kävimme entisessä kodissa, mutta siellä oli niin tyhjää. Muistot tulvahtivat mieleen ja pienen hetken saattoi elää entistä elämää. Mummoikävä ja kaipuu oli suuri, saatoin itkeä itseni pakahduksiin asti, minulla ei ollut enää mummoa, hän oli kaukana kaupungissa. Ei silloin vielä ollut puhelimia, että olisi voinut soittaa, oli vain muistot ja iso ikävä. Istuin usein isolla kivellä, itkukiveksi sen nimesin, siinä se oli jykevänä paikallaan, entisen ja uuden kodin rajapyykillä. Vaan kun aika vieri eteenpäin, ikävä vähitellen laantui, jättäen kuitenkin mummon muotoisen kipeän aukon rintaan, mitä ei millään muulla ole voinut täyttää. Viihdyimme kaikki uudessa kodissa hyvin, tekemistä riitti äidille, isälle ja me lapset autoimme, minkä pystyimme. Elämä jatkui ja kulki omia latujaan ja polkujaan. Muistot ja tapahtumat ovat jokaisella perheenjäsenellä omanlaisensa, kuka mitenkin on kokenut tapahtumat ja mitä niistä on jäänyt mieleen.

Äitini muisteli tapahtumaa, mikä sattui seuraavana päivänä muuton jälkeen. Naapurin mies, joka asui lähellä isoa maitolaituria, oli tullut käymään kylässä ja kun hän oli astunut sisälle tupaan, niin oli heti tervehtimisen jälkeen, samaan hengenvetoon kertonut, että tuolla teidän rappusilla on kissanpentuja, oletteko huomanneet. Meitä ei tarvinnut sen enempää käskeä, kun olimme jo rappusilla katsomassa. Pentuja oli kolme tai neljä, emoa ei näkynyt. Olisiko ollut vielä hakemattomia pentuja.

Kyllä me ihmeteltiin asiaa, moneen otteeseen, jälkeenpäinkin. Muuttotohinassa emme olleet muistaneet koko kissan olemassaoloa, sillä kissa eleli hyvin vapaasti ja se saattoi olla montakin päivää poissa, ilmestyi sitten jostain pyrkimään sisälle, lämpimään ja syömään. Kissa oli varmaankin mennyt tekemään pennut jonnekin suojaisaan paikkaan, mutta sitä me mietittiin, kuinka se oli osannut tuoda pennut uuteen kotiin. Pennut olivat vielä niin pieniä, etteivät ne osanneet liikkua omin voimin, olivat vielä sokeita. Kissaemon on pitänyt kantaa ne suussaan siihen rappusille. Ajatella, miten viisas se kissa oli, kun oli osannut muuttaa perheensä kanssa uuteen kotiin toisten perässä, ihmetteli äiti vielä joskus myöhemmin.

Kesäkammari

Kävimme usein entisessä kodissa, tosin vain pistäytymässä tai vain jotain puuhastelemassa. Eihän matka ollut pitkä ja Karsikkorinteeltä kuljettiin myös Reetan kotiin vanhan paikan pihan kautta kulkevaa kärritietä pitkin, niin silloin ohi kulkiessa oli helppo pistäytyä tyhjillään olevassa tuvassa. Kärritietä käyttivät silloin tällöin myös harvalukuiset ohikulkijat.

Ensimmäinen talvi oli asuttu uudella paikalla ja meille, Annikin kanssa, kehkeytyi ajatus, voisimmekohan vielä joskus yöpyä vanhassa kodissa. Aikamme suunniteltuamme innostuimme ajatuksesta niin, että kohta olimmekin jo siivoamassa vanhan kammarin lattiaa. Puunasimme ja pesimme kammarin, laitoimme lattialle matonkin. Kammariin oli jäänyt muuton jäljiltä vielä vanha sänky ja joku muu huonekalukin. Nyt meillä oli ihan oikea kesäkammari, ja saimme olla siellä aivan omissa oloissamme kenenkään häiritsemättä.

Vanhemmat kyllä epäilivät meidän aikeitamme, onko se nyt ihan järkevää mennä sinne tyhjään, autioon, mökkiin yöpymään, jos tulee vaikka jokin hätä tai muu. No, me tullaan sitten pois, jos ei onnistu, vastasimme kuorossa.

Tilavaatteet, tyynyt, peitteet ynnä muut tarpeelliset tavarat olkapäillämme kuljimme tuttua kärritietä pitkin keltaiselle mökille, iloisesti juosten ja hypellen uutta kesäkammariamme kohti. Olimme syöneet ennen lähtöä iltapalaa, ettei ainakaan nälkä ajaisi meitä heti takaisin.

Laitoimme ovelle pönkän, niin kuin olimme siellä asuessammekin tehneet. Ripustimme vielä ikkunoihin joitain vanhoja peitteitä tai lakanan verhoiksi. Muistelen, ettei majanmuuton aikaan ikkunoihin ollut jätetty minkäänlaisia verhoja.

Olihan se aika jännä tunne, kun petasimme itsellemme vuodetta. Oli hiljaista, ei kuulunut minkäänlaisia tuttuja kodin ääniä, vain joitain rapsahduksia kammarin seinistä ja tuulen hiljaista huminaa ulkoa. Jostain kuului lehmänkellojen laiskaa kalahtelua ja kauempaa koiran haukahduksia. Ensimmäinen yö kesäkammarissa oli mennyt sikeässä unessa, vain yksittäiset erilaiset äänet olivat katkaisseet unen hetkellisesti, mutta aamulla heräsimme virkeinä. Venyttelimme jäseniämme ja tuumasimme, että nyt lähdetään katsomaan, löytysiköhän meille aamupalaa. Kesäinen aamuaurinko paistoi meitä vasten, kun kipaisimme paljain jaloin polkua pitkin muun perheen seuraksi syömään.

Toiset olivatkin syöneet aamupalan ja olivat menneet omille touhuilleen, äiti oli mennyt navetalle lypsylle, isä muille töilleen. Olimme vielä pöydässä, kun vanhemmat tulivat sisälle ja istahtivat pöydän ääreen juomaan santsikupit kahvia termarista. Isä ehätti ensimmäisenä kyselemään pieni hymynvirne suupielissään, noo, mitenkäs se yö sujui tytöiltä. Äiti ehti vielä arvuuttelemaan, ettei kait teitä pelottanut siellä ihan vain kahdestaan. Ei meitä pelottanut yhtään, vakuutimme, nukuimme ihan hyvin ja mennään taas ensi yöksikin sinne.

Niin me nukuttiin, siskon kanssa, monta yötä kesäkammarissa, tosin välillä jäimme syystä tai toisesta nukkumaan omaan pieneen kammariin.

Olin jo odottanut sitä päivää, kun tiesin, että Tarja-serkku kaupungista oli tulossa meille viettämään kesälomaviikkoa. Hän tulisi yksin linja-autolla ja minä menisin vastaan ison maitolaiturin luokse. Meille oli niihin aikoihin hankittu oma puhelin, joten olimme pystyneet sopimaan, minä päivänä serkku tulisi ja mihin aikaan. Oma puhelin oli monessa mielessä tarpeellinen väline, sillä sai hoidettua niin kiireellisiä, kuin kiireettömiäkin asioita kätevästi, eikä tarvinnut lähteä kilometrin päähän naapuriin soittelemaan asioitaan. Niin, eikä tarvinnut häiritä naapuriakaan, ja sai jutella ne yksityisetkin asiansa kaikessa rauhassa toisten kuulematta

Istuskelin maitolaiturin reunalla, heiluttelin jalkojani laiturin ulkopuolella. Pieni jännitys tuntui vatsan pohjassa, olihan vierähtänyt jo melkein vuosi, kun viimeksi olimme nähneet ja odotin kovasti sitä hetkeä kun olisimme kasvotusten, vaikka olimmehan jutelleet puhelimessa, mutta eihän se tunnu samalta.

Viimein kirkonkylältä päin tuovalta tieltä alkoi kuulua tuttua linja-auton jyrinää, ja kohta mäennyppylän takaa pilkistikin auton katto ja kohta koko auto. Näin, että auton vilkku alkoi näyttää, että nyt tässä pysähdytään. Auto pysähtyi maitolavan viereen ja toi tullessaan pölypilven, mikä sai minut pidättelemään hengitystä. Ovi aukesi ja näin kun serkku oli jo ojentamassa kuljettajalle matkalippuaa, pidellen toisessa kädessään matkakassiaan. Serkku laskeutui linja-auton rappuset ja samassa jo kiepsahdimme toistemme kaulaan, ennen kuin ehdimme sanoakkaan mitään. Linja-auto jyristeli jo eteenpäin, kun me läksimme astelemaan kotia kohti. Kannoimme serkun matkakassia vuorotellen ja kerroimme kuulumisiamme niin paljon, ettei taidettu malttaa oikein odottaa toisen kertomuksen loppua, kun piti jo puhua päälle. Se kilometrin matka meni meni niin nopeasti, ettei sitä huomannutkaan.

Kotona meni oma aikansa, kun kaikki halusivat kysellä kaupungin kuulumisia. Kun kuulumiset oli kerrottu, niin sanoin Tarjalle, että mennään minun kamariin, niin voit jättää kassisi sinne.

Olin jo kotimatkalla ehtinyt kertomaan Tarjalle, että me olimme yöpyneet Annikin kanssa monta yötä vanhan paikan kammarissa, ja niin sovittiinkin, että me tytöt tekisimme samoin serkun loman aikanakin.

Jo samana iltana menimme tutustumaan kesäkammariin ja katseltuamme ympärillemme totesimme, että seinät kaipasivat uutta tapettia pintaan. Mietimme, mistä saisimme uudet tapetit, niin joku keksi, että liisteröidään sanomalehtiä vanhojen tapettien päälle, ne ajaisivat asiansa, siitä tulisi hyvä. Kyselin vanhemmilta, josko olisi jäänyt tapettiliisteriä tähteeksi uuden kodin remontista. Isä kaiveli varastoistaan ja löysi vajaan laatikon liisterijauhetta. Joutilaita sanomalehtiä löysimme riittävästi. Tarvitsimme vielä astian liisterille ja pensselit, joilla saisimme levitettyä liisterin tapetoitavalle pinnalle. Ilta oli kuitenkin ehtinyt jo niin pitkälle, ettemme ryhtyneet sisustuhommiin, sitten vasta huomenna, vaikka innoissamme olisimme halunneet aloittaa heti.

Seuraavana aamuna seinät alkoivatkin saada uutta ilmettä, kun olimme sekoittaneet liisterijauheen veteen, ja aloimme levittää naurun säestyksellä liisteriä seiniin ja silittelimme sanomalehtien sivuja sen päälle. Luimme välillä seinille liimaamistamme lehdistä juttuja niin kotiseudun tapahtumista, kuin maailmaltakin. Joskus jutut saivat meidän mielikuvitukset liitoon ja nauroimme niille ihan hullun lailla.

Viimein tapetit olivat nätisti seinillä ja kesäkammari oli saanut aivan uuden ilmeen. Kyllä meidän nyt passasi nukkua siellä ja muutenkin oleilla, ihan omissa oloissamme, ja olihan se kuin meidän ikioma paratiisi.

Eihän se olisi ollut oikea paratiisi, ellei sieltä olisi löytynyt jotain ikävääkin. Itikat. Kun tapetointipäivän iltana olimme kömpineet peittojemme alle, niin silloin alkoi itikoiden iltakonsertti. Ne inisivät korvanjuuressa, ja heti kun jostain tuli paljasta pintaa näkyviin, niin jo heti tökkäsivät siihen. Aikamme hätistelimme itikoita, mutteivät ne uskoneet meidän käskyjä häipyä, joten ei ollut muuta vaihtoehtoa, kuin tehdä jäljelle jääneistä sanomalehdistä itikantappolätkät ja niin alkoi itikkasota. Läiskimme ja huidoimme, välillä kuuntelimme kuuluiko vielä ininää, ja jos kuului, niin perään ja läps. Kun yksikään itikka ei enää uskaltanut ilmaista olemassaoloaan, niin painuimme takaisin peittojen alle. Olimme jokainen päivän touhuista väsyneitä, oli hiljaista, emme jaksaneet edes aloittaa minkäänlaisia jutusteluja, kun uni tuli jokaiselle melkein vain silmät sulkemalla.

Sama toistui, päivät touhuttiin, mitä vain keksittiinkin. Illalla, ennen nukkumaan menoa tapoimme itikoita, ihmeteltiin välillä, mistä ne oikein pääsivätkin meidän kesäkammariin. Emme kuitenkaan antaneet periksi, meitä ei itikat ajaneet pois, vaan nukuimme joka yö omassa kammarissamme.

Nopeasti meni se viikko, jonka saimme viettää yhdessä Tarja-serkun kanssa. Haikea oli olo, kun katsoin linja-auton loittonevaa takaikkunaa, minkä läpi näin Tarjan huiskuttavan heihein.

Syntymäkotini pihalla kasvavat marjapensaat ja omenapuut jaksoivat antaa vielä monen vuoden aikana hyvän sadon. Keräsimme viinimarjat ja poimimme syksyn tullen omenat ja säilöimme niistä tehdyt mehut ja hillot talven varalle.

Kun maatalossa kuitenkin oli paljon kaikkea tekemistä, niin aikaa ei tuntunut enää jäävän ja vanhan pihan kunnossapito jäi aina vain vähemmälle, marjapensaat villiintyivät, ruohikko peitti näkyvistä ennen, niin paljon kuljetut polut. Omenapuutkin tuntuvat kärsivän siitä, kun niiden ympäryksiä ei enää hoidettu. Kodin pärekattokin antoi aika nopeasti merkkejä, että sekin alkoi antamaan periksi, kammarin ja tuvan lattioille alkoi ilmestyä tippuvan veden kastelemia läiskiä. Aikanaan pihapiirissä kävijä huomasikin, että katto oli lahonnut ja antanut periksi, se oli romahtanut suurelta osalta. Seinät olivat vääntyilleet, ikkunalaseja ei ollut montakaan ehjää, laho oli tehnyt tehtäväänsä. Leivinuuni ja kammariin uuni sen sijaan jaksoivat vielä seistä paikoillaan, kuin uhmaten tulevaa. Kävimme kuitenkin monesti vanhassa pihapiirissä muistelemassa mennyttä aikaa ja tapahtumia.

Kerran istuimme isäni kanssa, luhistuneen kuistin jäjelle jääneellä portaalla, niin isä totesi surullisena, kuinka pahoillaan oli, ettei ollut aikanaan ymmärtänyt laittaa taloon peltikattoa, se olisi antanut synnyinkodille enemmän elinaikaa, suojannut lahoamiselta ja luhistumiselta, mutta nyt kaikki oli myöhäistä.
Siinä istui kaksi surullista, kumpikin synnyinkotinsa rappusten viimeisillä lahoilla laudoilla. Kuistilla, jonka rappusilla ja penkeillä joskus olimme syöneet lämpimäisiä, piirakoita ja vasta paistettua ruisleipää. Kyyneleitä ei näytetty, mutta ne nousivat silmänurkissa ja syvällä rinnan uumenissa tuntui pakahduttava kaipaus. Lehtola oli ja on vieläkin niin rakas paikka kumpaisellekin, isälle se oli vielä muistorikkaampi ja rakkaampi. Luopumisen tuska tekee kipeää.
Siitä oli vaikea lähteä ja vaikea olisi jäädä, raskain askelin läksimme tuttua polkua, mutta mitä lähemmäs Karsikkorinnettä tulimme alkoivat askeleet tuntua keveämmiltä.
Katselin kulkiessa, kuinka perunapellossa alkoi näkyä jo kukkia. Isä tuumaili, ettei mene kauankaan, kun saadaan uuden sadon perunahauvikkaat.

Seija

Vuodet tulivat ja menivät, koulussa luokat vaihtuivat, vaihtuivat opettajatkin. Olin viimeisiä vuosia tutussa, oman kylän koulussa, pian olisi minullakin aika siirtyä kirkonkylän koulun jatko-luokille.

Unto oli aloittanut koulunkäynnin pari vuotta minun jälkeeni. Annikki oli aloittamassa ensimmäistä syksyä koulun penkillä. Rauno jäi vielä äidin ja isän kaveriksi kotiin, kun me toiset aloitimme uuden syyslukukauden. En muista, kuljettiinko me monestikaan yhtä matkaa kouluun. Minä kuljin kouluun usein miten naapurin tyttöjen kanssa, niin kuin olin jo ensimmäisestä koulusyksystä lähtien tehnyt.

Olimme asuneet uudessa kodissa noin vuoden, ja siihen oli jo tottunut niin, että se tuntui ihan tavalliselta. Vanha koti alkoi jo usein painua ajatuksista pois, vaikka kyllähän me, varsinkin kesäaikaan kävimme siellä usein leikkimässä.

Oli syksy, ja siitä oli tulossa jotenkin erilainen, olinhan jollain tavalla jo aavistellut, että olimme saamassa pikkusiskon tai -vel-jen. Lokakuussa meille syntyi sitten sisko, hän on viides sisa-ruksista, ja ainoa, joka on syntynyt uudella paikalla.

Olimme monta kertaa tivanneet äidiltä ja isältä, mikä meidän pikkusiskolle tulee nimeksi. Olivathan he tietenkin sitä miettineet keskenään, mutta meidän uteluille he olivat vain salaperäisesti hymyilleet, eivätkä millään lailla raottaneet salaisuuden verhoa. Muistan, kun kerran koulusta palattuani aukaisin tuvan oven, niin katseeni osui heti vastapäiselle seinälle maalattuihin kahteen nimeen. Siihen oli isoilla kirjaimilla maalattu:

SARI   SEIJA

Mikähän niille nyt oli oikein tullut, ihmettelin mielessäni. Piirtelevät seiniin, ja vieläpä leivinuunin takana olevaan seinään, sinne missä uuninpiipun pellit olivat. Isä sanoi kirjoittaneensa nimet seinälle. Äitiä se kovin nauratti. Tiedätkö isä, ettei tuo maali lähde pesemälläkään pois tuosta seinästä, sanoin.

Kumpainenkin nauroivat ja hykertelivät yhteen ääneen. Etkö ala jo arvata, mistä on kysymys, isä hymyili minulle.

No varmaankin vauvalle nimeä, arvelin, niinhän tuo on tähän asti salaista ollut, ja nyt tuollainen seinämaalaus.

No arveltiin, että saapahan nyt kaikki kerralla tietää, nauroivat isä ja äiti yhteen ääneen.

Kertoivat sitten, että kaksi kaunista nimeä oli heillä mietintämyssyssä ollut, äidillä Seija, isällä Sari. Eivät kuulemma osanneet päättää kumpi lapselle nimeksi. Siitä kun seinältä katselee joka päivä, niin eiköhän se alkane selvitä.

No, selvisihän se. Seija tuli lapselle nimeksi.

Päätöksen jälkeen isä maalasi, uudella maalilla, niin seinän kuin uuninkin. Hymyillen ja hyvällä mielellä. Isällä kun oli tuota huumorinkukkaa rintapielessä.

Seija-vauva kasvoi, minusta oli mukava pitää hänä sylissä, hoitaa ja huolehtia. Kolmetoistavuotiaana isosiskona pystyin jo täysin ottamaan vastuuta pikkusiskostani, ja se tuntui minusta, ah niin ihanalta.

Kävin kirkonkylän koulussa, ensimmäistä jatkoluokkaa, koulumatka oli huomattavasti pidempi, kuin kotikylän koululle. Aikaa koulumatkaan ei kuitenkaan mennyt aivan mahdottoman paljon enemmän, koska se tehtiin linja-autolla. Kotimatkatka sai uutta siinä, että nyt minua odotti kotona pikkusisko, ja heti ensimmäisenä, kun astuin kotiovesta sisään, niin menin Seijan luo ja jos vain hän oli hereillä, niin koppasin syliini. Oli minun roolista iloa myös äidille, hän pystyi tekemään paljon enemmän omia juttujaan.

Muistan, kun meillä oli tuvassa kangaspuut ja äidillä menossa mattojen kutominen. Kangaspuut olivat lattialla siten, että kutoja istui selin, ikkunan vieressä, ulkoseinää vasten. Kangaspuihin ja äitiin liittyy yksi tapaus, mikä sai laajempaakin näkyvyyttä. Paikallislehti oli järjestänyt lukijoilleen runokilpailun ja äiti oli osallistunut siihen. Olihan äiti kirjoitellut runoja, omassa rauhassaan, tekemättä siitä minkäänlaista numeroa. Runo ei voittanut, ei siinä mitään, mutta yhtenä päivänä puhelin oli soinut ja vastattuaan siihen äiti oli hiukan hämmentynyt. Soitto oli tullut TV-tuotannosta ja soittaja oli kertonut, että he olivat tekemässä jotain kulttuuriohjelmaa ja kyselivät, haluaisiko äiti lukea kirjoittamansa, kilpailuun lähettämänsä, runon. TV-ryhmä kuvaisi runon lausunnan.

Äiti suostui. Kuvauspäivä sovittiin.

Kuvauspäivä koitti, mutta kuvausryhmää ei näkynyt, tuli puhelinsoitto ja sovittiin uusi ajankohta.

Kuvaajat saapuivat ja esiteltyään itsensä he huomasivat tuvan lattialla olevat kangaspuut, ja siitä syntyi idea, että voisiko äiti lukea runon niin, että istuisi kangaspuiden takana, kutojan paikalla. Niin kuvaus oli tehty, kuvaajat olivat kertoneet ajankohdan, milloin se esitettäisiin televisiossa. Sitä en muista, olivatko äiti ja isä nähneet esityksen televisiosta.

Mattojen kutomiseen tarvitaan tietysti matonkuteita ja niitä ei riittänyt tarpeeksi omista, matonkuteiksi joutavista vaatteista. Äiti tilasi kuteita lisää ja ne tulivat postipakettina, iso laatikollinen. Laatikko piti heti aukaista, kaataa sisältö tuvan lattialle ja kiireesti penkoa, josko sieltä löytyisi minullekin käyttökelpoista tilkkua. Keräsin kaikki isommat kappaleet, joista minä sitten ompelin jopa vaatteitakin. Kyllä tikkakoskelainen tikkasikin, kun poljin sillä, valmiiksi leikkamiini tekeleisiin, saumaa.

Niin Seija alkoikin saamaan uusia mekkoja, kangaspalat oli kovassa käytössä, ja kun sain uuden idean vaatteeksi, niin kyllä tikkakoskelainen taas lauloi. Olin iloinen aina, kun uusi luomus syntyi ja olin onnessani pukiessani niitä Seijan ylle.

Eräänä sunnuntaiaamuna, vanhempieni tultua navettatöiltä, olin jo keittänyt riisivellin valmiiksi, se oli meidän sunnuntaiaamupäivän ruokaa, lisänä vellille oli usein isän tekemmää sipulisilliä, mitä laitoimme ruispalasen päälle. Olin myös kattanut pöydän. Seija sylissäni menin kiireesti kamariin, puin hänelle uuden luomukseni ja palasin tuvan puolelle. Hei katsokaahan kaikki, meillä on Seijan kanssa tällainen yllätys tällä kertaa, riemuissani nostelin pikkusiskoa käsivarsillani ylös niin, että kaikki näkivät uuden mekon kaikki puolet. Mekon olin ommellut vanhemmiltani salaa, eihän se muuten olisi ollut mikään yllätys.

Sinä se osaat, sanoivat vanhemmat mielissään, matonkuteistakin saat loihdittua vaatteita, mutta tulehan sinäkin syömään ennen kuin velli jäähtyy. Ei muuten tule kalliiksi Seijan uudet mekot, isä vielä kehaisi.

Lapsen kengin

Tunnen soljahtavani pienen lapsen kumisaappaisiin, sellaiset oli usein jaloissani lapsena. Jossain vaiheessa tulivat kauppaan myyntiin muoviset "kumikengät", olivat ne halvemmatkin oikeisiin kumisaappaisiin verrattuna.

Ei rahaa aina ollut, vanhemmat olivat tiukoilla hankkiessaan perheelle ruokaa ja kaikkea muuta tarpeellista ja välttämätöntä. Muovikengissä palelsi usein jalkoja ja varpaita, niitä kun pidettiin jalassa talvellakin. Ei paljoa auttanut, vaikka jalkoihin laitettiinkin paritkin villasukat päällekkäin.

Kengät kävivät yleensä hyvin nopeasti pieniksi, sillä kasvavan lapsen jalkakin kasvoi nopeasti ja aina vaan piti ostaa isompia kenkiä. Sitten kerran sainkin uudet, ihan oikeat nahkakengät, ja varalta oli ostettu kerralla sen verran isoa kokoa, että riittäisi vuosiksi eteenpäin. Ihan vain varmuuden vuoksi, sillä olihan nahkakengät sangen arvokkaat muovikenkiin verrattuna.

Niin vuosi vaihtui ja jalka tytöllä kasvoi, mutta niin vain kengät kasvuvaransa pitivät. Vähän taipui löysä kärki, jospa varvas sinne asti kasvaisi, mutta ei kasvanut, loppui jalasta kasvun voima, jalka täyteen teräänsä oli tullut, aikuisen jalan kokoon muotoutunut. Siinäpä säästyi moni roponen, kun kerralla moneksi vuodeksi eteenpäin kengät hankittiin. Ei jäänyt toisille tähteitä, vaan itse ne rikki pidin.

Koitti aika, kun koulunkäyntinsä kotikulmilla tyttö päätti, niin silloin osti äiti hänelle korkokengät, kevätjuhliin kyläkoulussaan viimeisiin. Niillä kävelemistä kovin harjoittelin kotona, välillä jalkaa syrjälleen veti. Hymy oli tytön huulilla ja hyvä mieli, ei ihan ymmärtänyt vielä äitinsä aatteita, kun näin oli tuhlannut rahaa korkokenkiin ja oranssiin hihattomaan kotelomekkoon, minkä rintapielessä komeili valkoinen ruusu. Tyttö peiliin katsoi, käänteli, väänteli itseään ympäri, korkokengillä varmemmin ryhdissä jo pysyi. Ujo oli katse, kun itseään peilistä katsoi ja itseään arvioi, kapea, hontelo, vielä vähän puku täytettä tarvitsi, muotoja naisen, vaan kuitenkin itsestäänkin kauniimmalta näytti, kuin koskaan ennen.

Niin tyttö uljaana pukunsa kantoi, kun äiti tyttärensä koulun päättäjäisjuhliin saattoi. Vielä hiukan epävarmoin askelin korkokengät jaloissaan liikkui.

Ei niin nopeasti käy muutos, lapsen kengistä aikuisuuteen, vielä varmuutta askel hakee, etsii katseista hyväksyntää. Katse kiertää paikasta toiseen, ikävä, haikeus jossain sisällä, pyrkii ulos silmänurkkaan. Tyttö hyvästejään jättää, siinä katsellen, joka seinän pinnan, pulpetin ja koko luokkahuoneen nähden ja ajatellen, kuin viimeisen kerran.

Näytelmä, laulut ja muut esitykset, yleisölle esitettiin. Haikeana mieli, odotus kuitenkin tulevaan. Täytekakkua ja kahvia juhlavieraille, oppilaille, puheensorinaa täynnä luokkahuone, ja kun olivat kaikki kahvitelleet, hiljennyttiin kuuntelemaan. Opettaja piti puheen, hyvästeli koulunsa päättävät ja kesälomalle lähtijät, toivotti vielä hyvää ja turvallista matkaa.

Lopuksi vielä todistusten jako, kenkien kopse ja kopina vain kuului, kun jokainen vuorollaan haki opettajalta todistuksensa. Harmonista alkaa kuulua tuttu sävel ja laulu, mikä haikein mielin vielä yhdessä laulettiin ... "jo joutui armas aika ja suvi suloinen, kauniisti joka paikkaa, koristaa kukkanen".

Lapsen elämää heinä- ja viljapellon laidassa

Lapsen elämää heinä- ja viljapellon laidassa, työssä.
Siinä näkee, kuinka vanhemmat tekevät työtä joskus
yöhön myöhään.
Katsoo, mikä vaiva ja mistä tulee palkka työn.
Ajatuksissaan miettii ja askaroi, kuinka paljon työtä mistä
kaikki voima.
Ei mikään tule ilmaiseksi, vaan kovalla työllä.
Luonnon armoilla, säätiedotusten varassa,
niitä vanhemmat radiosta kuuntelee.
Kiitollisia ovat, kun selvinneet sään ja elämän armoilla.
Lapsille leipää riittänyt ja eteenpäin on menty.
Ei sydän kylmennyt elämässä, vaan yhä rakkautta lämpöä jakaa.
Lapset paikkansa löytäneet, suuressa maailmassa.
Sieltä pienen pirtin hämärästä, saatu elämäneväät
ja voima, mikä matkaansa johdattaa.
Se mikä rakkaudesta syntyy, rakkaudeksi jää elämään.

Ruskolilja

Synnyinkotini kaatunut, mustalle mullalle maatunut
Piha villinä kasvanut, heinä korkealle kohonnut
Sammaloitunut omenapuu, ränsistynyt marjapensas
Oranssi ruskolilja, unohtunut kukkimaan
ei muistanut, että toiset ovat jo menneet
eivätkä takaisin enää palanneet
Joskus vain käyvät, kurkkaavat pitkän heinikon yli
tai vain seisovat autiolla pihamaalla
ympärilleen katsellen
Pysähtyneenä, ajatukset kiitäen, kuin pyhällä maalla
muistellen, kuinka oli ennen
Aurinko aina paistoi ja metsämansikat maistui
niin tulevat muistojaan elämään
sanovat
ruskolilja se vaan jaksaa kasvaa
kukkaan joka kesä puhkeaa.